西安曲江文化产业资助项目

西安市政协文史资料委员会
西安曲江新区管理委员会 编

西安秦腔剧本精编

五一剧团卷

⑥

西安出版社

图书在版编目(CIP)数据

西安秦腔剧本精编.五一剧团卷:全8册/西安市政协
文史资料委员会,西安曲江新区管理委员会编.—西安:
西安出版社,2011.10

ISBN 978 - 7 - 80712 - 839 - 7

Ⅰ.①西… Ⅱ.①西… ②西… Ⅲ.①秦腔—剧本—
作品集—中国 Ⅳ.①I236.41

中国版本图书馆 CIP 数据核字(2011)第 217422 号

西安秦腔剧本精编⑪   五一剧团卷

编 委 会	西安市政协文史资料委员会 西安曲江新区管理委员会	
出 版	西安出版社 (西安市长安北路 56 号)	
电 话	(029)85253740 邮政编码 710061	
网 址	http://www.xacbs.com	
发 行	西安曲江出版传媒股份有限公司 (西安市雁塔南路 300 - 9 号曲江文化大厦 C 座)	
电 话	(029)85458069 邮政编码 710061	
网 址	http://www.xaqjpm.com	
印 刷	西安新华印务有限公司	
开 本	710mm × 1092mm 1/16	
印 张	326	
字 数	4210 千	
版 次	2011 年 12 月第 1 版 2011 年 12 月第 1 次印刷	
书 号	ISBN 978 - 7 - 80712 - 839 - 7	
全套定价	1740.00 元(共 12 册)	

读者购书、书店添货或发现印刷装订问题,请与本公司营销部联系。
电话:(029)85458066 85458068(传真)

《西安秦腔剧本精编》
编辑委员会名单

序

西安市政协主席　程群力

戏剧是人类精神文化形态之一,在世界戏剧史上,中国戏剧具有辉煌的地位。周、秦、汉、唐以来,历经千百年的发展积淀,中国戏剧形成了属于华夏文明自有的、独特的艺术体系。这个体系如同一个庞大的家族,遍布全国各地。在这个大家族中,秦腔以其丰厚的文化滋养、突出的历史贡献、沉雄质朴的艺术魅力而备受尊崇。

关于秦腔的起源和形成问题,历来争论甚多,有秦汉说、唐代说、明代说,甚至还有更早的西周说、春秋战国说等。但相对多数的看法,趋向于秦腔形成于明代中后期,即明代说。明代说认为,社会发展的基本规律表明,一切文化意识形态的发展变化,都由当时的生产力发展状况和水平来决定。明代中期正是我国资本主义萌芽期,商品经济的产生、发展,为当时文化的发展、变革、传播、繁荣提供了较丰实的经济基础。明代说也提供了必要的实物例证和文献记载。现在能见到的最早的陕西凤翔流传下来的明代正德九年的两幅《回荆州》戏曲木板画;现存文字记载中最早能见到"秦腔"字样的明代万历年间《钵中莲》传奇抄本中标出的[西秦腔二犯]曲调名,就是明代说有力的支撑。明代说的另一个支撑是比较能经得起专家、学者和秦腔爱好者以"体系"的视角作"系统论"式的考查和诘问。作为地方戏,秦腔和其他兄弟剧种一样,既有中国戏曲的共性,又有其独具的个性。共性的一面,都是以表演艺术为中心,融文学、音乐、表演、美术等各种艺术形式于一体的高度综合艺术,具有成熟的、完备的写意性、虚拟性、程式性和以"唱、做、念、打,手、眼、身、法、步""四功五法"为基本技艺手段,以生、旦、净、丑的行当角色作舞台人物,以歌舞扮演故事等这些经典的中国戏曲美学特征。个性的一面,秦腔与许多地方剧种相比,在"出身"上有着更多的原创性特征,体现在其声腔、音乐、文学、表演等基本要素与我国源远流长的原创性大文化之间,存在着直接的一脉相承的亲缘关系。这是因为,我国古代许多原创性文化,特别是诞生于周秦汉唐时期的《诗经》、秦汉乐舞、汉乐府、俳优和百戏、唐梨园法曲、歌舞戏、唐参军戏等等,都直接发生在以古长安(今西安)、咸阳为中心的关中地区,从而使这一地区成为当时全国文化最发达、成就最高的地区。根之茂者其实遂,膏之沃者其光晔。由于有这些原创性文化的滋养,更由于板腔体音乐在民间音乐和说唱文学的基础上日益成熟而引发的变革,最终造就了秦腔这个大的地方剧种,在西至陇东与银南、东至豫西与晋南、南至川北与鄂北、北至陕北与蒙南这片广袤的古秦地生根、发芽、成长,并影响到之后其他众多地方戏和京剧的产生与发展。

秦腔一经形成,就显现出卓尔不凡的气质和强大的生命力。一是秦腔长期从民间音乐和说唱艺术中吸取营养,活跃于人民群众之中,有广泛的群众基础;二是秦腔首创了板腔体音乐结构,奠定了中国梆子戏的发展基础。从而在声腔艺术的创造方面,在剧本创作、表演艺术等多方面,凸显出不可取代的许多特点,有力地推动了戏曲艺术特别是梆子腔艺术的大发展,具有划时代的意义。

由于秦腔是诞生最早、历史最悠久的梆子腔戏曲,更由于它当时作为新的艺术形式,内容上贴近生活、通俗易懂,表现形式上好听好看、生动感人、极易流传,所到之处,除了在陕西境内形成中路、东路、西路、南路、北路五路秦腔外,还渐次流传到晋、豫、川、鲁、冀、鄂、苏、皖、浙、滇、黔、桂、粤、赣、湘、闽、蒙、新、藏等全国许多地方,并与当地民间曲调融合,对当地新生剧种的催生、成长、成熟、完善做出了重大贡献。因之它也赢得了"梆子腔鼻祖"的地位和称誉。

近百年来,秦腔表演艺术,其行当角色之全、演出剧目之多、表现手段之丰富、唱腔艺术之精湛、四功五法之规范、演出综合性与整体性之完善,都备受文艺界和城乡观众的推崇。在陕西乃至西北广大地区,秦腔与老百姓的精神生活息息相关。人们津津乐道秦腔的魅力,对心目中的秦腔演员如数家珍,特别是一提起西安城里有易俗社、三意社、尚友社以及五一剧团,更带有几分神往。相当多的人,不仅会谈到演员,还会谈起许多脍炙人口的剧目《三滴血》《柜中缘》《看女》《三回头》《软玉屏》《翰墨缘》《夺锦楼》《庚娘传》《新华梦》《伉俪会师》《双锦衣》《盗虎符》《貂蝉》《还我河山》《西安事变》等等,更会谈论在这些琳琅满目的剧目后面,站着的一群让人们肃然起敬的剧作家:康海、王九思、李十三、李桐轩、孙仁玉、范紫东、高培支、李仪祉、吕南仲、李约祉、王伯明、封至模、马健翎、李逸僧、李干丞、淡栖山、王淡如、冯杰三、樊仰山、姜炳泰、谢迈千、袁多寿、袁允中、鱼闻诗、杨克忍等等,还有由于种种原因没有留下名姓的剧作家,以及后来四个社团中加入编剧队伍的一批新知识分子,他们用心血熬成了一个个可供世代传唱的剧本。正是有了他们幕后的辛勤劳作,才有了台前精彩的表演。西安市的四大秦腔社团易俗社、三意社、尚友社、五一剧团,前三个都跨越了两个时代、两种社会制度,其中长者年已百岁。百年以来,四个社团总计演出的剧目逾千部之多。这些剧目,有些来自明清以来的秦腔老传统、老经典;有些来自各社团根据本单位的演员和资源条件,根据时势和观众的审美需求而开展的新创作、改编或移植、整理。这些众多的秦腔剧本满足着一代又一代观众的精神需求,也在很大程度上支撑着古城西安的文化舞台。西安秦腔事业的发展,为西安、为秦腔积累了一大笔可贵的精神财富。保护、传承、弘扬这笔财富,增强古城西安的文化软实力,扩大其国内国际影响力,实在是我们应尽的历史责任、文化责任和社会责任。

从 2008 年下半年起,西安市政协与西安曲江新区管委会合作,着手策划、组织、实施《西安秦腔剧本精编》工作。这是一项大型的剧本编辑工程,收录了西安市易俗社、三意社、尚友社、五一剧团四大著名秦腔社团上自清末、下至二十一世纪初百年来曾经上演于舞台的保存剧本,共计679本,2600余万字;另有22个内部资料本,约65万字。参与编辑本书的专家、学者、工作人员,面对四个社团档案室中尘封了百年的千余本三千万字的剧本稿样,其中不少含混不清、章节凌乱、缺张少页、错误多出及其他众多问题,本着抢救、保护、弘扬国家非物质文化遗产的责任感,按照"精审精编"的工作要求,专心致志地投入工作。通过收集筛选、初审初校、集中审校、勘疏补正、规划编辑、三审三校等几个工作程序,对上述文本问题和学术问题,逐一研讨、逐一明晰、逐一完善。历经三年,终于编辑了这套纵跨百年、横揽西安四大秦腔社团舞台演出本的《西安秦腔剧本精编》,了却了广大剧作家、表演艺术家和人民群众的一大心愿,对西安的秦腔文化是一个重要的回眸与总结,对未来秦腔的振兴与发展做了一件坚实的基础性工作,对此我们感到欣慰。

编辑这套剧本集,工程浩繁,工作难度大,加之时间紧,错漏不足在所难免,诚望各方面人士,特别是专家、学者、业内人士提出批评指导意见,以便修订完善。

目录

演出单位

西安市五一剧团

西安三意社

西安易俗社

春秋配

西安市五一剧团保存本

剧情简介

　　书生李春发(李华)与友人张雁行夜饮,窃贼石径坡潜入谋盗,被李、张擒之。春发闻其有孝行,赠银放走。张雁行寄其妹秋联于姑父侯上官家,拟入山聚众起事。春发送张入山,回家途中,遇女子江秋莲遭继母贾氏逼迫,郊外拾柴,怜而赠银数两。秋莲回家言之,继母贾氏疑与男子有私,声言欲告。秋莲惧,夜与乳娘逃出,遇侯上官,杀乳娘,逼秋莲从奸。秋莲用计推侯落涧,投奔尼庵藏身。石经坡夜归救侯,拿走侯夺江莲之包裹,为报春发赠银之恩,投春发家。贾氏见秋莲逃走,以为必与春发有关,遂告县衙。县官耿伸差人至春发家搜出包裹,李有口难辩,乃陷入狱。石径坡又入侯家行窃,暗闻侯欲卖张秋联为娼,误为秋联在侯家,夜守路旁候秋莲出,好为春发明冤。待秋联逃出,石即口呼秋联尾追,秋联误为侯追,仓皇投井,石以所见入衙告状。时值天明,秋莲之父与一同伴徐黑虎贩米经井边,忽闻内有人声,遂下井捞救。徐黑虎吊联出井,见有姿色,乃推井桩入井,压秋莲父于井中。徐强逼秋联同走,适巡按私访,秋联喊冤,徐黑虎逃走,巡按送秋联暂住尼庵。春发家人李骥以春发冤案上山告知张雁行,雁行领兵救出春发。春发乃送官衙说明原委,张、江二女,说明前后,同去喊冤,冤案遂明。秋莲与春发、秋联与春秀配婚,故名《春秋配》。

QINQIANGJUBENJINGBIAN 《西安秦腔剧本精编》

场　目

秦腔
春秋配
CHUNQIUPEI

人 物 表

李　华　　　小生

李　骥　　　老生

张雁行　　　净角

田春秀　　　小生

石径坡　　　丑角

江秋莲　　　花旦

乳　娘　　　老旦

王　海　　　副净

张秋联　　　小旦

侯上官　　　副净

贾　氏　　　丑旦

秋联姑　　　正旦

道　姑　　　杂角

耿　伸　　　须生

看　守　　　杂角

徐黑虎　　　副净

江　韶　　　老丑

何升云　　　须生

役、报、卒、乡、
地、众、傧等

第一场 释 盗

〔李华上。

李 华 （念） 荏苒光阴易过，

功名岂可蹉跎。

苍天生我意如何，

孤身寒窗独坐。

误人蹭蹬两字，

世乱坎坷必多。

愁叹难叙天伦乐，

只将双眉频锁。

小生姓李，名华，表字春发，南阳罗郡庄人氏。自幼
读书，早岁入泮，不幸椿萱早逝，雁行失序。皆因年
已弱冠，中馈犹虚，幸有老仆与我作伴，倒不寂寞。
是我无心功名，有意林泉，今逢重阳佳节，岂可虚度，
须作夜饮，聊以遣兴。李骥哪里？

〔李骥上。

李 骥 来了，来了。

（念） 菊花满院放，

梧桐叶先落。

相公有唤，只得去见。相公唤老奴到来，所为何事？

李 华 今日重阳佳节，预备酒肴，待我夜饮。

李 骥 重阳携酒登高，方为避疫，何必夜饮。

李 华 你不知九月九日，乃汉李陵在番地望乡，后人登高思
慕，俗言避疫，甚是不合。况且夜饮最乐，你去安排，
待我看李陵答苏武之书，藉作消遣。正是：读书能
消磨，

李　骥　美酒可助乐。

李　华　昼寝不高枕，

李　骥　夜酒待如何。

李　华　速去！

李　骥　领命。

李　华　（唱）　光阴犹如驹过隙，

　　　　　　　　少年不学老伤悲。

　　　　　　　　雨露不滋无根草，

　　　　　　　　风雷变化有鳞鱼。

　　　　　　　　欲攀蟾宫三株桂，

　　　　　　　　须读圣门五车书。（下）

〔张雁行上。

张雁行　（诗）　自矜勇力强果，堪夸智勇颇多。

　　　　　　　　深恨阉宦作恶，实想立刻除却。

　　　　俺张雁行，罗郡庄人氏，幼读诗书，壮习武艺，本想建立功业，致君泽民，怎奈今上昏聩，魏阉忠贤当国，贿赂公行，倒行逆施。是俺失意功名，路过集峡山，与众好汉相约一同起义，今日约同好友田春秀，前去拜访李华，藉便联络好成大事，这般时候，怎么还不见到来？

〔田春秀上。

田春秀　（念）　重阳佳节秋气爽，

　　　　　　　　月明林下故人来。

　　　　张兄久候了。

张雁行　贤弟已到，你我去访春发，一同前往了！

　　　　（唱）　人生最难得知友，

　　　　　　　　抵掌相谈快何如。（齐）

　　　　来此已是，待我扣门，开门来。

李　骥　是哪个？（开门介）原是二位先生到了。请到里边！

张雁行
田春秀　请！（入门介）

李　华　节届重阳，天高气爽，小弟一人，孤坐无聊，心想小饮,难得两兄同来,正好把酒谈心,作个长夜之饮。
李骥!

李　骥　伺候相公。

李　华　酒饮可齐?

李　骥　齐备好多时。

李　华　摆上来。(院设酒介)两兄上坐,待弟把盏。请!

（唱）　　处今日浑浊世消愁惟酒,

　　　　　劝两兄开怀饮不必担忧。

　　　　　重阳节月明夜出门访友,

　　　　　这其中必定有别的情由。

田春秀　张兄有事奉访,弟因上京在即,故而一同前来。

张雁行　二位且莫言讲,听俺道来,只因朝廷昏聩、信用阉宦
　　　　魏忠贤,专权作乱,是俺心中忧忿,昨从集峡山经过,
　　　　见有好汉多人,聚义山中,俺愿入伙一同举义,除却
　　　　魏贼,方不负大丈夫怀抱也!

（唱）　　国兴亡虽匹夫应有责任,

　　　　　我岂能忘大义空负此身。

　　　　　魏忠贤阉宦官竟逢宠信,

　　　　　满朝中尽都是阿谀小人。

　　　　　逞淫威杀忠良小人引进,

　　　　　立生祠遍天下千古奇闻。

　　　　　似这般无耻辈若再容忍,

　　　　　好百姓大河山安能保存。

　　　　　因此上举义旗为民泄愤,

　　　　　聘贤弟到集峡同掌三军。

李　华　唉我的张仁兄呀!(作敬酒介)

（唱）　　听快论不由人心怀舒畅,

　　　　　实服兄有大志满饮此觞。(敬酒倒板)

　　　　　国大事必须要谨慎为上,

　　　　　切不可贸贸然误投山岗。

　　　　　许多的鲁莽人缘林误往,

到后来只落得无有下场。
望仁兄你还是仔细参想，
胆欲大心欲小免遭祸殃。
叹为弟并无有英雄志向，
愿作个散淡人安分守常。

田春秀　李兄说得也是呀！
（唱）　雁行兄既有此志向，
见机而行必无妨。
春发兄忠言对你讲，
劝张兄还是记心上。
小弟不日京都往，
暗中与兄必帮忙。
明月已到屋梁上，
就此告辞整行装。

张雁行　老弟且慢听兄道来！
（唱）　自天启登了基朝纲败坏，
即宰相十余年难见龙颜。
好淫乐宠宦官信任无赖，
才养成魏忠贤这个祸胎。
丧品德贪贿赂祸延四海，
这其中千万人受尽祸灾。
清君侧我要把朝政更改，
却怎么你二人各有所怀。
天下乱你怎能置身事外，
到那时诚恐你后悔不该。

李　华
田春秀　人各有志，何能相强？

张雁行　这个！

田春秀　两兄请在，为弟告辞。

张雁行
李　华　谈得甚快，如何去速？

田春秀　为弟已与人约，明晨即要起程，时候不早，让弟归去，好整行装。

张雁行　如此一同告辞。

李　华　张兄何必性急,春秀兄既有定约,不好相强,仁兄留此一宵,待弟明日送行。

张雁行　也好,贤弟请行,为兄不能远送了。

田春秀　正是:今夕畅谈明志向,

张雁行　他年得志会风云。(送田下入门坐)

李　华　集峡山之事,还望仁兄三思而行。

张雁行　贤弟说哪里话来,大丈夫在世,不有建树,何以为人也!

（唱）　我从来重言行不顾福祸,
　　　　哪怕他风浪险万水千波。
　　　　为国家谋大事主意定妥,
　　　　请贤弟你不必忧多虑多。

李　华　（唱）　非是弟替吾兄忧虑太过,
　　　　怕只怕卵敌石势难奈何。
　　　　饮此杯且当作功成预贺,(敬酒介)
　　　　愿他日名留在凌烟麟阁。

张雁行　（唱带板）
　　　　听奖词不由我哈哈大笑,(连饮介)
　　　　只杀贼何需要名留麟阁。

酒喝多了,待我假寐片时。

李　华　小弟奉陪。

张雁行　　好酒易入梦,

李　华　　幽情杯中多。

张雁行　　席前神思倦,

李　华　　一梦到南柯。(同睡介)

〔石径坡上。

石径坡　（诗）　怕务陆地买卖,
　　　　懒弄江心帆索。
　　　　赌博场中输钱多,

习就了夜行生活。

最恶的鸡鸣犬叫，

甚喜的风吼月落。

明知王法容不过，

暂救燃眉之火。

我叫石径坡，生来身如灯草灰，随风能起，飞檐走壁，如履平地。只因老母常常受饿，是我惯作夜来生活，幸喜今夜月暗，前面就是李华家园，待我轻轻跳上屋檐，直入他家窃取财物，以度目前光景。

〔犬吠，院仆李骥拿灯上。

李　骥　怎么今晚上犬声连叫，待我去看。（石作猫叫）原是一个猫儿，倒把我吃了一惊，不免睡去吧。（下）

石径坡　呀！险些儿被狗打脱了这桩买卖！

（唱）　犬汪汪吓的我侧身就躲，

幸喜得月色暗屋檐宽阔。

学一个猫儿叫暂且避祸，

如不然这买卖就要打脱。

闲话莫说，待我下去搜寻些东西才好，呀！他二人隐几而卧，酒宴尚存，只是灯火未息，待我取竹筒先吹灭了灯，吃杯酒，好壮壮胆，呀！好香的酒再吃几杯。（张起作点穴介）不好了，怎么浑身都软了，想是醉了。（醉倒介）

张雁行　春发醒来！

李　华　仁兄怎么样了？

张雁行　有了歹人。

李　华　李骥快掌灯来！

〔院掌灯上。

李　骥　你是什么人？看刀！

石径坡　爷爷饶命吧！

（唱）　念小人石径坡孤身一个，

无买卖少庄田家业淡泊。

高堂母每日里忍饥受饿，
没奈何才做这犯法生活。

张雁行 （唱） 你自幼学偷盗提门扭锁，
长大了闲浪荡爱好赌博。
黑夜晚越墙垣入室偷盗，
今拿住我送你命见阎罗。

李　华 仁兄呀！
　　　 （唱） 劝仁兄休将他性命结果，
他既为穷所迫无法奈何。
且把他这一次从宽恕过，
再若犯定将他从严发落。
　　　 仁兄息怒，饶了他吧！

张雁行 便宜他了。

李　华 李骥看银三两，棉布二疋，与石径坡拿去。

李　骥 是。

石径坡 蒙爷爷不杀，感恩非浅，怎敢受此厚赐。

李　华 黑夜穿堂入室，本该一死，念你家有老母，拿去供养
你家母亲，以后不要再作此种营生吧。

石径坡 他日不死，必报爷爷大恩。

李　华 送石径坡出去。

石径坡 爷爷恩宽！

李　骥 石径坡转来！

石径坡 说甚么？

李　骥 常记恩多义多，

石径坡 恩惠在我心窝。

李　骥 从此立志改过，

石径坡 再不夜行作恶。（下）

张雁行 贤弟，愚兄告别！

李　华 天明再去。

张雁行 明天初十日，还要送舍妹往姑母家中去，不敢久停。

李　华 仁兄宽住一天，容弟饯送。

张雁行　贤弟厚意，就约后日乌龙岗相别。

李　华　遵命。事宜审机贵斟酌，

张雁行　立志从新建山河。

李　华　诚恐一笔难画虎，

张雁行　先将十万剑横磨。请了！（分下）

第二场　拷　莲

〔闺阁旦扮江秋莲软装上坐诗。

江秋莲　（诗）　寒风吹桐雨悽怆，
　　　　　　　　时觉闺中夜漏长。
　　　　　　　　女子依赖娘抚养，
　　　　　　　　偏生遇见那晚娘。

　　　　　　　奴家江秋莲，罗郡人氏，年方二八，待字闺中，父亲江韶，贩粟为生，继母贾氏，为人刁险阴狠，对奴有意为难，今早爹爹出门贩米，家中只留乳娘与奴，不知又要受到怎样的折磨，思想起来，好不焦愁人也！

　　　　（唱）　可叹我生身母早年命丧，
　　　　　　　　丢下了薄命女常受悽惶。
　　　　　　　　我也知孝双亲承欢奉养，
　　　　　　　　谁料想那继母实实不良。
　　　　　　　　作人母她就该慈爱为上，
　　　　　　　　对女儿使奸险太不应当。
　　　　　　　　立不宁坐不安无法可想，
　　　　　　　　候乳娘她到来再作商量。

〔乳娘上。

乳　娘　（唱）　老主人出了门失去保障，
　　　　　　　　要告知秋莲女多加提防。

江秋莲　乳娘到了，请坐。

乳　娘　你那爹爹今早出门贩米，不知何日回家，我儿遇事小心，免得多受磨折。

江秋莲　你儿正因此事发愁，等候乳娘到来，商量怎样应付。乳娘呀，你儿以后应该怎么处呀？

乳　娘　唉！我可怜的儿呀！

　　　　（唱）　幼年女离亲娘实为不幸，
　　　　　　　　遇继母应要有良好性情。
　　　　　　　　那贾氏她生来毫无人性，
　　　　　　　　一切事无情理任意横行。
　　　　　　　　我的儿偏遇着这般家境，
　　　　　　　　唯一的学忍耐事事顺从。
　　　　　　　　为娘我在一旁随时照应，
　　　　　　　　大料想她不至害儿性命。

江秋莲　儿好命苦，全靠乳娘了！

　　　　〔贾氏上。

贾　氏　（念）　老头出了门，
　　　　　　　　家事由我抢。
　　　　　　　　可恨秋莲女，
　　　　　　　　把我不当人。

　　　　老身贾氏，再醮江门，今早老头出门贩米，这般时候，还不见秋莲到来，待我去看。（入门作恨视介）

江秋莲　母亲到了，女儿万福。

贾　氏　一福俱无，你还想万福呢！

乳　娘　女儿向你见礼，安人何必生气。

贾　氏　锅内无热气，闹了我满肚子的冷气，叫我如何不气，如何的不恼！（秋与乳互看介）

江秋莲　请问母亲，锅内怎得无有热气？

贾　氏　没柴烧了，它哪里来的热气？（乳暗怕介）

江秋莲　家中无柴，母亲何不去买？

贾　氏　你爹爹是个贩卖粟米的商人，不是个作大官发横财

的,没有留下钱,叫我拿什么去买?

江秋莲　母亲那该怎么办呢?

贾　氏　哼哼!我就叫你去办。(秋乳互看介)

江秋莲　柴草之事,你儿如何办它得了?

贾　氏　你将来也要成家立业,生儿养女,这一点小事,都办不了,真是无用的蠢才呵!(唱摇板)

灶下无柴难生火,

一家三口怎过活。

蠢才长的这么夛,

只因在家享安乐。

郊外柴草那样多,

你不捡柴却为何?(齐)

江秋莲　母亲,儿是深闺幼女,出门捡柴难免惹人耻笑。

贾　氏　也是寒家所为,却有什么笑处?

乳　娘　老安人息怒,大姐是闺中幼女,郊外捡柴,如何使得?

贾　氏　老贱人多嘴,还不退下!秋莲我问你去也不去?

江秋莲　孩儿去不得。

贾　氏　你敢说三个去不得!

江秋莲　孩儿不敢说三个,只是去不得。

贾　氏　哎哟,了不得了!

（唱）　你非是宦门女何不思想,

为什么每日里怕出绣房?

娇养的全不像女儿模样,

敢违命不捡柴气杀老娘。

江秋莲　（唱）　劝母亲且息怒容儿细讲,

二八女做针线不离绣房。

采樵事要男子年力精壮,

弱怯怯女孩儿怎样承当。

贾　氏　你不承当?罢了不成。取家法过来,先打你一个样子,看你去也不去!

江秋莲　不去。

贾　氏　嗨！小贱人这等性硬！

　　　（唱）　小贱人真大胆还敢嘴强，
　　　　　　我面前怎容你作怪装腔。
　　　　　　全不听老娘言安能轻放，
　　　　　　为勤俭打死你料也无妨。（贾打秋介）

江秋莲（唱）　纵打死儿不去山野坡上，（哭喝场）
　　　　　　诚恐怕行路人说短论长。
　　　　　　况又是金莲小如何来往，
　　　　　　望母亲替弱女仔细思量。

贾　氏　（唱）　娘有命你竟敢这样倔强，
　　　　　　多因是没家法惯的荒唐。
　　　　　　女儿家怎容得这般拒抗，
　　　　　　我叫你一霎时命见阎王。

乳　娘　（唱）　娇皮肤怎受得无情刑杖，
　　　　　　柔弱体经不起这般残伤。
　　　　　　女孩儿全凭着安人疼养，
　　　　　　无柴薪有老奴一面承当。
　　　　　　老安人息怒，我替大姐捡柴去吧！

贾　氏　你去还离不了她，秋莲你去也不去？不应声还是打
　　　　的轻了！

乳　娘　大姐我和你一同前去吧！

江秋莲　母亲我去！

贾　氏　你既然愿去，起来，这是镰刀绳子，你二人同去，下午
　　　　早些回来，要这样大的一捆芦柴，若还不够，打你个
　　　　无数，还要去捡，阿弥陀佛。（掬手下）

乳　娘　切齿恨姚妇，

江秋莲　含泪想亲娘。

乳　娘　同去把柴捡，

江秋莲　两眼泪汪汪。（同下）

　　　　〔王海同众喽卒上。

王　海　（念）　家住集峡山，

015

今朝统兵权。

倘称吾党意，

威名镇山川。

俺集峡山总目王海是也。只因山寨无有寨主，前者讲了一个有义气的君子，名叫张雁行，武艺出众，智谋超群，曾约今天上山，不免前去迎接。喽卒们！

众　　有！

王　海　大家便衣小帽，暗藏兵刃，迎接大王一回。

众　　啊。（同下）

第三场　寄　妹

〔张秋联上。

张秋联　（引）　月转梅梢鸡催晓，

　　　　　　　　风透帘笼竹影摇。

　　　　（诗）　心转焦、意转焦，

　　　　　　　　孤身常叹梅花飘。

　　　　　　　　血泪湿鲛绡。

　　　　　　　　更迢迢，夜迢迢，

　　　　　　　　风吹帘前铁马敲，

　　　　　　　　孤灯坐一宵。

奴家张秋联，双亲早逝，依兄雁行度日，这几日兄长朝去暮来，不知有何事故，昨日出外未归，奴家独坐一夜，天已大明，怎么还不见回来，独坐家中，好不愁闷人也！（唱摇板）

父母亡只兄妹形只影单，

孤零零坐深闺心怯胆寒。

我哥哥谋大事英雄好汉，

对妹妹他全不放在心间。

清晨起坐庭前心思缭乱，

候兄回好与他计较一番。

〔张雁行上。

张雁行　（唱）　黎明雄鸡连声报，

归来只见红日高。

妹子开门来！

张秋联　哥哥回来了？

张雁行　回来了。

张秋联　请问哥哥昨日往哪里去来？

张雁行　为兄昨日去看朋友，吃酒带醉，因而未归。

张秋联　哥哥可要用茶？

张雁行　不用，如今姑母病了，你我去探一回。

张秋联　就是侯家姑母么？

张雁行　正是。

张秋联　她乃久病之人，不去倒也罢了。

张雁行　这病不比往常，你可收拾衣裙钗环，一并带去。

张秋联　哥哥为什么叫我带去衣裙钗环？

张雁行　只恐在那里要住几天，家中无人照管，不必多言，快
　　　　快收拾，待兄备马。（备马介，出，上马绕场）

张秋联　（唱）　见哥哥锁双眉强颜欢笑，

引的我急颠颠心如火烧。

泪珠儿卟濑漱腮边垂吊，

只落得暗伤心踌躇几遭。

张雁行　（唱）　只见她眼流泪面带烦恼，

我岂是铁石人不念同胞。

都只为举义旗要抒怀抱，

莫奈何手足情一旦相抛。

（下马叫门介）开门来！

〔侯上官上。

侯上官　（唱）　猛听得马声嘶人声高叫，

　　　　　　　吓得我汗淋淋身似水浇。
　　　　　　　又不知哪一案捕役来到，
　　　　　　　要拿我侯上官去把案消。

张雁行　姑母开门来！（侯开门介）

侯上官　亲眷到了！（接唱）
　　　　　　　喜洋洋开门扉满面陪笑，
　　　　　　　原来是贤兄妹驾临草茅。（进内介）
　　　　　　　这几日草堂上未曾打扫，
　　　　　　　桌椅上灰尘满休笑乱糟。（齐）
　　　　　请坐，婆儿下床来。

秋联姑　我起床不得。

侯上官　罗郡庄侄儿侄女望你来了。

秋联姑　怎么说我侄儿们望我来了？

侯上官　正是。

秋联姑　他们久不来此，我得挣扎下床。咳！
　　　　（唱）　气吁吁下床来险些昏倒，
　　　　　　　手拄着拐杖儿又摆又摇。
　　　　　　　我好比草上霜朝夕难保，
　　　　　　　好一似风前烛眼尽油消。
　　　　　侄女侄儿在哪里？

张雁行　我们在这里。

秋联姑　哎！
　　　　（唱）　甚风儿把你们一齐吹到，
　　　　　　　乍相逢忍不住痛哭嚎啕。
　　　　　　　你二人今天来刚刚凑巧，
　　　　　　　姑侄们见一面解我心焦。（齐）
　　　　　儿呀！我在世的日子有限，入土的时候快了！

张雁行　姑母不要啼哭，侄儿要出门贸易，家中无人照管，将
　　　　我妹子寄留府上，与姑母作一螟蛉儿女，将来招赘门
　　　　婿，以结你二老的晚局，不知姑母意下如何？

秋联姑　此事极好，我二老终身有靠了。

张秋联	哥哥过来！既有此事,何不在家与妹子商议明白?
张雁行	商议什么,姑母家中胜似咱家十倍,过来拜了父母!
张秋联	（唱） 若不从兄长命无依无靠,
	只恐怕做螟蛉没有下梢。
张雁行	快来拜了父母。
张秋联	（唱） 当不得兄发怒又呼又叫,
	没奈何跪堂前哭声且高。
张雁行	（唱） 擦去了腮边泪屈膝跪倒,
侯上官 秋联姑	请起!
张雁行	（唱） 我妹子虽长大知识不高。
	把她当嫡生女一样训教,
	久日后必不敢辜负辛劳。
秋联姑	（唱） 你自想姑与娘相差多少,
	你的父他和我一母同胞。
	我自然选才郎诚心赘招,
	老来时还望她殡送荒郊。
侯上官	（唱） 我家中儿和女从来稀少,
	侄女儿做螟蛉便是根苗。
	幸喜得我二老有了依靠,
	不由我笑哈哈快乐逍遥,（齐）
	贤侄多住几天再去。
张雁行	起程在即,没有久住的工夫。
侯上官	如此待我送你。
张雁行	不劳姑爹。
侯上官	自愧家贫住草茅,
秋联姑	粗米淡饭度昏朝。
张雁行	贤妹！爹娘堂前须行孝,
张秋联	晨昏定省岂惮劳。（张兄妹分下）
侯上官	婆儿,有女在家作伴,我今晚要出外做些买卖。
秋联姑	你去我不管。（下）

秦腔

春秋配

CHUNQIUPEI

侯上官　我好喜也！

　　　（唱）　老病婆有女儿在家陪驾，

　　　　　　　腾出我去做那无本生涯。（下）

第四场　捡　柴

〔张雁行、李华同上。

张雁行　（唱）　西风紧雁南飞园林如画，

　　　　　　　果然是霜叶红胜似春花。

李　华　（唱）　可羡他同学砚十年窗下，

　　　　　　　一旦间动义愤要把贼杀。

张雁行　贤弟请回。

李　华　再送仁兄一程。

张雁行　诚恐卒众来接，贤弟有些惊怕。

李　华　他们来接却怕什么？

张雁行　既然不怕，再送几里，请！

　　　（唱）　真个是读书人好说大话，

　　　　　　　哪晓得绿林中交接之法。

李　华　（唱）　欲回身实难抛兄台大驾，

　　　　　　　行的我急颠颠心内如麻。

　　　　仁兄不好了，那绿林之内，像有歹人。

张雁行　贤弟退后，待我一观，你们是做什么的？

王　海　我们是买米的客商。

张雁行　不认得张雁行么？

王　海　原是大王到了，众兄弟都来参见大王。

张雁行　你们有多少人？

王　海　五百名。

张雁行　可有军器旗帜？

王　海　尽在车上。

张雁行　展开旗帜,列成队伍。

众　　　得令。

张雁行　贤弟请来,再送为兄一程。

李　华　小弟实实不能远送了。

张雁行　既然如此,请了。

李　华　请了。

张雁行　头目听令!

王　海　有。

张雁行　传下将令,沿途休取民间一草一木,违令者斩。

王　海　得令。(同下)

李　华　呀!险些儿吓杀人了!

　　　　(唱)　果然是英雄汉胆比天大,

　　　　　　　一霎时便成了草莽豪侠。

　　　　　　　旌旗飘干戈动扬鞭走马,

　　　　　　　我若是小胆儿活活吓杀。(下)

　　　　〔乳娘江秋莲同上。

江秋莲　(唱)　出门来羞答答把头低下,

　　　　　　　忍不住泪珠儿点点如麻。

乳　娘　(唱)　你看这狂风起百草齐压,

　　　　　　　事到此免伤悲且把泪擦。

江秋莲　(唱)　奴好似花未绽遭逢雨打,

　　　　　　　吞着声忍着气自己叹嗟。

乳　娘　(唱)　恨继母她将你无端欺压,

　　　　　　　二八女在荒郊外捡拾芦花。(慢齐)

　　　　大姐,你且坐在那边土台之上,待我去捡柴吧!

江秋莲　有累乳娘。

　　　　〔李华上。

李　华　(唱)　清早间送朋友扬鞭走马,

　　　　　　　再回头望不见兄在那搭。

　　　　　　　一位女大姐泪如雨洒,

　　　　　　　老妈妈在一旁捡拾芦花。

好奇怪也,哎呀,只见大姐啼哭,老妈妈捡柴,待我下马问她一声何妨,妈妈见礼了。

乳　娘　还礼了。

李　华　这位大姐是妈妈什么人? 因何到此啼哭?

乳　娘　她是我家大姐,我是她的乳娘,我主仆在此捡柴,何劳君子动问?

李　华　是小生多嘴了。

乳　娘　你也诚为多嘴!

李　华　(唱)　见妈妈她那里含怒答话,

　　　　　　　必不是寻常的路柳墙花。

　　　　　　　细看她梳云鬓尚未出嫁,

　　　　　　　却怎么在荒郊来捡芦花?

必须要问个明白,再去问过妈妈。妈妈,我观你们实非捡柴之人,究竟所为何来,请讲个明白。

乳　娘　君子当真的可笑,此非桑间溪上,何劳你二次相问? 再若絮叨,必讨无趣。

李　华　呵! 是,回去吧。(欲走秋莲哭介)

江秋莲　苦呀!

李　华　(唱)　欲去时心儿里又生牵挂,

　　　　　　　不由我起疑心借故盘查。

　　　　　　　再看她举动间难分真假,

　　　　　　　问明了我才好放心回家。(齐)

定要问个明白,这位大姐见礼了。

江秋莲　非亲非故,不便还礼,君子勿怪。

李　华　观见大姐并非小户人家,因为何故在此捡柴,小生怀疑,因而动问,并无歹意,请讲一遍,生便拉马走去。

江秋莲　旷野荒郊,男女交言,于礼有碍。

李　华　言之有理,小生牵马转下涧去,洗耳领教。(拉马转下场角上)

江秋莲　乳娘向这里来呀!

乳　娘　你就不该多言。

江秋莲	哎,我的乳娘呵!
	（唱） 蒙君子垂殷勤再三问话,
乳　娘	自古男女有别,你应他是怎的?
江秋莲	（唱） 虽干系男与女怎忍不答。
李　华	家住哪里?
江秋莲	（唱） 奴家住罗郡庄魁星楼下,
李　华	小生也是罗郡庄人氏。
江秋莲	（唱）
	大门外有两株槐柳交加。
李　华	令尊何名?
江秋莲	（唱） 奴的父名江韶表字德化,
李　华	原是江先生,不知在家作何生理?
江秋莲	（唱） 因家贫贩粟米奔走天涯。
李　华	令尊不在家中,大姐理宜闺中刺绣,不知来在这里为何?
江秋莲	（唱） 在家中受不过后娘拷打,
	没奈何到荒郊来捡芦花。
李　华	原来为后娘所逼,这也不难,小生随带三两银子,送与令堂大人,买些芦柴,免得大姐郊外受苦。
乳　娘	君子休得恃富,快将银子拿去,免讨无趣。
李　华	小生一片恻隐之心,并无别故,若有歹意,皇天不佑,既然妈妈生疑,将银子留在涧下,小生即便去了。
	（欲下）
江秋莲	乳娘教那君子留步。
乳　娘	君子留步。
李　华	妈妈讲说什么?
乳　娘	我家大姐她有话说。
李　华	请讲。
江秋莲	乳娘呀!
	（唱） 你问他因何故郊外走马?
乳　娘	君子因甚事来在这里走马?

秦腔
春秋配
CHUNQIUPEI

李　华　我是送朋友回来路过至此。

江秋莲　（唱）　再问他住罗郡哪街有家。

乳　娘　相公住在哪里？

李　华　在永寿街居住。

江秋莲　（唱）　再将他名和姓一一问下，

乳　娘　相公高姓大名？

李　华　小生姓李名华表字春发。

江秋莲　（唱）　可在庠在监可有科甲？

乳　娘　相公在庠在监可有科甲？

李　华　草草入泮，尚未登科。

江秋莲　（唱）　再问他高堂上椿萱安雅，

乳　娘　相公令尊令堂康健否？

李　华　不幸双亲俱亡。

江秋莲　（大哭母亲）　罢了难见的娘呀！
　　　　（唱）　再问他排行在棠棣几花。

乳　娘　相公昆仲几位？

李　华　并无兄弟。

江秋莲　（唱）　再问他今年儿青春多大，

乳　娘　相公贵庚几何？

李　华　年方弱冠。

江秋莲　（接唱）
　　　　再问他主中馈可有室家。（齐）

乳　娘　问的这倒是啥话吗？我不去！

江秋莲　苦呀！

乳　娘　是是、我去、我去。相公可有妻室么？

李　华　呀！问来问去，怎样问出这等话头，非女子娴静之
　　　　道，此乃是非之地，莫可久站，待我拉马回家，正是：
　　　　（诗）　堪羡天台路弗赊，
　　　　　　　　阮郎末去饮胡麻。
　　　　　　　　落花有意随流水，
　　　　　　　　流水无情恋落花。

哼！岂有此理！（下）

乳　娘　大姐,你看那生真圣贤也,大姐只问他妻室二字,羞的他满面通红,撇下银子,拉马走去,难得难得！

江秋莲　当真难得！

乳　娘　也罢,待我取了银子,回家在姚妇上边复命了。

江秋莲　尽在乳娘！

乳　娘　（唱）　好一个诚实人可敬可夸,
　　　　　　　　又疏财又仗义可称豪侠。

江秋莲　（接）　他一片至诚心果真不假,
　　　　　　　　与我家并无有半点葛瓜。

乳　娘　大姐呀！
　　　　（唱）　你若得那才郎日后配嫁,
　　　　　　　　做一对巧鸳鸯一些不差。

江秋莲　（唱）　你和我甚心情讲这闲话,
　　　　　　　　婚姻事全由着二老爹妈。（同下）

第五场　猜　疑

贾　氏　（唱）　她在家好似我眼中之钉,
　　　　　　　　出了外我心中又觉不宁。
　　　　　　　　无聊赖且到那前厅等候,
　　　　　　　　日已西却怎么不见回程。
　　　　〔秋莲、乳娘同上。

江秋莲　（唱）　这件事倒教我提心在口,
　　　　　　　　不由人战兢兢两泪交流。
　　　　　　　　在中途低着头沉吟良久,
　　　　　　　　整一日空手回难免追究。（齐）

贾　氏　这时候怎么还不见回来？

江秋莲　乳娘,我母亲正在发怒,咱们且在门外少停片时,再去相见吧！

乳　娘　是。

贾　氏　这时往哪里去了？

江秋莲
乳　娘　我们回来了。

贾　氏　捡的芦柴可有几捆几担？

乳　娘　老安人莫恼，今天虽未捡下芦柴，可有一桩奇事。

贾　氏　我看你二人怎样编诓？

乳　娘　不是编诓，真是奇事。

贾　氏　小贱人讲来。

江秋莲　哎母亲呀！

（唱）　提起了这件事真道少有。

　　　　一后生在郊外走马闲游。

　　　　见孩儿捡芦柴他心不忍，

　　　　撇下了一锭银竟不回头。

贾　氏　有这等事情，银子在哪里？

乳　娘　在这里。

贾　氏　果然一锭银子，世上哪有白送银子与人的，到底是怎
　　　　样个人儿？

乳　娘　当真此人奇异，小姐你说！

江秋莲　（唱）　戴青巾穿蓝衫年纪尚幼，

　　　　与咱家果然是临风马牛。

　　　　赠送来一锭银儿不承受，

　　　　他那里飘然去并未停留。

贾　氏　可曾问他姓名？

江秋莲　孩儿使乳娘问下了！

（唱）　他也是罗郡人家住永寿，

　　　　父母亡兄弟无孤单儒流。

　　　　他名儿叫李华簧门俊秀，

贾　氏　李华，我晓得他是个酸溜溜的秀才！

江秋莲　（唱）　别的事女孩儿未问来由。

贾　氏　住口！想必是你二人做出什么伤风败俗的事来，不

然他怎能将银子送你,气也气杀我了!

乳　娘　不要屈了那样好人!

（唱）　那秀才比圣贤言之非谬,

满怀着菩萨心并非狂徒。

他一片至诚心不愧忠厚,

老安人休猜成燕侣莺俦。

贾　氏　自古及今,惟有一个柳下惠坐怀不乱,鲁男子闭户不
纳,当今之世有几个鲁男子,少年女子同一后生在荒
郊野外授受银子,还说并无瓜葛,即是三岁婴儿也是
哄他不过!

（唱）　分明是老贱人有意引诱,

只因为花喜春蝶来相偷。

我便打死你这个贱人!

江秋莲　母亲且住,别的事拷打孩儿,尚能忍受,以这无影无
踪的事冤屈孩儿,即死也难甘心!

贾　氏　既然如此,我也不打你了,明日到了当官再讲,如今
先报知地方,再作区处。

（唱）　在旷野与那人相逢邂逅,

背父母私自去鸾交凤遊。

到明日我奔上公衙出首,

看问官将此事怎作追究。（下）

乳　娘　（唱）　果然是虎难画反类成狗,

平地里起风波怎能行舟。

江秋莲　（唱）　这件事她竟然以无作有,

吓的我急颠颠两鬓汗流。

乳娘,我母亲告到当官,出怪弄丑也还罢了,只是连
累李秀才那样好人,殊为可伤,这该怎处!

乳　娘　我也别无良策,只有一个走字。

江秋莲　往哪里去?

乳　娘　你收拾衣裙钗环,我与你扮作进香的母女,逃往南阳
府姑母家中,待老相公回家,再作料理。

秦腔
春秋配
CHUNQIUPEI

江秋莲		恐怕急切难去。
乳　娘		你去收拾，我自有出去的妙法。
江秋莲		恐非正道？
乳　娘		她一心要害你我，事势危急，除非一走，哪里顾得许多。
江秋莲		唉！除了一走，也再无别法了！
	（唱）	若到官推情由事难出口，
		必须要问来历严加查究。
乳　娘	（唱）	我与你主意定今晚逃走，
		省得到公堂上丢丑含羞。

〔贾氏上。

贾　氏	（唱）	受银两就算她大事败漏，
		教问官提奸夫详审情由。
		小贱人全不怕百年遗臭，
		可恨这老丫头哄鱼上钩。

我已告知地方！如今我把前门锁了，钥匙我拿着，不怕你二人上天、入地，早些睡去，明日好打官司。

	（诗）	事到头来不自由，
江秋莲		母亲何必结冤仇？
乳　娘		年幼女儿应怜爱，
贾　氏		哼哼！淫媾之女不可留。（下）
江秋莲	（唱）	恶狠狠母亲要公衙出首，
		她有意将此事加意吹求。
乳　娘	（唱）	也是你命运蹇不幸年幼，
		遭逢着这继母好似冤仇。
江秋莲	（唱）	我如同鱼吞钩谁来搭救，
		这陷坑多因是前世未修。
乳　娘	（唱）	但愿得三更后苍天保佑，
		出网罗直飞到南海慈舟。

再休啼哭，快快收拾包裹。

江秋莲		是！忧中加忧愁更愁，

乳　娘　料想官司难罢休。

江秋莲　但愿鹦鹉出笼去，

乳　娘　定保鲤鱼脱金钩。（同下）

第六场　遇　盗

〔侯上官上。

侯上官　（诗）　善会装猫学鼠行，

　　　　　　　　白昼眠来夜经营。

　　　　　　　　好逸恶劳利心重，

　　　　　　　　却把王法看得轻。

　　　　乃侯上官，外姪女张秋联，与我做了义女，我家婆儿
　　　　有了伴当，我却便利行事，今晚出门没有买卖，前面
　　　　是魁星楼，我且纵身上楼，远望一回。

〔秋莲、乳娘上。

乳　娘　（念）　且自安心定性，

　　　　　　　　必须忍气吞声。

江秋莲　（念）　总有管辂妙术，

　　　　　　　　难卜今夜吉凶。

乳　娘　且喜安人睡熟，谯楼鼓打三更，你我走吧！

江秋莲　门已上锁，如何得出？

乳　娘　后边茅房，放着梯子，你我越墙，从柳道逃走吧。

江秋莲　尽在乳娘。（乳娘上梯介）

乳　娘　（念）　漏冷夜风轻，

江秋莲　（念）　皱破两眉峰。

乳　娘　（念）　分开生死路，

江秋莲　（念）　跳出是非坑。（同下）

侯上官　造化造化，两个妇人越墙私奔，料她不敢张声，待我
　　　　赶上前去，夺了包裹。正是：

（念）	心急忙似火，
	两足快如风。（下）

〔秋莲、乳娘上。

江秋莲（唱）　夜迢迢月色朗将胆放正，
　　　　　　　　顾不得弓鞋小作速前行。
　　　　　　　　没奈何才做出这般行径，
　　　　　　　　女孩儿黑夜逃何曾惯经。

〔侯上官上，三人绕三角。

乳　娘（唱）　这一会惊的我心神不定，
　　　　　　　　寒蝉叫蟋蟀鸣倍加伤情。

江秋莲（唱）　哗啦啦柳叶落枯枝摇动，
　　　　　　　　吓的我战兢兢掉了魂灵。

侯上官　往哪里走，拿包裹来与我。

乳　娘　我们是太山庙进香的母女，哪有包裹。

侯上官　你就是进香的我也要看。

乳　娘　你要我偏不与你。

侯上官　你不与我，我便要强夺。

乳　娘　清平世界，休得无理，我便要喊叫起来。

侯上官　你若喊叫，我便杀了你。（乳娘喊叫介，侯杀乳娘介）

江秋莲　哎呀，乳娘呀！

侯上官　呔！不必张声，你若张声，砍去首级，起来跟着我走！

江秋莲　哎！

（唱）　这真是出深沟又落陷井，（哭喝场）
　　　　初离门便遇着强徒行凶。
　　　　可怜把老乳娘霎时丧命，
　　　　哭啼啼跪在地叫苦连声。

我叫叫一声大爷呀，大爷！既杀死乳娘夺了包裹，就该飘然而去，又苦苦逼我同行，所为怎的，望求大爷慈悲为怀，放我逃生，我也感恩不尽了！

侯上官　你送我到前边岭上，我便去了，草里走，莫要遗下足迹!

（唱）　星光下我观她容貌出众，

　　　　一时间欲心动引起色情。

　　　　到前面我和她颠鸾倒凤，

　　　　不枉在绿林中夜走暗行。

你可认得这个地方么？

江秋莲　认不得。

侯上官　这是乌龙岗，下是青蛇涧，幽雅所在，你与我做上个
片刻夫妻，我便放你去了。怎么不言，你若不从，一
刀两断。

江秋莲　呀！

（唱）　天注定乌龙岗该我丧命，

　　　　断不肯伤风化失节求生。

　　　　似这等进退难死为万幸，

　　　　阴曹府森罗殿细诉苦情。

侯上官　你不从么？

江秋莲　哪个从你，快拿刀杀我。

侯上官　少年女子何必细讲，待我向前按倒在地，怕她不从！

（唱）　我和你这姻缘前世注定，

　　　　好一似笼中鸟何能飞腾。

　　　　山又高路又远无人清静，

　　　　不依从难道说罢了不成。

愿死愿活，赶快说来！（以刀逼秋）

江秋莲　大爷既是绿林好汉，岂能不通人情，奴乃闺中少女，
岂肯与一素不相识毫无礼义之人苟合，如承大爷厚
爱，以礼相待，就近请个媒人，从旁说合，使奴无愧于
心，方好从命，如若大爷不肯请媒，就请把奴一刀两
断吧！

侯上官　有你这番意思，我哪里还舍得杀你，起来，起来！待
我想法请个媒人。

江秋莲　那么大爷快去请来。

侯上官　我如去请媒人，你又趁空走了，我是去不得的。

江秋莲　那么我同大爷一同前去。

侯上官　你走到有人之处，喊叫起来，如何是好，必须成了亲，才可同行。

江秋莲　无媒不能成亲，你还是把我杀了吧！

侯上官　你莫急，待我想法儿来，那个洞边，现有一树白梅花，待我折来一枝，以作媒证，你的意下如何？（秋作望介又想介）

江秋莲　这也无法，我就屈从了你吧，你去折来。

侯上官　这有何难，我去折一把来。

江秋莲　我要这一枝，要那一枝，要这一枝。　（推侯下洞）
　　　　我再推些石头下去，以便逃走，这时候不得不下毒手了！
　　　（唱）　可恨你贼大胆刁野凶横，
　　　　　　　杀乳娘夺包裹太得绝情。
　　　　　　　又起了禽兽心图你高兴，
　　　　　　　落涧死可算得天理不容。（下）
　　　〔石径坡上。

石径坡　（唱）　鸡声叫夜色阑银河掩影，
　　　　　　　小经计执货杆奔走西东。
　　　　　　　自那日受感化改了旧病，
　　　　　　　再不去黑夜间做那营生。
　　　　我石径坡便是，做贼数载，一时酒醉被李相公拿住，不伤性命，反赠银两布匹，自己羞愧，从此改邪归正，再不做贼，而今做个小生意，向罗郡卖货，来至已是乌龙岗，此地广出贼盗，我虽不怕，不得不防。

侯上官　哎呀！

石径坡　打鬼！打鬼！我是不怕鬼的！

侯上官　我是人不是鬼。

石径坡　既是人为何不上涧来？

侯上官　我两腿俱被贼人打伤，望客官救命。

石径坡	可伤,可伤!
侯上官	当真可怜呀!
石径坡	你不必哭,我下来救你呀,你不是好人,好像绿林中人。
侯上官	我是卖米的客商,遇盗伤身,客官若能救我上涧,重重的有谢。
石径坡	(扶起侯介) 你谢什么?
侯上官	腰围有一包裹。
石径坡	替你拿下来,我好扶你上去,我把你这狗骨头,你明明是个贼,天罚你跌下涧来,你还敢哄你老子。
侯上官	我是遇贼伤的。
石径坡	放屁!若是遇盗伤身,这包裹还在你的腰间带着么?
侯上官	你既不救我,还我的包裹来。
石径坡	嚇!你这包裹,也是来路不明,送你老子买些酒吃吧!正是:

(念)　鹿得食而群鸣,
　　　蛇吞雀而不腥。

今个儿!岂不知刁儿匠遇着等路的了,哈哈哈!

(下)

侯上官	这才是涧下贼撞贼,折本又遭殃。讲话之间,天色明了,待我蹼回家去吧!

(唱)　夺包裹我不该伤人性命,
　　　既杀人又不该挟女同行。
　　　自作孽不可活应得此病,
　　　从今后想做贼腿胯不行。(下)

第七场 告 状

〔贾氏上。

贾　氏　（唱）　谯楼上鼓声稀东方已白，

　　　　　　　　　事到此免不得将她来催。

　　　　秋莲、乳娘，还不与我走来！

　　　　（唱）　她二人不起床这等贪睡，

　　　　　　　　　因什么静悄悄寂寞空闺。

　　　　呀！箱笼大开，往哪里去了？后墙下有梯子，想是越墙逃走了，待我开了大门，叫乡约地方，与我追赶一回。乡约、地方，快来、快来、快来！

〔乡约、地方上。

乡　约　（念）　闻声相随，

地　方　（念）　乡地常规。

乡约
地方　江大娘喊叫为何？

贾　氏　我家女儿和乳娘，昨夜逃走，我家男人不在家中，望二位追赶一回。

乡约
地方　从哪里走了？

贾　氏　从后墙逃走，二位请来先验踪迹。

乡约
地方　果然，果然！这路上遗下两个妇女足迹，料她走的不远，先从柳道去看，前面是什么东西，想是个醉汉，呀！原是一副尸首，可恨可恨可恨！不知什么人将人杀坏？

贾　氏　这是我家乳娘，不知被何人杀死。

乡　约　你认的真？

贾　氏	明明是我家乳娘的尸首,怎能认的不真哩。
乡约地方	此事不小,见官便了,我们抬尸首过来,江大娘跟我先去报官。
贾　氏	二位你去报官,我妇人不去也罢!
乡约地方	吠!你是尸主,哪有不去之理!
贾　氏	也罢,没奈何随你去吧!

（唱）　口不言心儿里自己追悔,

　　　　起祸端多因是捡柴相逼。

　　　　到公堂讲真情难免无罪,

　　　　这场事都怪我冒猜狐疑。（同下）

〔江秋莲上。

江秋莲	（唱）　伸双手擦不干眼中流泪,

　　　　亲难投家难奔进退伤悲。

　　　　早知道把乳娘这等连累,

　　　　倒不如死在家免受孤危。（齐）

腹中又饥又饿,体倦足痛,寸步难移,这里有一女庵,且喜庵门大开,走出一个道姑,真是慈悲大师到了。

道　姑	（念）　落叶懒意扫,

　　　　自有清风吹。

江秋莲	老师傅见礼了。
道　姑	女居士还礼了。
江秋莲	奴家遭逢继母所逼,前往南阳投亲,路遇歹人杀死乳娘,夺去包裹,奴家死里逃生,望老师傅救命吧!
道　姑	小庵名曰慈悲庵,有丈夫逼出的,有继母所害的,都在庵中,你是继母所逼,请到里面,与当家的师傅见面细讲。
江秋莲	如此请!患难慈悲,
道　姑	道家常规。
江秋莲	诚恐不纳,
道　姑	何为慈悲。（同下）

〔车升上。

车　升　（诗）　世人每每想做官，
　　　　　　　　岂知官无半日闲。
　　　　　　　　清晨还有几件事，
　　　　　　　　令人时刻悬心间。

　　　　下官车升，浙江嘉兴府崇江县人氏，现任宛城县令，
　　　　只因罗郡庄柳道杀人命案，审查不明，押解人犯来到
　　　　道衙听审，耿公升堂伺候便了。（役引耿上）

耿　　伸　（诗）　解君忧先除民患，
　　　　　　　　扶山河静扫烽烟。
　　　　　　　　胸藏文武样样全，
　　　　　　　　铁面无情执法严。

　　　　下官姓耿名伸字无曲。江西南昌县人氏，职授南阳
　　　　兵备道，管辖军民，今坐大堂，左右，将投文牌提出。

人　　役　启禀老爷，宛城县投文。

耿　　伸　呈上来，原来是一件命案，传县令。（外上拜介）

车　　升　大人贵体可安？

耿　　伸　倒也罢了，将这件小事，也审问不明吗？

车　　升　卑职才疏学浅，望大人明鉴。

耿　　伸　唤贾氏。

贾　　氏　有。

耿　　伸　你家乳娘因甚出外，被人杀死？

贾　　氏　小妇人的男人不在家中，使养娘出外买米去来。

耿　　伸　胡说，半夜三更，还往何处买米，必是狡猾之妇，枷
　　　　起来。

贾　　氏　爷爷莫要动刑，小妇人从实说来。

耿　　伸　从实讲来！

贾　　氏　（唱）　一声喊吓得我心惊胆战，
　　　　　　　　公堂上用不上巧语花言。
　　　　　　　　小女人从实诉以待明鉴，
　　　　　　　　乳娘死关系着许多牵连。

小妇人有一女儿,名唤秋莲,与乳娘去到郊外,捡拾
芦柴,有一秀才白送银子一锭,小妇人怀疑,意欲出
首捉奸,她两人连夜逃走,不知什么人又把乳娘杀坏
在柳道上了!

（唱）　她二人越墙走约有夜半,

　　　　随带着许多的细软钗环。

　　　　但不知什么人黑夜作乱,

　　　　杀乳娘血满身实实可怜。

耿　伸　秋莲如今在哪里?

贾　氏　不知下落。

耿　伸　你女儿多大年纪?

贾　氏　一十六岁。

耿　伸　可是你的亲生女儿?

贾　氏　她是前房所生,我是后娘。

耿　伸　你若是她亲娘,一十六岁的女儿,怎忍叫她去到郊外
　　　　捡柴,与我枷起来。

贾　氏　爷爷,捡柴之事,为穷所迫。

耿　伸　胡道!

（唱）　女儿走带许多钗环细软,

　　　　必不是贫穷家少吃缺穿。

　　　　前房的女孩儿由你作践,

　　　　真个是妬妇心蛇蝎一般。（齐）

　　　　松刑,贾氏,你女儿容貌如何?

贾　氏　不敢隐瞒,虽无十分颜色,也有八九分人才。

耿　伸　郊外赠银之人,你可知道他的名字?

贾　氏　他名叫李华。

耿　伸　多大年纪?

贾　氏　约有十八九岁。

耿　伸　居住哪里?

贾　氏　他在罗郡庄永寿巷居住。

耿　伸　那么,你女儿必在李华家中了!

（唱）　无知的儿女们易生爱念，

哪一个美姣娥不爱少年。

必定是去私奔乳娘相劝，

被奸夫杀死在柳道路边。

贾　氏　爷爷明鉴，如同天上明月一般。

耿　伸　唤知县！

车　升　卑职在！

耿　伸　将贾氏带到你的衙中，即差干役数名，前往李华家
　　　　　中，搜寻秋莲，如若不在，先将李华带到南阳听审。

车　升　遵命！（下）

门　　　（上）　启老爷，新按院老爷于十月二十一日起马，
　　　　　如今出京已经五天了。

耿　伸　吩咐修整察院伺候。

（念）　军情纷纷民情烦，

昼夜劳碌心不安。

治军辖民皆一理，

只在公平两字间。（下）

第八场　捕　捉

〔石径坡上。

石径坡　（念）　自古否极泰来，

常言祸去福偕。

为人莫贪小利，

强求富贵成灾。

我石径坡，立誓再不做贼，偏偏乌龙岗我贼遇着那
贼，得来这个包裹，俱是值钱之物，李相公救我大恩，
无以为报，不免将这包裹酬谢与他，来此已是他家门
首，待我扣门，且住，半夜三更，敲门打户，他岂肯受

这东西。有了,我且把旧手段使出,轻轻跳上屋檐,将包裹丢在他家,聊尽我一点诚心便了。李相公,李相公!有人酬谢你来了。(丢下包裹介)

(念)　自幼身轻如叶,

虚空随风往来。(下)

〔李骥上。

李　骥　(念)　犬声聒耳难耐,

令人心生疑猜。

这是什么东西,好奇怪,相公快来!

李　华　什么事情,大惊小怪?

李　骥　相公请看,这是什么东西?

李　华　呀!原来是一个包裹,从哪里来的?

李　骥　老奴正在梦中,听得人言,李相公,李相公,有人酬谢你来了,一声响亮,老奴看来,并无人影,只有这一件包裹。

李　华　这事奇怪,想必谁家被盗,贼人遗在这里,你去外边打听,包裹内的东西,有人说的相投,即便还他,速去,速去。

衙　役　(念)　县衙奉差遣,

连夜搜秋莲。

贾　氏　(念)　要见真和假,

赶快莫迟延。

列位这就是李华门首,幸喜门还大开,列位请进。

差　役　夜半深更怎敢冒进。

贾　氏　列位是官署所差,与别人不同,用二三人把住大门,请列位随我进来。

衙　役　有理,有理。

李　华　咳!你们都是什么人?敢入我的内宅。

众　　　我们是寻女子的官差。

李　华　哪有这等的事!

(唱)　今夜晚这件事真道奇怪,

乱纷纷如蜂拥进我门来。

入内室进卧房将人惊坏，

说什么寻女子奉官委差。

贾　氏　不用寻我女儿,有了。

衙　役　在哪里?

贾　氏　（唱）　这不是随带的衣服俱在,

红绣袄素罗裙玉簪绣鞋。

乳娘死必定是此人杀坏,

如不然这包裹从何得来。

快快献出我家女儿。

李　华　这才奇了,怎么叫我献出你的女儿,你的女儿是谁,
我并未见,这包裹是由房上落下的,我未出门,你怎
么问我要你的女儿? 这才奇了!

（唱）　这件事真蹊跷令人难解,

是了! 必定是强盗们使智劫财。

假出下葫芦题将人诬赖,

扯床帐开箱笼暗里安排。

贾　氏　（唱）　卖风流诱闺女大事已败,

休得要假惺惺佯装痴呆。

柳道内养娘死是你杀害,

快献出江秋莲免人疑猜。

李　华　胡说! 我晓得江秋莲她是何人?

衙　役　李相公请带法绳。

李　华　咳!

（唱）　近日里施政令良规尽坏,

什么事用法绳敢拴秀才。

真可恨公门中为非作歹,

逞什么虎狼威巧里藏乖。

贾　氏　列位!

（唱）　你们是执义票上司委差,

比不得在乡间恃势显才。

　　　　　　现放着真贼在论什好歹，

　　　　　　齐上前拿了他去见上台。

　　　　列位请带了他去。（众带下）

李　骥　不知何事，江婆子领了许多的衙役，将我家主人拿

　　　　去，我只得锁了门户，去到衙门打听。

　　（念）　差役黑夜拿秀才，

　　　　　　其中必有甚安排。

　　　　　　但求平安无事归，

　　　　　　是喜是忧总难猜。（下）

第九场　屈　招

〔役引耿伸上。

耿　伸　（役引上）为官善察民隐，听讼自不屈人。

人　役　禀爷，宛城县将李华解到。

耿　伸　唤贾氏！

贾　氏　伺候！

耿　伸　你在李华家中寻见你女儿么？

贾　氏　虽未见我女儿，但将我女儿的衣裙钗环，俱从李华家

　　　　中搜出来了。

耿　伸　这就是了，人来！把此帖送在学里将李华除名。

人　役　是。

耿　伸　唤李华！

〔李华上。

李　华　（念）　大人在上，李华伺候。

耿　伸　李华你为何引诱民女，杀死乳娘，从实招来！

李　华　大人，吓杀生员了！

　　（唱）　念小生守寒窗常思己过，（役掷刑具）

　　　　　　怎敢下杀人手横行作恶。

他女儿与生员并未见过，

这件事怎认定是我所作。

贾　氏　爷爷呀！他既不曾见我女儿，这锭银子是何人赠的？

（唱）　分明是你仗着势大钱多，

引诱我不肖女荒郊苟合。

想做个私心事越墙而过，

杀养娘除后患还赖什么？

耿　伸　这银子果然是你的么？

李　华　生员记得了，那日送友回来路过林坡，见一妇人同一幼女捡柴啼哭，生员一时不忍，施舍一锭银子，并未回头，飘然而去！

（唱）　虽施舍一锭银问心无怍，

相问答并无有半点情薄。

分明是这婆子因风纵火，

杀养娘虐闺女引起风波。

贾　氏　你没见我女儿，没杀养娘，这个包裹如何得到你的家中？你说，你说。

耿　伸　李华这包裹如何得到你家？

李　华　哎！前夜睡尚未稳，屋檐上掉下包裹，未曾打开细看，这婆子领着公差就来了！（唱）

三更后屋檐下掉下包裹，

未打开尚不知内藏何物。

必定是这婆子先来遗祸，

当夜晚领公差将我来捉。（齐）

贾　氏　他倒推得干净，请爷爷详情推问。

役　　（上）　启老爷，学里训导在老爷上边有帖。

耿　伸　呈上来，李华，这是你的秀才，拿去看来。

李　华　哎老爷！可惜生员十年寒窗了，除名死不甘心！

耿　伸　事实昭然，还说死不甘心？左右，枷起来！

李　华　大老爷冤枉！

耿　伸　抄起来！

（唱）　明明是见美色眼中生火，
　　　　何况是俊佳人早已谐和。
　　　　是这样奸情事还来瞒我，
　　　　快送出江秋莲免受折磨。

李　华　大老爷，衣服是江婆子掷在我家，谋害学生。

耿　伸　若说谋害，将她女儿包裹衣裙，也就够了，为何绣鞋
　　　　都在内边！
（唱）　分明是奸情事杀人起祸，
　　　　真贼在大事漏还辩什么。
　　　　岂不晓三尺法难以逃躲，
　　　　再不招我教你命见阎罗。

　　　　再打！

李　华　大老爷息怒，这这原是奸情。

耿　伸　她家乳娘，可是你杀了么？

李　华　就是我……杀的！

耿　伸　他家女儿现在哪里？

李　华　一字不知。

耿　伸　再打四十棍子！

衙　役　绝气了。

耿　伸　松刑，用水激醒，人来！

役　　　有！

耿　伸　将李华收监，我一定要将江秋莲追出到案。正是：
（念）　休逞秀才作恶，
　　　　岂知王法情薄。
　　　　堂上不论学广，
　　　　五刑哪怕才多。（下）

第十场 念 恩

〔看守上。

看　守　（念）　掌管监禁费辛勤，

　　　　　　　　昼夜不眠看犯人。

〔李骥上。

李　骥　（念）　心急忙似火，

　　　　　　　　两足快如风。

　　　　来此已是监门，禁公大哥！

看　守　做什么的？

李　骥　这里面有个李相公，我是他的家人李骥，看他来了。

看　守　这不是你家的门儿。

李　骥　伸手来，这是二两银子。

看　守　也罢，待我与你开门，你家主人是受了刑之人，待我

　　　　扶出来。

李　骥　相公醒来。

李　华　哎哟！

　　　　（唱）　这半晌方才醒疼痛难忍，

　　　　　　　　好一似刀割腹乱箭穿心。

　　　　　　　　大张口吐不出满腹冤恨，

　　　　　　　　只落得两眼中珠泪纷纷。

李　骥　罢了相公！（同哭）

〔石径坡上。

石径坡　（唱）　把一个佛心人遭逢厄运，

　　　　　　　　不由人低着头暗暗伤心。

　　　　来到监门，禁公大哥！

看　守　做什么的？

石径坡　里面有个李华，李相公么？

看　守　有个李相公，你问他怎的？

石径坡　你把门儿开了，我到里面看他一看。

看　守　呔！难道这是你家的监门么？

石径坡　大哥伸手来，这是二百文钱。

看　守　不够本钱。

石径坡　下次多补些吧！

看　守　也罢，待我与你开了门吧。

石径坡　李相公在哪里？

看　守　在狱庙前，莫要高声，恐大老爷知道不便。

石径坡　恩人在哪里，哎恩人呀！（唱摇板）

　　　　你本是游泮客朝廷英俊，

　　　　只晓得读诗书下笔做文。

　　　　似这等冷清清牢狱监禁，

　　　　南阳府哪一个是你亲人。（齐）

　　　　恩人请吃一杯酒。

李　华　不用，你是何人？从来不曾面会。

石径坡　恩人你再想。

李　华　认得了。

石径坡　恩人呀！

　　（唱）　既认得再不必推情细问，

　　　　　那一晚我受过相公大恩。

　　　　　杀我身削我肉报恩不尽，

　　　　　今送来一壶酒略表寸心。

　　　　相公吃一杯酒。

李　华　也罢，我用一杯。

石径坡　恩人犯的何法，因何到这个所在？

李　华　我也不知我犯的何法，那夜晚屋檐上掉下一个包裹，
　　　　开门去问谁家失盗，贼人将包裹遗在我家，忽然差人
　　　　进房拿我，解到南阳，江婆子说我杀死她家乳娘，暗
　　　　藏她的女儿，大老爷不问曲直，陡然用刑，除名收监，

我也不知犯的何法！

（唱）　大老爷他不肯推情细问，

行文书到学院革去青衿。

读书人熬不过五刑拷讯，

无奈何屈承认害命杀人。

石径坡　哎呀！只说报答你的好心，不料连累了恩人，恩人你屈认人命，冤受五刑，只是江秋莲不知下落，大老爷少不得常要比责，你又如何受得！

李　华　哎！江秋莲你害的我好苦呀！

（唱）　杀人罪也是我无奈承认，

要我寻江秋莲海底捞针。

公堂上受比责我命该尽，

纵死在阴曹府也不甘心。（齐）

看　守　老爷查监来了，快都出去！

李　骥　相公呀！

石径坡　恩人呀！李骥哥，难道你家主人，没有个亲朋厚友？

李　骥　我家主人有个朋友，现在集峡山居住。

石径坡　为何不去求他，搭救相公出狱？

李　骥　我若去了，相公饮食该靠何人？

石径坡　一面在我。

李　骥　江秋莲也得一人寻找？

石径坡　这也在我。

李　骥　哎！如此石大哥转上受我一拜了！

（唱）　谢过你豪杰心慷慨应允，

送饮食还望将秋莲找寻。

假若是我主人脱离监禁，

我主仆必不肯忘你大恩。

石径坡　（唱）　我受过活命恩补报不尽，

怎比得陌路人置之不闻。

狱中事供相公饥餐渴饮，

江秋莲我自去昼夜找寻。

李　骥	如此请！
	（念）　大事托与君，
石径坡	（念）　必不背前恩。
李　骥	（念）　路遥知马壮，
石径坡	（念）　过后见人心。李大哥！
李　骥	讲说什么？
石径坡	集峡山之事要紧。
李　骥	石大哥转来！
石径坡	讲说什么？
李　骥	江秋莲之事要紧。
石径坡	一面在我，哎恩人呀！
李　骥	哎相公呀！（同下）

第十一场　逼　女

〔秋联姑、秋联上。

秋联姑	（念）　身体无主张，
	我命不久长。
张秋联	（念）　母亲休叹气，
	静养是良方。
秋联姑	我儿看是什么时候了？
张秋联	黄昏时候。
秋联姑	点灯来！
张秋联	是！

〔石径坡上。

| 石径坡 | （念）　天黑无月， |
| | 　　　　正好行窃。 |

石径坡，立誓再不做贼，明天要与李相公送饭，手内
无有分文，没有奈何，再把这没良心的事做上一遭，

明日做饭，定用不了的，非是我不改志，只因穷所逼。讲话之间，眼前有一主儿，待我飞上他的房檐，看他肥瘦如何，哎呀！这羊儿虽然毛长，倒还有膘，只见灯火未熄，若要得重利，除非把灯熄，那里有个矮子来了，我且藏在黑暗之中。

〔侯上官上。

侯上官　（唱）自坏了两条腿全然不济，

　　　　　　　　不能做旧营生无靠无依。

　　　　　　　　每日里我家中少柴无米，

　　　　　　　　妻在床染痨病时时啼饥。

　　　　女儿开门来！

〔秋联姑上。

秋联姑　（唱）　耳听得双环响令人诧异，

〔张秋联上。

张秋联　（唱）　想必是我父亲转回家里。

秋联姑　（唱）　我的儿莫开门先问仔细，

张秋联　（唱）　娘有命女孩儿怎敢不依。

　　　　是哪个？

侯上官　是我，开门来！

张秋联　爹爹回来了？

侯上官　回来了。

秋联姑　老爷回来了？

侯上官　回来了。

秋联姑　可有柴米？

侯上官　今天没有，明天就用不了的。

秋联姑　今天没有明日哪里来的？

侯上官　我把秋联，（联惊介）我儿取汤饭来，与父充饥。

张秋联　呵是！（背身）忽看他言语蹊跷，且站一旁，听他讲说什么。

侯上官　我把秋联卖与娼门了。

秋联姑　怎么说把女儿卖与娼门了？

侯上官	正是。
秋联姑	那如何使得！
侯上官	不必高声，我多图儿两银子，莫使女儿听见。
张秋联	姑父，姑母！我虽是你的螟蛉女儿，服侍你二老如同亲生父母一般，安忍把孩儿卖与娼门？
侯上官	我儿你听错了，张公子要娶我儿为妾，卖与张门，何言娼门，明日就要过门，房内收拾鞋脚，你到那里享受荣华去吧！
张秋联	哎！

（唱）　只见他巧答应不怀好意，
　　　　我只得假装呆且自应机。
　　　　弱怯怯女孩儿无靠无依，
　　　　哭了声嫡亲娘你在哪里。

| 侯上官 | （唱）　我的儿你不必这样哭泣，
　　　　为父母安忍得将你相逼。
　　　　皆因你年及笄理当择婿，
　　　　婚姻事到明天就是佳期。 |
|---|---|
| 秋联姑 | （唱）　听一言不由人长吁叹气，
　　　　我的儿扶娘来暂且安息。
　　　　但愿得门君爷唤我前去，
　　　　也免得在人间穷病不离。（同下） |
| 石径坡 | （唱）　听她言察她语心中暗喜，
　　　　果然是那话儿一些不虚。
　　　　谁晓得江秋莲落在此地，
　　　　难为了李春发枉受刑拘。（齐） |

谁知江秋莲她在这里，又是他的螟蛉女儿，我如今也不偷他了，再看秋莲的行状如何。

（念）　要知真详细，
　　　　再听好消息。

〔张秋联上。

张秋联	（唱）　眼流泪头低下恨天怨地，

孤伶仃女孩儿无人怜惜。
千般思万般想并无一计,
倒不如及早死悬梁自缢。

且住,我为何寻死,我虽是他的螟蛉女儿,服侍他二老有什么好处,不免进房收拾包裹,连夜逃走,姑父、姑母!这是你们不仁,休怪孩儿私奔了!

（唱）　这才是你不仁非我不义,
学一个鸥鸦鸟插翅高飞。
入女庵作尼姑走为上计,
家缘事椿萱老一字不提。

石径坡　（唱）　果然是江秋莲千真万实,
好叫我喜洋洋展放愁眉。
到明天拿她到南阳府去,
要搭救李相公早出牢狱。

果然是江秋莲,她姑父要卖她为娼,黑夜逃走,我且到庄外,等她来时,扯她到南阳府里,与李相公鸣冤便了,正是:

（念）　踏破铁鞋无觅处,
得来全不费工夫。

张秋联　（上唱）低下头出房来门儿紧闭,
过草堂拽罗裙莲步轻移。
一霎时我离了是非之地,
还喜得今夜晚月明星稀。
趁无人急慌忙向前奔去,

石径坡　住了,你是江秋莲不是?

张秋联　（唱）　忽然间有男子当路而立。

石径坡　你是不是江秋莲?

张秋联　是不是你问着为何?

石径坡　你把一个李秀才害在监里,我拦你到南阳府去与他辩冤。（秋联想介）

张秋联　我从哪里认得李秀才王秀才,我不去。（石拉介）

你勿近我身,我随你去就是。

石径坡　要去早去,那怕你不去。

张秋联　我该怎处呀!有了,此间有井一眼,不免投井一死,
　　　　倒落得干净,罢了,哥哥!(跳井介)

石径坡　咳!怎么跳了井了,也罢,我到南阳,击鼓鸣冤,好与
　　　　李相公脱罪。(下)

　　　　〔侯上官上。

侯上官　秋联,秋联!门儿大开,想是女儿逃走了,老婆子,女
　　　　儿逃走了。

秋联姑　(内白)　怎么走了?

侯上官　是走了。

秋联姑　走的好,免得我再生气?
　　　　(念)　莫怪女儿私逃走,

侯上官　(念)　横财不发命穷人。(下)

第十二场　寄　联

　　　　〔石径坡上。

石径坡　(念)　莫思量、莫思量,
　　　　　　　行来到公堂。
　　　　　　　手里摸砖块,
　　　　　　　击鼓辩冤枉。

　　　　〔众上捉石,耿上。

耿　伸　(念)　民间若无冤枉事,
　　　　　　　岂敢堂上将鼓击。

　　　　什么人击鼓,带上来,你有何冤枉?

石径坡　小人是个贼。

耿　伸　原来是个疯汉,打嘴!(众打介)说来。

石径坡　屈问了人了。

耿　伸　屈问了哪个？

石径坡　屈问了郑州李华。

耿　伸　再打嘴！（众打介）怎么敢问了李华，有何理说？

石径坡　小人不敢说，我若说老爷又要打嘴。

耿　伸　说的近理，便不打嘴！

石径坡　小人名唤石径坡，当真是个贼，去往侯家庄偷盗，曾
　　　　见江秋莲与人做螟蛉女儿，因她姑父要卖她入娼，投
　　　　井死了。

耿　伸　你见的真么？

石径坡　若有半句虚言，将小人立斩辕门，我连回头看也
　　　　不看。

耿　伸　也罢，我就准你的口词，唤贾氏！

贾　氏　有！

耿　伸　贾氏，你女儿在侯家庄与别人做了螟蛉女儿，诬状告
　　　　人，该当何罪？

贾　氏　犯妇若见我女儿，自当认罪。

耿　伸　被她姑父逼的投井死了，还敢强辩，同我的原差侯家
　　　　庄搭捞尸首，石径坡领路，捞出尸首即来报我。
　　　　（下）

贾　氏　（唱）　虽同行心儿里暗暗思想，
　　　　　　　　我庄上柳道内杀死养娘。
　　　　　　　　年幼女迢迢路一人怎往，
　　　　　　　　只恐怕石径坡未审端详。

　　　　列位我们不去吧！

众　　　怎么不去？

贾　氏　这样远的路径，我女儿如何得到那里？

众　　　石径坡想是错认了人了？

石径坡　老姚婆，侯家庄若不是你女儿，我把这个头切的献给
　　　　你吧！

　　　　（唱）　同众位我和你当面击掌，
　　　　　　　　这件事我大胆一面承当。

　　　　　此一去假期是没有影象,
　　　　　把这颗贼首级输与婆娘。(同下)
　　　　〔江韶推车上,唱原板。

徐黑虎　怕贫穷苦劳力不敢浪荡,
　　　　名与利引的我昼夜奔忙。
　　　　猛抬头东方白明星朗朗,
　　　　歇片刻等天亮再行何妨。
　　　　天快明了,略歇一歇,再走吧。

江　韶　正是,我们用些干粮好走。

张秋联　(在井内哭)哎苦呀!

徐黑虎　打鬼,打鬼!

江　韶　不是鬼,井内有人啼哭,我去问他,井内的人,你是个
　　　　男子,是个女子?

张秋联　我是个女子。

徐黑虎　原是一眼枯井,却也不深,这女子如何救得上来。

江　韶　车儿上有绳,待我下去,你壮年人好在上边用力,我
　　　　下去救她吧。

徐黑虎　你下去好用力,对对对,老伙计,拴住了么?

江　韶　拴住了,吊这妇人吧。

徐黑虎　正是:
　　　　(念)　好美色的佳人,
　　　　天赐我的婚姻。
　　　　〔江韶推车上,唱原板。

江　韶　快吊,我心里慌惚的要紧。

徐黑虎　晓得,哎呀!吊这老头子上来,必起争端,有了,将这
　　　　老狗埋在井里吧,不免将井桩推倒,老伙计站在当
　　　　中,绳子下来了。(推井桩把江韶塌死在内)

张秋联　天呀!又遇见恶人了。

徐黑虎　呔!你若高声,就用刀杀了你,不许你动,待我把这
　　　　白米也抛在井内,女子快上车儿来,我把你推上走!

张秋联　哎!

（唱）　初出门遇盗贼又遭魔障，
　　　　出陷井又遇着虎豹豺狼。
　　　　若不从我性命目前便丧，
　　　　只落得珠泪流无限悲伤。
　　　　没奈何且随他把车去上，
　　　　到中途有机会再想良方。

徐黑虎　（唱）　喜洋洋心儿里暗暗思想，
　　　　天赐我这佳人巧配鸾凰。
　　　　猛听得闹嚷嚷铜锣响亮，
　　　　吓的我战兢兢无处躲藏。

有了，推在化俗桥下。（同下）

〔何带人役上。

何升云　（唱）　金銮殿领圣旨明查暗访，
　　　　除贪恶安良善由我主张。
　　　　似这等万人懼昂昂气象，
　　　　也不枉自幼儿十年寒窗。

张秋联　（喊）　老爷救命！

何升云　你是谁家女子，桥下喊冤？（徐黑虎跑走）

张秋联　民女张秋联，父母早亡，依靠姑母度日，姑爹不仁，要卖民女为娼，黑夜走出，遇见一人，逼我跳井，次日有贩米二位客人，救我出井，谁知井上救我之人，将下井捞我之人，害死井内，立逼民女上车，民女实实不愿随他，因在桥下喊冤。

何升云　那人今在哪里？

张秋联　民女喊冤之时，他已逃走了。

何升云　可曾记下名字？

张秋联　未问姓名。

何升云　我如今差人送你回去如何？

张秋联　诚恐姑爹姑母又要卖我。

何升云　这却怎处，人役，那林子里边，是什么所在？

人　役　小人去看，禀爷是一座庙庵，上有牌匾，名叫慈悲庵。

何升云　那里是男僧女僧?

人　役　俱是道姑。

何升云　速唤道姑来见!

人　役　是!

道　姑　慈悲庵道姑与大老爷叩头。

何升云　本院新任按院,将这女子寄在庵中,本院到了南阳,
　　　　差人送些香钱,好好看顾,领去吧!

道　姑　遵命。(同下)

何升云　看过便衣。(役送取衣介)你们二三人远远了望,一
　　　　人推了车儿,我坐在车上,执司人役俱从大路上走
　　　　去,唤声即到。

人　役　是。

何升云　(唱)　　出京来我行至河南境上,
　　　　　　　　观风俗验民情狡诈非常。
　　　　　　　　害人贼难避过五刑官棒,
　　　　　　　　限三月把盗贼化为善良。

　　　　〔假扮书生坐车行走与徐相遇。

徐黑虎　相公请了!

何升云　请了!

徐黑虎　请问相公适才轿内坐的是什么老爷?

何升云　是新任按院何老爷。

徐黑虎　把喊冤的那个女子怎样发落了?

何升云　带的去了,我们赶路。

徐黑虎　住了,你坐的那车是我的,下来吧!

何升云　适才桥下拾了个车儿,你怎么冒认起来了?

徐黑虎　上面现有我的名姓,怎么说是冒认?

何升云　你名唤什么?

徐黑虎　我名徐黑虎,你若不信,下来同看。(何下车介)

何升云　果然有徐黑虎三字,你我难以凭信,后边有人来了,
　　　　我要同你讲理。

徐黑虎　讲理何妨。

〔众上。

何升云　将徐黑虎逮了。

徐黑虎　这是怎么,他坐我的车儿,着他下来还我,你们拴我为何?

人　役　瞎了眼的奴才,你认不得他,就是按院大老爷,私访此事。

徐黑虎　罢了,老爷我不叫徐黑虎。

何升云　你叫什么?

徐黑虎　我叫……

何升云　奴才还敢强辩,人役过来!

人　役　有!

何升云　将车推在南阳寄库,将徐黑虎收监,你们不用伺候。

（役带徐下）

（唱）　漏网鱼他又将香饵吞上,
　　　　带箭鹿复返身又入围场。
　　　　杀人犯不远走转来混账,
　　　　暗察访捉贼子不费周张。（下）

第十三场　认　尸

〔乡约、地方、役、石径坡同上。

贾　氏　（唱）　无故的你说下包天大话,
　　　　　　　　一路上由着你弄嘴磕牙。

石径坡　（唱）　我从来最忠厚当真非假,
　　　　　　　　井内有江秋莲一字不差。

贾　氏　（唱）　似这等路崎岖又窄又狭,
　　　　　　　　侯家庄未必有我那冤家。

石径坡　（唱）　如不然先将我这头割下,
　　　　　　　　还不用你动刀我自抹杀。

　　　　　　这不是井吗,井桩桩子怎么倒了?

人　役　先看是枯井还是新井?

石径坡　就在这里头哩,噫,那白花花的,是什么东西?

人　役　谁晓得它是啥,那里有个蹉子来了,问他个端的。

　　　　〔侯上官上。

侯上官　(唱)手拄地脚朝天难为两胯,

　　　　　　　多因是在绿林将事做差。

　　　　　　　那夜晚乌龙岗天罚不假,

　　　　　　　却教我每日里要学狗爬。

人　役　这一汉子,这是谁家的井?

侯上官　是我家的井。

人　役　井桩子哪里去了?

侯上官　昨夜还在不知怎么倒了。

石径坡　列位,这人我倒认得,且问你庄上可有个江秋莲么?

侯上官　秋联是我女儿,昨夜逃走,我来找寻,你问她怎得?

石径坡　可是你亲生的女儿么?

侯上官　不是的,她是我的螟蛉女儿。

石径坡　你看如何?

侯上官　你无故盘我,莫非你将我女儿拐去?

贾　氏　住了,想是我女儿被你骗去。

石径坡　你二人休嚷,江秋莲不会走,死在井内了。

侯上官　想是你把我女儿逼死了。

贾　氏　不管他,我问你要我女儿哩。

人　役　休要乱嚷,捞出尸首再说,地方下去!

地　方　是!

石径坡　那白白的是什么?

地　方　白的是米。

石径坡　先吊上来换酒吃。

　　　　〔何升云上。

何升云　(唱摇板)

　　　　　　起身来任步游真个潇洒,

那边厢许多人为甚喧哗。

井内有白米出此事稀诧，

再听他这些人有何说法？

石径坡　见了尸首么？

地　方　不像女子。

石径坡　是个什么人？

地　方　身子胖大，额下毛古董董的。

石径坡　想是头发乱了，也罢，吊上来再验。

地　方　你先吊我上来。（地上吊尸）

石径坡　先看呀，成精作怪的一个老头子，你害得我不得
　　　　活了！

贾　氏　这明明是我男人。

人　役　你认的真么？

贾　氏　我和他夫妻多年，难道认他不真，哎苦死的夫呀！

　　　　（唱）　每日里你只顾奔走天涯，（哭喝场）

　　　　　　　　只为着做买卖不肯回家，

　　　　　　　　到今日遭人害九泉之下，

　　　　　　　　可怜你浑身上尽是泥沙。

　　　　（白）想是你将我男人害了。

石径坡　哎我的那亲婆婆呀！

　　　　（唱）　昨夜晚一幼女与我答话，

　　　　　　　　投井内又变成老儿白发。

　　　　　　　　你前去问井主便知真假，

　　　　　　　　这井内换尸首恐怕是他。

贾　氏　蹉子过来、是你将我丈夫害了？

侯上官　（唱）　你看我有病人这副腿胯，

　　　　　　　　何况是年纪老气力不佳。

　　　　　　　　行动走两只手又抓又爬，

　　　　　　　　怎能到井边前去把人杀？

地　方　说的倒也有理，只是此事怎得明白？

何升云　我倒明白。

人　役	你明白什么？
何升云	不晓得。
人　役	怎么你明白，又不晓得？
何升云	也明白，也不晓得。
人　役	胡说，人命大事，岂容你多说，逮了去见老爷。
何升云	我是个秀才，你逮不得。
人　役	我家老爷是南阳兵备道兼管人民，好大的个秀才！
何升云	这等说来你就逮了，哎，可笑也！

何升云　（唱）　真可笑衙役们这般刁诈，
　　　　　　　　想必是为官的也不甚佳。
　　　　　　　　带了绳站一旁装聋卖哑，
　　　　　　　　且看他到公衙怎样审咱？

人　役	石径坡与地方抬尸首，与井主去见老爷。
何升云	公差大哥，放我走了吧！
衙　役	你不该多嘴呵！
何升云	（念）　一时无心闲磕牙，
衙　役	（念）　因为多言犯王法。
何升云	（念）　诚恐进城难释放，
衙　役	（念）　除非有钱再开发。（同下）

第十四场　庵　会

〔江秋莲上。

江秋莲　（唱）　可叹命途太多乖，
　　　　　　　　他人受祸又招灾。
　　　　　　　　一时虽得安身处，
　　　　　　　　想起老父泪悲哀。

奴家江秋莲，自蒙师傅收留慈悲庵中，每日烧香诵经，倒也安闲，只因继母不容，以致酿成变故，老乳娘为我丧生，李相公因我受累，老父不能见，有家归不得，天呀！天呀！我江秋莲何以如此的苦命呀！

（唱）　这样遭遇真凶横，

　　　　亲生骨肉难相逢。

　　　　继母已将公差请，

　　　　必然作浪又兴风。

　　　　她的言语无凭证，

　　　　这案官司何日终。

　　　　欲往公廨诉究竟，

　　　　不幸乳娘丧残生。

　　　　苦在庵中长居停，

　　　　终身大事无前程。

　　　　左思右想心不定，

　　　　不由裙钗泪盈盈。

　　　　一事猛然触心动，

　　　　何不请她问一声。

前些日子，按院送来张家女子，观她相貌美丽语言和婉，将她请出来一叙遭遇，她若再见按院，或能与奴伸冤，亦未可知，便是这个主意，张家姐姐请到前边来。

张秋联　（内应）　唉，来来来了！

（唱）　正在庵堂将经诵，

　　　　忽听江姐叫连声。

　　　　见她好似有心病，

　　　　藉此正好问分明。

江秋莲　姐姐请坐！

张秋联　有坐，不知唤妹到来，有何事故？

江秋莲　妹妹来至庵中，每日功课甚忙，无暇长谈，今日师傅带了众徒，出外念经，庵中只留你我二人，正好谈心，请问姐姐因为何事，按院将你寄送庵中，望乞详细见告，妹妹尚有恳求姐姐之处。

张秋联 奴名张秋联,宛城人氏,父母双亡,家有长兄出外谋事,将奴寄托姑父母名下为女,姑父为人不务正道,要将奴卖入娼门,是我黑夜逃出,遇一汉子强要拉我去到南阳,打救什么李秀才,奴家闻言心慌,扑下井去,后经恶人救出,逼我从他,行经化俗桥下,适逢按院到来,奴即高声叫喊,那贼逃去,按院将奴寄在庵内,若是人犯获齐,再行发落。

江秋莲 听得姐姐如此说法,你我同是命苦之人呀!

张秋联 谁倒说不是苦命呀!

（唱）　秋联生来真苦命,
　　　　骨肉只有一长兄。
　　　　他的志向太坚定,
　　　　一心想把大事成。
　　　　家缘之事全不懂,
　　　　险些送我枉死城。
　　　　按院将我庵中送,
　　　　吉凶祸福难分明。
　　　　你我相怜是同病,
　　　　姐姐住庵因甚情?
　　　　请将遭遇说究竟,
　　　　妹妹或可设法行。

妹妹已将身世详告姐姐,也请姐姐将遭遇的事故告诉我呀!

江秋莲 我也正要告诉姐姐了!

（唱）　未言不由珠泪吊,
　　　　叫声姐姐听根苗:
　　　　秋莲生母去世早,
　　　　贾氏后娘太恶刁。
　　　　她趁我父在家少,
　　　　打我捡柴奔荒郊。
　　　　乳娘随我在一道,

遇见李生问根苗。

怜我受难年纪小，

赠银三两买柴烧。

归家向我继母告，

银两反把大祸招。

继母要把奸情报，

乳娘引我连夜逃。

贼杀乳娘在柳道，

又要逼奴配鸾交。

我奴无法假言笑，

诓贼涧边折梅梢。

趁势推贼涧下掉，

奴才乘机把命逃。

幸遇庵中师傅到，

才得活命到今朝。

妹妹身世说分晓，

请求替我把冤消。

张秋联　（唱）　听罢言来心痛酸，

伤心人儿同病怜。

但得早把按院见，

奴代姐姐伸屈冤。

姐姐不要愁烦，早晚按院传我听审，我必能代姐姐伸冤告状，不但救了姐姐，恐怕连那李秀才还在狱中候着呢。

江秋莲　此言怎讲？

张秋联　姐姐是你不知，妹妹那晚逃出家门，遇见那一汉子，声声要我去到南阳狱中，搭救李秀才，拦路强逼，不放我走，我与他素不识面，又不认得姓李的秀才，他拉我为何？恐因你我姓名字音相同，将我认为姐姐，故而相逼去到南阳救人，你想不是因为赠银李生落狱，不然他因甚逼我？

江秋莲	哎呀我的李郎！（作晕介）
张秋联	姐姐醒！
江秋莲	（唱）　听一言不由我肝肠寸断，
	他因我果受了无辜牵连。
	猛抬头见姐姐面前立站，
	羞的我满面红倒锁眉尖。
	〔低头介。
张秋联	姐姐听了那话,怎么惊成这个样儿了？　（秋看张又
	低头介）　你说呀。
江秋莲	我说什么？
张秋联	你心里想的什么,口里就说什么。
江秋莲	我的……
张秋联	你的什么？
江秋莲	我的好姐姐呀！
	（唱）　适才那话真不假,
	因我累人受刑法。
	将他收在监禁下,
	杀人罪名定相加。
	殃及池鱼冤枉大,
	活活屈杀李春发。
张秋联	怎么说那李生就是李华,李相公吗？
江秋莲	正是他。
张秋联	早知是他,我早到南阳救他去了。
江秋莲	怎么姐姐也认得他吗？
张秋联	我虽认不得他,我可知道的比你多呀。
江秋莲	请姐姐快快说来。
张秋联	你莫着急,待我说与你听,我那长兄,性情豪爽,素爱
	交友,他与舞阳田春秀,罗郡李春发,相交最契,常常
	在家夸奖,对于李华尤为赞赏,不但相貌端庄,并且
	品行端正,亦称得个谦德君子,杰美良人,（秋作喜
	介）今日无辜收狱,恐怕性命不保。（秋又作忧愁

秦腔
春秋配
CHUNQIUPEI

介)你我须得设法搭救,方不负彼此情谊。

江秋莲 姐姐勿忧,春发相公因我受累,奴岂能坐视不理,奴情愿挺身出名去到南阳告状,赎我罪过了!

(唱) 受人大恩必须报,

况他因我入狱牢。

为解他危须要早,

迟了误事又空劳。

身施一礼忙拜倒,

望姐姐同我走一遭。

张秋联 姐姐请起,你既如此义气,妹妹怎好推辞,等候师傅回来,说明原委,你我一同前去,正是:

(念) 处世要为春日暖,

江秋莲 (念) 人情莫效秋云薄。(同下)

第十五场　救　难

〔卒引张上。

张雁行 (诗) 英雄胆气豪,

威风八面高。

雄山为寨主,

杀气怒冲霄。

俺张雁行,自到集峡山寨,招兵买马,聚义多人,打富济贫,声望日隆,正欲夺取州县,不意昨日李骥来报,李贤弟前被屈打成招押在南阳监狱,命在旦夕,只得发兵去救,三军听令!

喽　卒 呵!

张雁行 兵行叶河,攻打南阳!

喽　卒 呵!(同下)

〔耿伸上。

耿　伸	（念）　南阳惶惶民心乱,贼兵快到宛城边。	

〔报上。

报	报!
耿　伸	所报何事?
报	集峡山贼寇张雁行造反,现在叶河安营,禀报老爷,早为定夺。
耿　伸	再探再报!
报	得令!
耿　伸	传下! 中军领兵五百,出城擒贼!
报	得令!（报下役上）
差　役	禀老爷,小的同贾氏石径坡去捞尸首,无有女尸,捞出一个男子,贾氏认得是她丈夫江韶的尸首,小的逮了井主,同见老爷。
耿　伸	逮上来!
差　役	犯人进见!
耿　伸	井主名叫什么?
侯上官	人小名叫侯上官。
耿　伸	你家井内哪有这个尸首?
侯上官	小人不知。
耿　伸	收监,石径坡上来!
石径坡	有!
耿　伸	秋莲哪里去了。
石径坡	老爷,小人亲眼观见那个女子投井,不知怎么变成男子了。
耿　伸	收监,贾氏上来!
贾　氏	有!
耿　伸	井内尸首你可认得是你丈夫么?
贾　氏	认得,就是我丈夫。
耿　伸	可认得真么?
贾　氏	小妇人的丈夫,怎能认的不真。
耿　伸	下去讨保!

秦腔

春秋配

CHUNQIUPEI

贾　氏　从命。

耿　伸　此事当真难明。

衙　役　启老爷,有一秀才他说他对此事明白,小人也逮
　　　　来了。

〔何升云上。

耿　伸　逮上来!

何升云　(念)　难与小人辩,要对观察看。

　　　　(唱)　这道台衙门中甚是威严,
　　　　　　　人役们恶森森站在两边。
　　　　　　　我这里假装呆全然不管,
　　　　　　　仰着面气昂昂站立案前。

耿　伸　什么人大模大样,这等大胆。

何升云　(唱)　读书人入公衙从未大胆,习就了大模样就是
　　　　　　　这般。

耿　伸　在庠在监?

何升云　(唱)　不在庠不在监一身散淡,
　　　　　　　我奉了主人命游玩河南。

耿　伸　哪个衙门所差?

何升云　(唱)　金銮殿出圣旨将我差遣,
　　　　　　　我名唤何升云新任按院。

耿　伸　(起跪)　大人到了,卑职有罪。

何升云　岂敢,站起来!

耿　伸　大人恩宽。

何升云　唤逮我的人来见!

差　役　吓死了!

耿　伸　既死不究。

报　　　(上)　报老爷,中军落马。

耿　伸　再探再报!

报　　　得令!(下)

何升云　适才报的贼寇可是张雁行?

耿　伸　正是。

何升云	我在中途闻得这贼十分厉害,耿大人何不亲身临敌,可惜中军性命,就为用军不当。
耿 伸	大人息怒,职道即便前去。
何升云	如此速去,吾回察院听报。
耿 伸	送大人。
何升云	免送。(下)
耿 伸	人来!
衙 役	有!
耿 伸	传下令箭,兵集校场。(下)

〔喽卒将引张设帐。

张雁行	(念)	磨就龙泉血未干,
		平生立志斩凶顽。
		箭穿七扎人称羡,
		临阵攻城岂为难。

〔李骥上。

李 骥	禀大王,南阳耿道,亲自出马。
张雁行	可喜你主人有救了,今耿道临阵,吾去冲开重围,拿住耿伸,何愁你主不得出狱。
李 骥	全仗大王。
张雁行	王海保李骥随营,众将跟吾擒拿耿伸。
耿 伸	(耿带兵上)来者可是张雁行?
张雁行	然也。
耿 伸	可认得老爷么?
张雁行	好一耿伸,既认得本大王,就该下马投降。
耿 伸	胡道!好一跳梁丑贼,朝廷不曾亏负于你,为何造反?
张雁行	住了!我今兴兵专为你残害李华,诬赖人命而来。
耿 伸	我今拿你去与李华一同斩首。
张雁行	休走。(战,耿败下)
李 骥	大王你反害了我主人了。
张雁行	怎么反害了你的主人?

秦腔
春秋配
CHUNQIUPEI

李　骥　大王明明说为我主人起兵,耿道败回城去,必斩我主
人无疑了!

（唱）　实望你搭救他脱离患难,
　　　　谁料想反逼他早赴黄泉。
　　　　察情理同谋叛必定问斩,
　　　　烈火上灌鱼油何愁不燃。

张雁行　咳错了,错了!

（唱）　听他言急得我浑身发汗,
　　　　悔不该在阵前讲出真言。
　　　　多因我一时间不能明辨,
　　　　连累了李贤弟负屈含冤。

也罢! 我与李春发死在一处吧,王海听令!

王　海　有!

张雁行　你在城外埋伏,随时接应。

王　海　得令。

张雁行　李骥不必啼哭,随我扮就败兵,混进城去,打听李相
公消息,你放宽心。

李　骥　全仗大王。（下）

张雁行　（念）　胜败虽难定,
　　　　　　　　也须智勇全。
　　　　　　　　横戈探虎穴,
　　　　　　　　掌剑入龙潭。（下）

第十六场　夜　逃

〔役引耿上。

耿　伸　（念）　纵马横戈去争斗,
　　　　　　　　弃甲曳兵面含羞。

　　　　人役!

衙 役	有！
耿 伸	速去报知按院老爷,张雁行造反,实为李华,李华与贼同谋,望按院定罪。
衙 役	是。(下又上)禀老爷现有令箭,着把李华立斩。
耿 伸	绑上来。(役拉李华上跪介)李华,你既约张雁行造反,可见从前杀人是真。
李 华	容罪人分诉！
耿 伸	事迹显然,分诉什么,绑赴杀场行刑！
衙 役	领令。
李 华	(哭)老天呀！(张雁行上,杀役救李华下)
衙 役	报老爷,张雁行劫了杀场,救去李华。
耿 伸	拉马追赶。(同下)

〔张雁行李华同上。

张雁行	贤弟苏醒。
李 华	哎哟！
	(唱)　昏沉沉四肢倦气绝已久, 魂灵儿上九天荡荡悠悠。 猛睁眼见张兄身披甲胄, 有李骥在一旁两泪交流。 张兄这是什么地方,我如何得到此地?
张雁行	我因救你发兵到来,与耿伸大战,是他败下阵去,恐他害你,我又混进城来去劫了杀场,救你来到我的营寨。
李 华	哎！
	(唱)　我犯罪自有我一人承受, 何劳你起风波这般出头。 又何必舍性命杀场搭救, 这消息是何人向你恳求?
张雁行	(唱)　我在集峡练兵马, 李骥说你收公衙。 因此带兵将山下, 救你出狱有何差?

秦腔　春秋配　CHUNQIUPEI

李　华　哎仁兄！

（唱）　你练兵本为图大事，
　　　　势未成焉能令人知。
　　　　今日为救我不死，
　　　　先给贼人得消息。
　　　　因此以致败涂地，
　　　　到那时后悔有何益。

张雁行　错了，错了错错错了！（作垂首介）

李　华　李骥过来！

李　骥　老奴在！

李　华　我把你个老狗才呀！

（唱）　我入狱全由人诬赖，
　　　　无证据怎能杀我来。
　　　　老奴才不明这利害，
　　　　搬来了兵马惹祸灾。
　　　　不但将张爷大事坏，
　　　　反证明李华是杀材。
　　　　一着棋错了全盘坏，
　　　　糊涂虫作事该不该。

李　骥　哎，老奴错了！

张雁行　（唱）　真个是欲画虎反类成狗，
　　　　因情急倒做了泼水难收。
　　　　事到此请贤弟既往不咎，
　　　　到明天弟兄们再作穷究。
　　　　贤弟，再休烦恼，明日再作区处。

李　华　怎能待到明日，为弟今晚就要赶回南阳投案，以免将
　　　　此事闹大，不可收拾。

张雁行　贤弟已得活命，哪管得了许多。

李　华　不是这个说法，那江秋莲因弟赠银逃亡于外，不知下
　　　　落，石径坡因找秋莲，又将一女子逼死，尚在狱牢，弟
　　　　只顾自己，不去到案昭雪，那就成了负义之人，仁兄
　　　　还交下我这朋友何用呀！

	（唱）	他二人皆因我身入苦境，
		我岂能独自安法外逃生。
		人生世全凭着义行仁性，
		遇危难要看他是否照行。
		何按院他向来居官清正，
		弟到案他必能酌理详情。
		不但要救活了一般人命，
		也免得坏仁兄大事前程。

张雁行　（唱）　听贤弟讲明了这番道理，
　　　　　　　　　怪为兄太鲁莽作事失宜。
　　　　　　　　　今夜晚派兵卒前去送你，
　　　　　　　　　为兄我还有些不尽之辞。

　　　　　　为兄离家将小妹秋联送到姑父侯上官家中，令其收为螟蛉，好为寄养，贤弟结案后，可到侯家去看，如未嫁人，就请贤弟，物色佳婿，代兄主嫁就是了，兄愿为国一意杀贼，免却内顾之忧。

李　华　为弟遵命，就请仁兄修书，以作凭证。

张雁行　待兄写来。（作写书介持书交李介）贤弟收了书信，为兄尚有话说。

李　华　仁兄还有何事？

张雁行　（笑）　贤弟请听呵！
　　　　　　（唱）　当日月夜谈心愿，
　　　　　　　　　你我志向不一般。
　　　　　　　　　我因世乱将你劝，
　　　　　　　　　笑我愚昧不自安。
　　　　　　　　　今日身经这磨难，
　　　　　　　　　是谁叫你受摧残？

李　华　我的哥哥呀！
　　　　　　（唱）　从前怪我性懒散，
　　　　　　　　　只图个人乐安闲。
　　　　　　　　　昏官错将案判断，
　　　　　　　　　收我狱牢强赖奸。

朝廷不把民人管，

一任奸邪作威严。

以小喻大知其满，

全豹已经见一斑。

文士积习见识浅，

我要投笔舞刀环。

弟到南阳投此案，

他日定来集峡山。

劝兄养锐将兵练，

方好与民除奸谗。

张雁行　难得贤弟猛省，他日上山共图大事，只甚喜悦，如此就令王海送弟一程，王海听令！

王　海　在！

张雁行　命你拣选精细弟兄数人，送你李爷到南阳城外，就在那里打探，他们如将此案从公发落，你就回来，如贼官将你李爷再行收狱，赶快回报！

王　海　是！

张雁行　就请贤弟同李骥起行，为兄回兵集峡山，静候佳音。

李　华　难得仁兄作事爽快，正是：

（念）　免累他人复入险。（同张众作辞下）

张雁行　（念）　且看此案怎收场。

来呀！收兵回寨。（下）

第十七场　团　圆

〔何升云上。

何升云　（念）　南阳处处列旌旗，

黎民慌慌不宁息。

耿　伸　（念）　怎能复见太平世，

　　　　　　征战何能保社稷。

李　华	大老爷冤枉！
何升云	什么人喊冤？
役	禀老爷，张雁行救去的李华，复来喊冤。
耿　伸	想是来探消息，推下斩首。
何升云	不可，必是投降，唤他进来，问个明白。
李　华	大老爷冤屈冤枉！
何升云	李华，你既被张雁行救出，为何复来喊冤？
李　华	大老爷，张雁行幼年与我同窗攻读，志向各别，是他无故救我出狱，不顾国法，我心不愿，甘心归案受死。
何升云	为人谁不怕死，独你自来寻死？
李　华	大老爷，小人宁为含冤鬼，不作反叛人。
何升云	难得这等义士，可见从前柳道行凶，必非此人，无故累他受冤，实觉可伤，站起讲话。
李　华	大人恩宽。
衙　役	（上）　田判官到。
何升云	请！
衙　役	有请田判官！

　　　　〔田春秀上。

田春秀	（念）　奉命作州判， 　　　　　前来拜上官。 参见老师，参见大人。
何升云 耿　伸	坐了叙话。
田春秀	谢坐。（入坐背过与李华看介）　李兄怎得到此？
李　华	一言难尽！
何升云	贤契因何到此？
田春秀	门生奉命补授汝南通判，前去上任，闻得恩师在此下马，特来拜谒，并求教诲。
何升云	你来的正好，你为亲民之官，今日正在审结李华此案，你就在旁听审，好与你长些见识。

　　　　〔江秋莲、张秋联同上。

江秋莲 张秋联	大老爷冤枉！
衙　役	禀老爷，有两个道姑喊冤。
何升云	唤进来。
江秋莲 张秋联	（同跪）　叩见大老爷。
何升云	二道姑名叫什么，有何冤枉？
江秋莲	俗名江秋莲。
张秋联	俗名张秋联。
何升云	俗家那里？
江秋莲 张秋联	同是罗郡庄人氏。
何升云	怎么一时出来了两个江秋莲？
江秋莲	大老爷，小道姑姓江。
张秋联	小道姑姓张。
何升云	呵呀！这个张江同音，莲联同音，江秋莲！
江秋莲	伺候老爷。
何升云	你有何冤枉？从实诉来。
江秋莲	老爷容禀！

（唱）　小女子捡芦柴李华周济，
　　　　回家中继母疑惹起是非。
　　　　没奈何随乳娘连夜逃避，
　　　　行至在柳林道强人勒逼。
　　　　恶森森夺包裹不怀好意，
　　　　一霎时把乳娘砍下首级。
　　　　求云雨我推贼青石涧里，
　　　　娘诬告李相公情罪是虚。

何升云	可知杀人贼名叫什么？
江秋莲	就是张秋联的姑父，名叫侯上官。
何升云	何以知之？
江秋莲	现有利刃，上刻他的名字。
何升云	呈上来，果有侯上官的三字，人来！

衙　役	有。（秋在旁边听边走介）
何升云	李华你的冤枉已经明白了。
李　华	大人明鉴。
何升云	将刀寄库，张女上来！
张秋联	伺候老爷。
何升云	有何冤枉诉来。
张秋联	老爷容禀！

张秋联　（唱）　我的父要卖我烟花院里，

　　　　　　　连夜晚逃出门冤孽迫逼。

　　　　　　　耳听得叫秋联一声言语，

　　　　　　　小女子急投井人事不知。

　　　　　　　到次日二客人将奴捞起，

　　　　　　　救出井又遇见匪类相欺。

　　　　　　　把一个同伴客井里害死，

　　　　　　　救我命害他生可怜可惜。

李　华	（背白）　她就是秋联？
何升云	你就是本院送寄慈悲庵之人么？
张秋联	正是。
何升云	那件事本院早已访明，那老儿是徐黑虎所害，但不知逼你下井之人是谁？
张秋联	大老爷，逼小女儿下井之人，必是石径坡。
何升云	必然是他无疑了，将秋联错认秋莲，与故意逼人下井不同了，你且往下跪。
张秋联	从命。
何升云	唤石径坡上来。

〔石径坡上。

石径坡	伺候老爷。
何升云	你认得江秋莲么？
石径坡	老爷，小的在灯下见过一面，还略略认识得些。
何升云	二道姑里边去认。

〔石径坡上。

何升云　住了，是你逼他投井么？

石径坡　老爷呀！小人何曾逼她，只问了是不是秋莲一声，她便跳下井去了。

何升云　这就是了！下边听审。（石下）　唤徐黑虎来见。

〔徐黑虎上。

〔侯上官上。

徐黑虎　伺候老爷。

何升云　徐黑虎，有一女子说是你的亲眷，前去认来。

徐黑虎　呀！我把你从井中救出，将恩不报，反来为仇？

何升云　嘿！该死的狗才，你将救她之人害死在井中，她还报谁的恩哩？

徐黑虎　小人一时错了。

何升云　下边听审。

徐黑虎　是。（下）

何升云　唤侯上官来见。

侯上官　（上）　伺候老爷。

何升云　秋莲在此，你去认来。

侯上官　（向秋联）　我那女儿呀！

何升云　住了，叫你认那一个。

侯上官　小人认不得她。

何升云　她就是推你下涧之人，怎么不说，看夹棍来。

侯上官　小人招了就是！

何升云　说来。

侯上官　原是小人杀了乳娘，逼她同行，她把小人推下涧去，跌折两腿，这就是我的实招。

何升云　下边听审。

侯上官　是。（下）

何升云　唤贾氏。

贾　氏　有。

何升云　贾氏，有一道姑，你可去认。

贾　氏　咳女儿呀！

何升云	咳！她若是你的女儿，一十六岁，怎忍使她郊外捡柴，你丈夫是徐黑虎所害，乳娘是侯上官所杀，你诬告李华该当何罪？
贾　氏	大老爷呀！现在他家搜出包裹，内边尽是我女儿所用之物，既是侯上官杀人，包裹如何得到他家？
何升云	这个我就不明白了。
石径坡	老爷，那包裹小人却明白。
何升云	上来，你何以知之？
石径坡	老爷，小人那日往罗郡庄贩货，自觉天色尚早，行至乌龙岗见一跛汉，小人明知他是贼，抢了他的包裹，小人受过李华大恩，夜晚之间，将包裹丢在他家，实想酬谢于他，不料反把他害了。
何升云	跛汉他是何人？
侯上官	是小人。
石径坡	不是你是谁？
何升云	这就是了，犯人听审。
众	是。
何升云	江秋莲越墙逃走，乃为继母所逼，与私奔不同，以免究治。侯上官始而劫物，继而杀人，俄而逼女，被推深涧，可见天网恢恢，疏而不漏，实为此案之首恶，剐罪一名。（众应声）张秋联因人卖她入娼，离姑夜逃，畏盗投井，情亦堪悯，石径坡为报人恩，南阳击鼓侠义可钦，留在道衙效用，以为进身之阶。
石径坡	老爷恩宽。
何升云	徐黑虎贪色害人，难逃刑罚，斩罪一名。贾氏无惜女之心，有诬告之嫌，交首县杖责一百，枷号三月，领夫尸埋葬。（众应）　李华蒙不白之冤，受无辜之累，不肯随贼造反，复来投案，不有奖功，安望后来，判令江秋莲与他为妻，淑女宜配君子，怨女终得佳婿，江秋莲暂送耿府居住，以待行礼。
江秋莲	老爷恩宽。（下）

何升云　张秋联宜退堂候讯。

张秋联　老爷恩宽。（下）

李　华　生员有事告禀。

何升云　你且讲来。

李　华　张秋联乃张雁行胞妹，尚未许人，这是雁行书信，请大人一观。（何看书介）

何升云　本院心想招降张雁行，为国出力，他既有志与魏为难，姑且听之。（作左看介）待本院与他作主江秋莲已经许配李春发，田春秀是本院得意门生，即以秋联许配春秀，今日良辰，一拜成亲，这是：

（念）　春到人间成富贵，

　　　　秋结华堂庆团圆。

可称春秋配之佳话矣！唤傧相。

傧　相　（上）与老爷叩头。

何升云　好话多说。（丫环扶新人上堂田李对立介）

傧　相　（念）窈窕淑女具天才，想是瑶台月下来。

　　　　选得佳婿成佳偶，百年欢笑庆和谐。

　　　　踩花毡、拜天地，夫妻交拜，礼毕入洞房。

　　　　（张石扶新人同下）

傧　相　傧相谢赏。

何升云　下去。正是：

（念）　务与国家存正气，

耿　伸　（念）莫叫儿女有隐情。请！

何升云　请！（同下）

——剧　终

演出单位

西安市五一剧团

西安三意社

西安易俗社

周仁回府

王绍猷　改编

剧情简介

　　周仁与杜文学为结义弟兄。严嵩之干儿严年垂涎杜文学之妻美貌,遂诬罪将杜文学流放岭南。文学临行,将妻跪托义弟周仁,被文学家人凤承东告密。严年将周仁请去,赐其官职,诱其献嫂,并诡言,如献嫂还可救还义兄文学。周仁将本妻伪冒嫂名献与严年,已偕嫂逃出。周妻入严府刺严年不成自戕。后杜文学冤明释归,初见周仁痛加斥责。后遇妻,言明原委,始知真相,夫妇一同请回周仁。

《西安秦腔剧本精编》
QINQIANGJUBENJINGBIAN

场　目

秦腔

周仁回府

ZHOURENHUIFU

人 物 表

杜文学　小生,二十五岁,风流儒雅,好结朋友的翩翩公子

吕　忠　老生,五六十岁,纯良士人

周　仁　小生,二十三岁,忠良之后,侠义之士

凤承东　大丑,三十多岁,卖主求荣的小人

胡秀英　二十三岁,杜文学之妻,贤而有德

杜　鸾　老生,杜文学之父,年约六十岁,主持正义,与严嵩
　　　　不睦

严　嵩　花脸,五十多岁,居心不良,树党营私,纵子作恶

严　年　花脸,四十多岁,严嵩的家人,是历史上有名的恶仆

李兰英　二十三岁,周仁之妻,有侠义的女中丈夫

校卫四人

差役二人

兵卒若干人

第一场　路　遇

〔差役解周仁上。

周　仁　（唱安板）　四十板打得我皮开肉绽，

忍不住痛煞煞叫哭连天。

恨狗官初见我红了脸面，

未开言先把我打骂百般。

周仁便是，是我失却饷银，并非有意，其罪虽大，或不至死，不料遭逢一般奸党恶吏，见面不问曲直，便是一顿好打，又要将我解京定罪，想起遭遇，好不痛煞人了。

〔吕忠上。

吕　忠　（唱摇板）　老大人身康健我便复命，

听他言不久的也要回京。

正行走猛抬头大吃一惊，

周郎官因何事缧绁受刑。

这是周郎官么？

周　仁　你是吕老伯？

吕　忠　我且问你，所犯何法，解往何地？讲说一遍，我好设法搭救于你。

周　仁　老伯不知，是我押解饷银，路过长江，浪大船翻，谁料事不凑巧，偏遇赵文华到来，问了一遍，他恨我是兵部职员，将我送县追问，谁知那些趋炎附势的狗官，见我不问曲直，先打四十，又要解京定罪，哎！我可莫说老伯！老伯！你看我周仁遭此不幸，好不冤煞人了。

（唱）　悔不该作郎官负此重任，

舟船翻人落水失却饷银。

恨赃官他见面并不细问，

打四十解京都令人伤心。

吕　忠　既是这样，周郎官放心，杜公子慷慨好义，思贤如渴，我这里进京，见了我家公子，说明情形，必能救你出苦。

周　仁　杜公子和我非亲非故，未必出银救我。

吕　忠　我家公子疏财仗义，颇有孟尝之风，因为除奸，招贤纳士，说明原因，必然慨允。

周　仁　如此我先仗庇老伯为我周旋。

役　　周老爷，天气不早了，咱们快走吧！

吕　忠　二位接来，这是纹银五两，以作茶仪，沿途好好照应周郎官，日后到京，再好重谢。

役　　这就不恭了，你老人家放心，周郎官是个好人，应当照应。

吕　忠　如此你我暂别了。

周　仁　哎老伯！

（唱七锤）　拜别了老伯把路奔，

　　　　　　他乡唯有故人亲。（下）

吕　忠　（唱原板）　忠臣义士多遭困，

　　　　　　　见了公子说原因。（下）

第二场　救仁

〔杜文学上。

杜文学　（唱慢带板）　鲁肃疏财曾指囷，

　　　　　　　晏婴解骖为救人。

　　　　　　　白驹过隙光阴迅，

官贵于我如浮云。

杜文学,闻听兵部人言,赵文华诬奏张经,通敌祸国,严嵩从旁荐言,圣上恼怒,差人去提,又叫赵文华执掌军中大事。严贼不除,国家后患不堪设想,父亲江南视察军务,我命吕先生前去探望,好久不见回来,叫人悬刻在心!

〔吕忠上。

吕　忠　离了江南地,举步到京都,来见杜公子,要解周仁愁。参见公子!

杜文学　吕先生回来了,少礼请坐。

吕　忠　谢坐。

杜文学　这是吕先生,家父出使江南,蒙你前去探望,怎么样了?

吕　忠　我先与公子恭喜。

杜文学　喜从何来?

吕　忠　老大人精神矍铄,军民爱戴,闻听赵文华诬奏张元帅,畏贼失机,老大人不久回京,辨明是非,那时与公子相见,同乐天伦,岂不是喜?

杜文学　哎,严党不除,永无宁日,吕先生长途劳苦,好好休息去吧!

吕　忠　慢着,还有一件事情,请公子施惠,不知可愿作否?

杜文学　何事请讲?

吕　忠　小老归来,行至中途,遇见兵部郎官周仁,因他押解饷银,行至长江,浪打船翻,失却饷银五千,一般奸党恶吏,不问是非,重责四十,解京定罪,公子如能设法将他救出,他日助你,必然大有作为也。

（唱摇板）　那周仁他为人侠义果断,

　　　　　　其耿直与乃父俱是一般。

　　　　　　望公子先救他脱离磨难,

　　　　　　到后来必助你报国除奸。

杜文学　（唱原板）　恨奸党和兵部要挟私怨,

那周仁他也是兵部郎官。

无心错今竟然遭罹磨难，

我岂能不营救袖手旁观。

我想周仁乃是兵部郎官，身遭奸党所害，侠义之士，岂能不救。吕先生，这是柬帖一张，速快备银五千，搭救周仁出狱！

吕　忠　是！（下）

〔胡秀英上。

胡秀英　招贤纳士夫言志，为国除奸待时机，我乃杜文学之妻，胡氏秀英，听说吕先生由江南回来，不免上前问过。

杜文学　娘子到了。

胡秀英　官人万福。

杜文学　少礼请坐。

胡秀英　为妻有坐，请问官人，吕先生由江南回来，父亲身体可好？

杜文学　身体康健，不久也要回京。（胡四顾不见吕先生，问杜）

胡秀英　怎么不见吕先生？

杜文学　娘子不知，是他言道，有一兵部郎官名叫周仁，为人侠义果断，因失饷银，收禁在监，我命他持银搭救，娘子以为然否？

胡秀英　官人话讲哪里，我们家风，忠孝为先，仁义为本，济困扶危，理所应该。况他又是侠义之士乎？

（唱摇板）　传家风本忠孝仁义独在，

　　　　　救人急扶人危理所应该，

　　　　　何况他兵部官侠义可爱，

　　　　　救他命权当是为国储才。

杜文学　（唱原板）　娘子讲话真可爱，

　　　　　深明大义丈夫才。

　　　　　要救周仁出苦海，

		盼望他们到此来。
胡秀英	（唱原板）	官人救他出苦海，
		我要接他妻同时来。
杜文学	娘子请便！	（胡下）
	〔吕、周同上。	
吕　忠	（唱摇板）	实服了杜公子为人慷慨，
		一句话救周仁免祸消灾。
周　仁	（唱慢板）	出银两活蚁命大德爱戴，
		是这样大恩义怎敢忘怀！
吕　忠	来到府门，你我一同进内。（同进）上坐就是公子。	
周　仁	公子呀！	
杜文学	周兄不必伤惨，坐了再讲。	
周　仁	谢坐。	
杜文学	周兄一误之失，可恨一般奸党恶吏，有意为难，陷身缧绁，真道可伤。	
周　仁	周仁自不小心，罪该万死，多蒙公子全活蚁命，人非草木，岂能无情，他日若有用仁之处，赴汤蹈火，不敢辞劳！	
杜文学	既是这样，你我结为异姓同胞，今后以哥弟相称，可情愿否？	
周　仁	周仁刚脱楚囚，何敢高攀！	
杜文学	四海皆兄弟，一国尽同胞，我心已定，不必推辞，周兄多大岁数？	
周　仁	二十三岁。	
杜文学	如此你还小我两岁，彼此都勿客气，就是我兄你弟了。	
周　仁	如此哥哥请上受弟一拜了。	
杜文学	为兄也有一拜。	
周　仁	（唱摇板）小周仁听一言急忙跪倒，	
		蒙哥哥救我命情深义高。
		兄救国我随后执鞭受教，

要学个忠义士报李投桃。

杜文学　（接唱）　四海内皆兄弟圣人名教，

一国中老和少无不同胞。

非骨肉同手足情笃谊好，

从今后还望你为国宣劳。

〔凤承东上。

凤承东　（唱）　富贵易借银千两，

贫穷难求米升合。

凤承东，是我以在原郡家乡，骗人财物，逼死人命，官府捉拿，逃出门来，无处藏身，闻得杜公子轻财重义，有孟尝之风，前来投奔，来此已是杜府，谁在这里？

吕　忠　做什么的？

凤承东　烦禀公子，就说有一苏州客人要见。

吕　忠　你且少待，禀公子，有一苏州客人要见。

杜文学　命他进来。

吕　忠　命你进来。（凤进）

凤承东　参见公子。

杜文学　少礼坐了。

凤承东　谢坐。

杜文学　请问兄台哪里人氏，因甚到此，有何见教？

凤承东　小人凤承东，苏州人氏，因为倭寇连扰，水患频仍，是我逃难到此，中途又遇贼盗，闻得公子轻财重义，不揣冒昧，特来祈怜，还望公子慈悲慈悲！

杜文学　这就是了，（背躬）听他讲说一遍，当真可怜，我自有道理，这是凤兄，小弟心想留兄暂居舍下，以作座上之客，不知肯屈就否？

凤承东　公子如此慷慨，慢说招留门下，即是为奴为仆，亦是甘心，二位是谁？

杜文学　这是吕先生，久居舍下，此位周仁，是我异姓兄弟，同是南方人氏，今后亦可互相领教。

凤承东　如此请来见礼了，

吕　忠 周　仁	还礼了。
凤承东	哎公子呀。
（唱摇板）	蒙公子活我命恩同再造， 既疏财又仗义孟尝风高。 报你恩要学那鸡鸣狗盗， 也不枉今日里救我这遭。
杜文学	（接唱）　交友并未望图报， 五伦之中情为高。 良师益友身之宝， 富贵浮云顷刻消。
	（同下）

第三场　对奏

〔鸾带四青衣浪头上。

杜　鸾	（唱带板）　奉王旨查匪患出使江东， 恨倭奴太无赖暴虐残凶， 张廷彝果算得有谋有勇， 我回京把详情本奏龙廷。
	（诗）　张经足智多仁勇， 冲锋陷阵如雷霆。 倭寇居心似枭獍， 雪江一战大功成。

老夫姓杜名鸾字羽文，咸宁人氏，只因倭寇作乱，扰遍江南，圣上命我视察匪情，幸喜张经挂帅征剿，可谓任用得人，前日雪江一战，夺回名城数十处，斩获贼首数千级，倭寇胆怯，相率东窜，但是赵文华处处

掣肘,有意为难,是他暗参张经畏贼失机,通敌祸国,圣上不明真相,将张经解京定罪,又命赵文华执掌兵权,我要进京奏明圣上,若不改用别人肃清倭寇,将来后患不堪设想也!

　　（唱）　赵文华他为人存心不善,

　　　　　　与张经挟私怨捏故冒参。

　　　　　　军情事不同心难免遗患,

　　　　　　到京地把详情要奏君前。（下）

〔严嵩浪头上。

严　嵩　（唱带板）　赵文华才高大有用,

　　　　　　　　　可恨徐阶荐张经。

　　　　　　　　　杜鸾不肯为我用,

　　　　　　　　　一网打尽不留情。

老夫严嵩,倭寇作乱,我荐赵文华出征,徐阶力保张经去剿,杜鸾随声附和,气煞老夫也!前日赵文华劾奏张经通敌祸国,罪大无比,圣上降下旨来,将张经拿回即要问斩,（内喊杜侍郎到）有请。

〔杜鸾上。

杜　鸾　为救张廷彝,前见严相国,相国在上,杜鸾有礼。

严　嵩　杜侍郎少礼请坐,

杜　鸾　谢坐。

严　嵩　请问侍郎几时回京?

杜　鸾　昨日回京。

严　嵩　江南军事如何?

杜　鸾　相国请听,张经奉旨出征,江南父老共庆得人,不料赵文华一意主抚,张经坚持痛剿,二人意见不和,赵文华含恨在心,又参张经通敌祸国,未免冤人了。

　　（唱七锤）　张经主剿赵主抚,

　　　　　　　二人意见不相投。

　　　　　　　赵文华含沙来射影,

　　　　　　　飞章劾奏持何由?

严　嵩　兵权在握,不肯破敌,坐失时机,民遭涂炭,是谁之过也?

杜　鸾　张经自到江南,锐意图强,雪江一战,举贼授首者数千级,夺回名城数十处,江南父老,欢声雷动,事实昭然,我所亲见,谁料赵文华恼羞成怒,反参张经畏贼失机,这就是大大的不平了。

　　　　(唱慢带板)张经有谋又有勇,
　　　　　　　　　不顾生死夺名城。
　　　　　　　　　为国杀敌能用命,
　　　　　　　　　雪江一战大功成。

严　嵩　雪江之战乃是赵文华、胡忠宪合力痛剿,张经夺人功勋,希图封赏,国有国法,谁敢不遵?

杜　鸾　相国一味偏听,不纳忠谏,请即奏明圣上,将张经暂押刑部狱中,即时调回赵文华,另派贤员,查明复奏,谁是谁非,不难水落石出了。

　　　　(唱带板)　哀求相国睁慧眼,
　　　　　　　　　明查秋毫镜高悬。
　　　　　　　　　忠奸愚贤不难辨,
　　　　　　　　　是非证实杀杜鸾。

严　嵩　(唱带板)　张经他把大法犯,
　　　　　　　　　杜鸾讲情连二三。
　　　　　　　　　劝你不必巧言辩,
　　　　　　　　　纪纲不振万事难。

杜　鸾　(唱带板)　听一言气得我心血潮反,
　　　　　　　　　赵文华做此事欺了苍天。
　　　　　　　　　莫须有三字狱今日再现,
　　　　　　　　　董狐笔哪怕他舌如刀尖。

严　嵩　(唱磨锤尖板嗓子)杜鸾讲话太得恶,

杜　鸾　(接唱)　　为国尽忠言更多。

严　嵩　(唱)　　老夫上殿奏一本,

杜　鸾　(唱)　　哪怕你掌剑把头割。

严　嵩　杜侍郎。

杜　鸾　严相国。

严　嵩　杜羽文。

杜　鸾　分宜相。

严　嵩　张经通敌祸国,是你一味偏袒,敢和老夫上殿面君?

杜　鸾　面君就面君。

严　嵩　走!(转场同跪)上得殿来我要先奏!

杜　鸾　我要先奏。

内　侍　(搭架)我朝法度有序,官有大小,杜侍郎低头,严爱
　　　　卿奏来!

严　嵩　万岁,张经畏贼失机,通敌祸国,听臣一本可!(牌
　　　　子)

内　侍　严爱卿低头,杜侍郎奏来!

杜　鸾　万岁,张经主战,赵文华主抚,二人意见不和,听臣一
　　　　本可!(牌子)
　　　　〔内侍持圣旨上。

内　侍　严爱卿所奏甚是,张经通敌祸国,着即处斩,杜鸾诋
　　　　毁朝廷,诬蔑元辅,本应枭首示众,姑念股肱老臣,不
　　　　忍加诛,死罪免了,活罪难免,押在刑部狱中,徐图发
　　　　落,其余人之大小,罪之轻重,统交严爱卿处理,
　　　　钦此。

严　嵩　万岁!万万岁!(黄场起介)来,将杜鸾押在刑部狱
　　　　中。(押鸾介)打轿回府,(牌子转场)好不气气煞
　　　　我也。
　　　　〔严年暗上。

严　年　相爷上气和谁来?

严　嵩　严年哪知,杜鸾为救张经,当殿诬蔑于我,叫人怎得
　　　　不气。

严　年　圣上怎样传旨?

严　嵩　圣上命我将杜鸾押在刑部狱中,听候发落,其余之大
　　　　小,罪之轻重,教我处理。

严　年　既叫相爷处理,何不叫锦衣卫将杜鸾家产抄没,其余人口拿来问成死罪,这是圣上的主意,与相爷无干。

严　嵩　此计甚好,这是银牌一面,速着锦衣卫将杜鸾家产抄没,其全家人口一齐拿来严刑处治。

严　年　遵命。

严　嵩　杜鸾,老匹夫,你种恶因无善果,我要平地起风波,好不气气气!(下)

第四场　抄家

〔杜、凤急上。

杜文学　父参严嵩,坐卧不宁。

凤承东　骑墙看风,夺利争名。
　　　　〔吕忠急上。

吕　忠　心忙嫌路远,事急恨步迟。公子不好了!

杜文学　怎么样了?

吕　忠　老爷因救张经,圣上大怒,下在刑部狱中,严贼命锦衣卫抄家来了!

杜文学　怎么说?
　　　　(唱尖板)　听一言吓得我魂飞魄散,
　　　　〔副带兵过场。

凤承东　好一吕老儿这就不是,慌慌张张信口胡说,吓死公子,这个担儿是你担,还是我担?

吕　忠　凤兄不必怨我,速快唤醒公子,待我报与周仁得知了。(下)

凤承东　公子醒得!

杜文学　(唱原板)　好一似刀割肠剑把心穿。
　　　　　　　　　　我这里睁双眼仔细观看,

（哭喝场）　　原来是凤先生站在面前。

背地里把圣上一声埋怨，

宠奸贼害忠良不辨愚贤。

老爹爹两鬓白须似银线，

为国事不辞劳出使江南。

今日里进忠言又遭刑贬，

倒叫我束双手恨地怨天。

周　仁　（帘内唱尖板下接嗓子）

吕老儿与我讲一遍，

〔周仁急上。

心中好似滚油煎，

回家先把哥哥见，

赴汤蹈火我当先。

哎呀哥哥，锦衣卫抄家，霎时就到，还是速快逃走。

杜文学　父在囹圄，我死何惜，你们速快逃命，我是不走的。

周　仁　哎呀哥哥，伯父虽在囹圄，还有见天之日，我们岂能坐以待毙！

杜文学　我们是怎样的走法？

周　仁　还是分途而逃！

凤承东　慢着，忙和尚干不下好道场，忙得咋哩？

吕　忠　一霎时就有滔天大祸，岂有不忙之理？凤兄快寻良策，待我府门打探。（下）

凤承东　周兄，自古道处患难而不忧，遇祸变而不惊，才算真正的人物哩！

周　仁　凤兄有何妙计，快快讲来。

凤承东　料你们胆量有限，自顾不暇，你们还是各逃性命，我保公子逃走，管保稳如泰山。

周　仁　凤兄有此胆量，不枉我兄交友一场，请上受我一拜了。

（唱七锤）　　凤兄请上我拜见，

患难之中节义难。

	它日平安回家转，
	周仁叩谢你门前。
凤承东	请起，你们速快收拾，我到外边等候，锦衣卫即来，我也有妙计退敌。
周　仁	速快前去。
凤承东	公子随后即来。（下）
周　仁	嫂嫂、娘子快来！

〔胡、李同上，杜见即哭介。

杜文学	她姐妹如何安置？
周　仁	有弟承当，不怕什么，哥哥快走。
杜文学	如此我就拜托了。
	（唱七锤）　你与我真不愧同胞兄弟，
	（哭喝场）　同甘苦共患难生死不离。
	今日里暂分别托妻与你，
	霎时间举家人各分东西。
	叫兄弟换了衣快离此地，
	（三翻鹞换衣）
	我走后任你们天南地北。

〔周送杜下又上见胡、李大哭。

胡秀英	（唱带板）　梦不想天降祸举家分散。
	（哭喝场）　一家人倒做了地覆天翻。
李兰英	（唱带板）　与姐姐双携手并肩逃难，
周　仁	（唱带板）　何一日杀奸贼拨云见天。

〔倒四锤同下，副领卒上。

卒	禀爷，来至杜府。
副	入内去搜。（搜介）
卒	公子夫人逃走，不见一人。
副	如此放起火来，（烧罢）待我严府复命。（同下）
胡秀英	（内唱尖板）
	携手出门泪满面，

〔胡秀英、李兰英、周仁同上。

李兰英　（唱嗓子）　只见火光冲上天。

胡秀英　（唱嗓子）　多亏妹妹同作伴。

周　仁　（唱嗓子）　兄嫂的好处报不完。

　　　　　　（倒四锤同下）

〔杜文学、凤承东浪头同上。

杜文学　（唱带板）　远望见火光起天黑地暗，

　　　　　　　　　　吓得人辨不出东北西南。

　　　　　　　　　　恨严贼弄权柄心存不善，

　　　　　　　　　　把忠臣和良将任意摧残。（单下）

凤承东　（唱原板）　正行走来用目看，

　　　　　　　　　　布告图形贴路边。

　　　　　　　　　　公子前边暂歇缓，

　　　　　　　　　　待我与你作周旋。

公子如今出了城了，就不大要紧了，你在前边柳荫之下少待片刻，教我看这里贴得是什么东西？

杜文学　凤兄速来。

凤承东　（接看）　唔呀，原是一张告示，待我念来："照得奉旨惩逆，原为奸党不情，杜鸾欺君罔上，国法决不宽容，其子竟敢逃走，藐法胆大无穷，献此得官领赏，匿此一律同刑"。唔呀，凤承东，你好无才呀！杜公子逃走，各处出下赏格，有人拿住公子，高官得坐，荣华享受，你放下现现成成的官不坐，保着这钦犯逃走，若教严府知道，如何担待得起，不如将他献出，换下一顶纱帽，有何不可，我便是这个主意了。

　　　　　（唱摇板）　卖主求荣比屁淡，

　　　　　　　　　　　忘恩负义为做官。

　　　　　　　　　　　只要我能身荣显，

　　　　　　　　　　　哪怕他旁人骂祖先。

唔呀不妥，我可莫说凤承东，凤承东，你怎么才是这样没良心的东西，想你当年，以在原郡家乡，犯了众恶，官府捉拿，逃走在外，多蒙杜公子收留门下，丰衣足食,就该知恩报恩,为何见利忘义,萌此不仁不义的念头,我今若将公子献出,良心何在,天理何存哪!

（唱摇板）　公子把我多优待,

丰衣足食过得来。

为人莫把良心坏,

卖主求荣大不该!

哎呀,这话又说回来了,如今这世事,谁讲良心哩吗,良心倒是黑的嘛白的,我放下现现成成的官不坐,可是讲什么良心咖!只顾目前,哪管将来,我还是等个机会,把他献是献了。

（唱摇板）　瓜娃子做事把天理讲,

受恩莫忘太荒唐。

只要我身把荣享,

哪怕你大家指脊梁。

〔差役二人上。

差役二人　奉命拿人犯,跑得腿发酸。

凤承东　列位都是做什么的?

役　我们都是严府的家丁,捉拿杜公子哩。

凤承东　你们可认得他吗?

役　并不认识。

凤承东　你们可认得我吗?

役　面相很熟,大概在一个太阳坡里晒过暖暖。

凤承东　我名凤承东。

役　哪怕你住到城西哩。

凤承东　倒与杜公子很熟。

役　掭住,既与杜公子很熟,必知公子下落,好好献出公子,不但我们回去领赏,即是你也少不了纱帽一顶,纹银千两。

凤承东　前边柳荫之下,候我的那人,就是杜公子。

役　如此上前带了。（下）

〔带杜复上介。

杜文学	你们带我为何？
役	为何不为何，先到严府再说。(差役向凤使眼色，叫他答话)
凤承东	公子我对你实说哩，你现在倒了霉了，我跟上你有啥指望哩吗，我想弃暗投明享荣华，不献你我先不得入门么！
杜文学	凤承东，我把你无情无义的奴才，从前你在原郡犯了众恶，逃进京来，我将你收留门下，有人知你行为如此，说我将来必受你累，到今果应前言，杜文学不死，岂能与你甘休！(下)
凤承东	你可生的气干啥哩些，你把眼瞎了，我把心瞎了，只要我有官有钱，啥事都不顾。
	正是：只要今世享荣华，
	哪怕来生变牛马。(下)

第五场　骗仁

〔严年上。

严　年	(念)　我是太岁又值年，
	擅作威福非等闲。
	(坐诗)卖官鬻爵交易所，
	捕风捉影是非场，
	老爷朝中二天子，
	咱是府下一宰相。

严府第一掌家姓严名年，字莘山，相爷爱我才高，府下事无大小，任我处理，朝中许多官员，半出我的门下，这话休说，只因杜鸾老儿当殿诬蔑相爷，圣上将他押在刑部狱中，他的儿媳胡氏，生得十分美貌，心

想娶她为妾,但是,无计可施,等将杜公子拿到,再作道理。

〔役上。

役	禀太爷,将杜公子拿到。
严　年	你们是怎么拿的?
役	有一凤承东将他献出,才将他拿住的。
严　年	唤凤承东!
役	朋友,太爷唤你哩!快些。
凤承东	来了,参见太爷。
严　年	你是凤承东?
凤承东	是小人。
严　年	杜文学与你如何认识?你是怎样拿得?
凤承东	小人与他甚熟,听说太爷捉拿于他,小人与他同伴行走,候公差到来,指明捉拿,我是与太爷尽忠哩!我是与太爷尽忠哩!
严　年	你是个好的,我就收你个干儿子。
凤承东	如此我先拜过干爸。
严　年	承东,我娃站起来,哈哈哈……
凤承东	干爸恩宽。
严　年	来,带杜文学!(役拉杜上立下边)好一狂生,见我为何立而不跪?
杜文学	严年蛮奴才,我杜文学是何等样人物,岂能与你奴才屈膝。
严　年	还是这样可恶,来,这是相爷名片,押在刑部狱中。
杜文学	凤承东我把你个该杀不该救的奴才,从前我救你命,今日你害我死,我若不死,岂能与你甘休!(拉下)
严　年	该死的奴才,不知还骂谁哩。
凤承东	干爸他没骂你,是骂我哩,我这人最不怕骂,骂哩叫他骂去。
严　年	凤承东你可知为父害杜家的心事么?
凤承东	孩儿不知。

严　年	因为杜文学之妻生得十分美貌,为父心想娶她为妾,你与杜公子甚熟,必知他妻的去向,若能设法与父娶来,你就是个孝顺儿子,父与你周旋一顶纱帽戴在头上,岂不是好。
凤承东	干爸,要娶胡氏不难,须将一人网罗在内,不然,是绝对不能成功的。
严　年	那人是谁?
凤承东	不是别的,就是那兵部郎官周仁,因失饷银犯恶,杜公子出银五千,救他不死,他二人结为异姓同胞,虽非骨肉,情同手足。那周仁与胡氏逃往太宁驿去了。
严　年	那周仁是怎样的网罗法?
凤承东	有办法,儿去见他,就说杜公子唤他有事商量,他闻公子有唤,必然与我同来,诓在半路,差人将他拿进府来:将郎官的冠带准备停当,干父亲自与他去了缚绑,加上冠带,他感你扶持之恩,必然献出胡氏。
严　年	好计,好计。凤承东!
凤承乐	儿在。
严　年	就依你说,速快前去,为父我还等着哩。
凤承东	儿遵命了。(八板下)
严　年	(唱慢带板)时运来未娶妻先得儿子,
	既孝顺又难得才智有余。
	儿说媒父娶妻也算奇事,
	有好儿娶好妻心满意足。(下)
	〔二幕闭凤承东上。
凤承东	安排牢笼计,特来骗周仁,周兄在家否?(叩门介)
周　仁	嫂嫂,你听门外有人,你们回避,待我开门观看,(胡、李回避)何人叩门?(开门见凤又惊又喜)原是凤兄到了,请坐!
凤承东	我这里有坐。
周　仁	哥哥临难出走,多累凤兄担心。
凤承东	受恩当报,理所应该。

周　仁　我兄现在何处？

凤承东　说你放心，他现在住的那个地方，别的人都是不得到的，命我请你前去，不知有何话说？

周　仁　如此凤兄少站，待我内边说得一声，你我一同前往了。

凤承东　也好作速些。

周　仁　（唱摇板）　幸喜得我哥哥平安无恙，
　　　　　　　　　　到内宅见嫂嫂细说端详。（下）

凤承东　（唱原板）　还说他作郎官才在我上，
　　　　　　　　　　解不开这机关怎入官场。

　　　　〔周仁上。

周　仁　（唱原板）兄侠义真不愧江南物望，
　　　　　　　　　　见哥哥把善后仔细商量。

凤承东　（唱原板）　正行走见家丁狼虎一样，
　　　　　　　　　　嘴一歪快下手莫教远飏。

役　　　带了。

周　仁　你们带我为何？

役　　　朋友，答话哩吗。

凤承东　哈哈周兄，是你不知，这是严府的家丁，我将公子献与严府，得来满身富贵，今天又将你献与严府太爷，你到那里就知道了，你将来要谢我的大恩哩。

周　仁　凤承东，我把你无人心的贼呀！

凤承东　谁有人心哩吗！

周　仁　（唱七锤）　他把你当上宾视为兄长，
　　　　　　　　　　谁知你是小人心如豺狼。
　　　　　　　　　　我哥哥门下客谁居你上，
　　　　　　　　　　怎忍得施这样狠毒心肠。

凤承东　他姓杜你姓周，他是你做什么的哥哥？

周　仁　好贼呀！
　　　　（唱原板）　受人恩我岂肯良心尽丧，
　　　　　　　　　　我二人是管鲍不学孙庞，

谁是你背大恩反设罗网，

全不怕到后来天理昭彰。（下）

凤承东　（唱摇板）　作大事我还要骑墙观望，

讲道德说仁义入官场。（下）

〔二幕启，严府，严年坐堂。

严　年　（唱慢七锤）　梦与佳人成合卺，

醒来仍旧是孤身。

若要胡氏到我手，

除非设计骗周仁。

〔凤承东上。

凤承东　禀干父，将周仁带到。

〔役带周上。

严　年　（看周介）　走，你们这一伙该死的奴才，命你们去请你家周老爷，为何与我将客逮来！奴才，还不退下！（役退后介）待我亲手与周兄去了缚绑，（取绳）周兄请坐！（周莫明其妙只好坐下）这是周兄，我那干儿子凤承东说起你丢官之事，为弟觉得十分可惜，因此竭力周旋，将兄官复原职。来，与你周老爷冠带。（牌子换衣介）

周　仁　施恩的心事，若不说明，万万不敢受职。

严　年　周兄不知，弟实为杜公子之妻胡氏，闻兄与她同居一处，若肯将胡氏献出，与我作妾，我便感激不尽。

周　仁　（大惊）哎呀，太爷，（卸帽跪滚板）我叫叫一声太爷太爷，是你今日提拔于我，又作郎官，一个妇人为什么不能献出，只因我那年身陷缧绁，杜公子慷慨出银五千，救我不死，是他临行托妻于我，今日我将他妻献与太爷，不惟此人骂我恨我，即是太爷要我这忘恩负义之徒，作何使用了。（年听了这话气恨地转身介）

严　年　这样不识时务！

凤承东　周兄，识时务者为俊杰。（周看严年情形，不献嫂嫂

不行,心生一计,先救公子)

周　仁　罢么,太爷若能将公子开成活罪,我就把他妻献与太
　　　　爷。为救其夫,故献其妻,但不知太爷却肯容否?
　　　　(年转来向周)

严　年　周兄真丈夫也。请兄升冠。(周带帽介)我就把杜
　　　　公子开成活罪。来,去到刑部,就说杜文学原无大
　　　　过,实受他父之累,将他开成活罪,速去就来。(役
　　　　下)周兄,胡氏何时能到这里?

周　仁　我到那里婉言劝说,此事万不敢强,强则宁死不从。

严　年　你到那里定要好言多说。

周　仁　那是自然,

役　　　禀太爷,将杜公子开成活罪,发配岭南去了。

严　年　下去,周兄我已将杜公子开成活罪,今晚定要迎娶
　　　　新人!

周　仁　晚上来迎,不知却肯从否,还望太爷多宽容几日。

严　年　今晚定要迎娶。(甩袖而下)

凤承东　哎……周兄,我干父与你周旋这顶纱帽很不容易,你
　　　　将来作官的时候,须知谁给你办事来。(周恨气地勉
　　　　强应承)

周　仁　凤兄的恩德,我铭刻在心。

凤承东　你回去速作准备,今晚前来迎亲,速去,速去。
　　　　〔周仁恨气地甩袖下场,凤承东随下。

第六场　替嫂

　　　　〔周仁慢磨上,思想斗争,搜门。

周　仁　(唱浪头带板)　凤承东蛮奴才报德以怨,
　　　　(哭喝场)　我把你个贼呀,无人心的贼!

（唱）　他把我推虎口进退两难。
　　　　我怎忍把嫂嫂严府去献，
　　　　无奈了先把兄性命周旋。
　　　　这浑身富贵局尽是权变，
　　　　我周仁此时候何必要官。

周仁便说，哥哥临难之时，将嫂嫂跪托于我，是我满口应承，要保嫂嫂安全，不负哥哥所托，我今若将嫂嫂献出，既食前言，又负人恩，我周仁还能在世为人乎？我若保上嫂嫂逃走，这贼的法网最密，羽翼甚众，又有凤承东那个奴才耳目在内，不出数日，仍落贼手，嫂嫂之祸既不能脱，哥哥之罪又不能免，慢说将来报仇雪恨，目前皆不得好结果，老天，但只说这却怎处？（想介）罢么！我就将嫂嫂献与奴才，这就叫为救哥哥害了嫂嫂，这话向他也是说得去的了。

（唱摇板）　我周仁并非是忘恩义，
　　　　　　为救夫命献他妻。
　　　　　　这话向他说得去，
　　　　　　想哥哥必不怪我。
　　　　　　待我回上太宁驿，
　　　　　　倒退一步再筹思。
　　　　　　纵然嫂嫂她肯去，
　　　　　　哥哥回来难辩白。

（滚白）　我想我若将嫂嫂献出，哥哥异日回来责我不是，我便说哥哥呀哥哥，不明真相的兄长，凤承东将你置之死地，二次又将我网罗在内，我若不把嫂嫂献出，势必同归于尽。无奈只有献了嫂嫂，才讨得你个活命，他必然说：我是刑部开活，与你何干，与你何及，凤承东陷害于我，你又献了我妻，我和你两个狼狈为奸的奴才罢了不成！那时只委屈我周仁一人，有谁替我分辩了。

（唱紧塌板）　他见我必然生误会，

浑身是口难辩白。
忘恩献嫂传后世，
人人骂我无义贼。
嫂嫂不到严府去，
十个周仁难活一。
嫂嫂若到严府去，
身入虎口逃不出。
能不负哥哥托嫂意，
我周仁才算奇男子。

天哪！天哪！我是怎样搭救嫂嫂！（想介）哎有是有了！

（唱）　忽然一计从心起，
　　　　以羊易牛杀严贼。

我想我妻和嫂嫂面貌相似，况她平日有些肝胆侠气，若叫她假扮嫂嫂去到严府刺杀严贼，作此轰轰烈烈、惊天动人的事情，她必是去的，哎她必是去的了。

（唱紧塌板）　我的妻她平日热肠侠义，
　　　　　　　若教她替嫂嫂必是去的，
　　　　　　　我这里回家去陈说详细，
　　　　　　　回头想此事与人道有亏。
　　　　　　　即就是我的妻慷慨要去，
　　　　　　　数年的好夫妻怎肯割离。

（滚白）想我夫妻结发以来，相亲相爱，如胶似漆，我以堂堂男子，不能搭救嫂嫂，怎忍舍妻一死，通不得，通不得。

（唱）　猛想起我的妻多谋多智，
　　　　我何必在中途进退游移。
　　　　我先是这么样冠带回去，
　　　　见贤妻要叫她设谋划策。

〔倒四锤下，胡、李上。

胡秀英　（唱安板）　秋风起残叶落心加愁怅，

姐和妹在家中挂肚牵肠。

李兰英　（唱）　　　他去久不见回门前观望，

　　　　　　　　　　四下里无人迹意乱心慌。

胡秀英　却怎么这般时候还不见回来。

李兰英　姐姐，妹妹隔窗观见凤承东的语言行动，我心好疑。

胡秀英　妹妹，你看得不错。

　　　　（唱）　观见那凤承东气象狂妄，

　　　　（上板）恐怕他怀奸险居心不良。

李兰英　（唱）　回来迟怕的是误入罗网，

　　　　　　　　落难人倒做了雪上加霜。

　　　　（翻水袖）罢了姐姐，姐姐呀。

　　　　（胡翻水袖同样介）

　　　　〔周仁上。

周　仁　哈哈，咳咳，哎，哥哥呀！

　　　　（唱塌板）　为搭救兄和嫂脱离罗网，

　　　　　　　　　　贼逼我强冠带羞愧难当。

　　　　〔游板，进门胡、李见状惊慌，周垂头丧气难受介。

李兰英　官人你回来了。

周　仁　我回来了。

李兰英　你哪里来这身荣耀？

周　仁　哎娘子！

　　　　（唱带板）　叫娘子你看我官府模样，

　　　　　　　　　　哪管他朋友的生死存亡。

胡秀英　（唱慢带板）胡秀英观见他来路形象，

　　　　　　　　　　却怎么戴乌纱言语颠狂？

　　　　　　　　　　但不知奴的夫今向何往？

　　　　　　　　　　叫妹妹你看他来路不良。

李兰英　（唱原板）　叫姐姐你不必心中惆怅，

　　　　　　　　　　李兰英背过身细问周郎。

　　　　（转身拉周介）哎官人呀！

　　　　　　　　　　哪里的乌纱帽戴你头上，

　　　　　　你先与我姐妹细说端详。（游板）

胡秀英　事已到此,还问什么,只要设法救下公子,我即万死,
　　　　亦是感恩不尽了。

李兰英　姐姐说你放心。

　　　　（唱原板）　叫姐姐你且把宽心展放,

　　　　　　　　　　天大事有小妹一面承当。

　　　　官人,你哪里来的这身荣耀?

周　仁　娘子你问的是这吗?（指纱帽）

李兰英　正是的。

周　仁　严府太爷他扶持我又作了官了。

李兰英　作了官了好,我先问你哥哥的吉凶如何?

周　仁　娘子是你不知!（拉李向前走介）凤承东将哥哥献
　　　　与严贼,得了满身富贵,又将我骗到严府,严年勒要
　　　　嫂嫂作妾,肯得我无其奈间,救了哥哥,献了嫂嫂,才
　　　　得来这顶纱帽。

李兰英　周仁,我把你忘恩负义的贼!（打周耳光）贼呀! 你
　　　　只图目前富贵,卖友求荣,全不想你当日了。

　　　　（唱）　长江以内失军饷,

　　　　　　　　身为皇犯解京邦。

　　　　　　　　若非哥哥出银两,

　　　　　　　　早作冤鬼死异乡。

周　仁　娘子你休怪我,这是哥哥嫂嫂目不识人,交的朋友不
　　　　好。将他害到这步田地,非我不是!

李兰英　既是他夫妻目不识人,交的朋友不好,你就该尽朋友
　　　　之心,救嫂嫂之命。谁叫你也落井下石地效尤起
　　　　来了。

　　　　（唱）　你不该卖友把良心丧,

　　　　　　　　图富贵把人大恩忘。

　　　　　　　　全不看青天在头上,

　　　　　　　　你忘恩负义必遭殃。

　　　　　　　　严府总有天罗网,

愿闯铁壁与铜墙。

我和禽兽不一样，

纵然一死有何妨。

我叫叫一声老天，老天！我姓李的女子有血性有志气，怎么作了禽兽之妻！老天，老天，你怎么害我以至于此了！

（唱慢带板）　老天不把人情谅，

气得人裂断九回肠。

你枉披人皮在世上，

毫无人情心似狼。

周　仁　不明白的娘子！

（唱慢带板）　叫娘子休说我良心尽丧，

满腹的冤屈事细听心上，

我与那杜兄长同胞一样，

假应承先救兄性命无伤。

不献嫂贼怎肯把我释放，

假冠带出贼府别寻良方。

并不是图富贵阿附贼党，

回家来见娘子再作主张。

李兰英　（唱）　怨官人只怪我不明真相，

此事儿还须要从长商量。

听你之言，不曾贪图富贵？

周　仁　受人之托，富贵岂动我心！

李兰英　不曾卖友求荣？

周　仁　我非反复小人，岂能见利忘义。

李兰英　既然如此，就不该这样冠带。

周　仁　凤承东将我骗到严府，严年见面先与我换下这套冠带，我若不穿，只有一死。我死何惜，可怜你和嫂嫂都是女流，怎能逃出严贼的法网，无奈之间，先求他将哥哥开活，我才献出嫂嫂，事到如今，只要能免嫂嫂之祸，我即万死不辞，时间有限，娘子快想良方。

李兰英　你我夫妻保上嫂嫂逃走。

周　仁　严年能放我归,岂怕你我逃走。严贼羽翼甚众,法网甚密,纵有去处,不出数日,仍落贼手,不但我们同归于尽,即是哥哥性命也不能保!

胡秀英　你夫妻不要争论,还是将我送去,杀了严贼,与夫报仇,岂不是好?

周　仁　娘子你看如何?

李兰英　那却不能! 哥哥临难托妻与你,嫂嫂若去严府,难免一死,异日哥哥回来,你何言答对呢?

周　仁　不然,你保嫂嫂逃走,待我手执短刀,去到严府,刺杀严贼,只要换得一条人命,纵然一死,也落个流芳百世。

李兰英　你乃一男子,夜晚如何得近严贼之身? 我倒有个两全之计。

周　仁　什么两全之计?

李兰英　要救哥哥,保全嫂嫂,除非我替嫂嫂前去杀贼!

胡秀英　那如何通得,这是我的大祸,一死何惜,怎肯连累妹妹,还是我去为是。

李兰英　姐姐呀姐姐,我夫妻若不是哥哥相救,早已骨朽成灰。官人你向这里来,(拉周向前)你想献了嫂嫂于心不忍,不献嫂嫂为势所逼,不如为妻假扮嫂嫂,怀藏利刃,杀了严贼,除了后患,也免得官人进退为难了!

周　仁　娘子大义凛然,我岂不知,怎忍舍你前去呀!

李兰英　事到如今,顾了朋友,顾不了夫妻,顾了义气,顾不了恩爱。妻虽女流,此一前去,即不成功,也要成仁了。

周　仁　娘子此话当真?

李兰英　当真!

周　仁　娘子如此侠义,请上受我一拜了。

　　　　(唱)　我的妻真乃是德高众望,

　　　　　　　兄托嫂我夫妻一面承当。

既不是凤承东为虎作伥，

怎忍得把嫂嫂献与豺狼。

胡秀英 （接唱）入虎穴刺严贼我应前往，

决不能叫妹妹替我身亡。

周　仁 （接唱）若不是为救你要除奸党，

决不肯割恩爱以牛易羊。

李兰英 姐姐，妹妹此去，要杀严贼，成与不成，必死严府，你们速快逃走，免得露出破绽。官人，为妻到了严府要说你和凤承东都是我的仇人，必然破口大骂，那时休怪为妻无情。

周　仁 那才像了，谁还怪你，罢了妻！

李兰英 哧，大丈夫只愁国贼不除，外患不灭，何患无有妻子，难道你还反悔不成？

周　仁 我不悔，不悔，不悔！耳听门外鼓乐之声，你们速快改装。（胡、李下。）

〔年、凤鼓乐过场又上，年坐。

严　年 周兄劝说新人怎么样了？

周　仁 费尽唇舌，还不十分慷慨，还要太爷温存一二。

严　年 那个自然，还是打发新人上轿。

周　仁 太爷少等片时，（下挽李上轿过场，同下）

〔胡急上看李，周将胡堵下，周倒四锤下，又同年、凤上，年坐。

周仁与太爷恭喜。

严　年 大家之喜。

凤承东 孩儿与干父叩贺天喜。

严　年 凤承东，我娃站起来。

凤承东 干爸恩宽，可喜我凤承东，如今也是父母双全的人了。（内喊贺喜）禀干爸，满朝文武官员，各有贺礼奏上。

严　年 收礼不待客。

凤承东 怎么收礼不待客？

锦上添花小人多。

〔吕忠上。

吕　忠　（唱摇板）闻听公子得活命，

赶在途中来送行。

公子请来，小老这里有礼。

杜文学　原是吕忠，

吕　忠　是小老。

杜文学　我家遭难之后，连你们一个都不见了，你今前来有得
　　　　何事？

吕　忠　是我听得公子远行，一来送别，二来与你报信！

杜文学　所报何信？

吕　忠　公子不知，周仁那个孺子昧良丧心，又将你妻献与严
　　　　年作妾，可怜夫人不肯从贼，自刎而死了。

杜文学　怎么说？（死介）

役　　　咋都是这些冷棒棒子，你光会与人报凶信吗，快唤
　　　　人，公子醒得。

杜文学　（唱塌板两句漾）

思前想后尽怪我，
娇妻怎与外人托。

（哭）　胡秀英，贤德妻，哎，屈死的妻呀！

（接唱）　严贼病国父遭祸，
一家大小受风波。
妻守清白命结果，
周仁还比严嵩恶。
你荐周仁苦害我，
打死你老贼怕什么。

（打介）老奴才吃打！

役　　　挡住，挡住！你见了老汉不问青红皂白，右一耳光，
　　　　左一个五分，你倒打的老汉啥事吗？

吕　忠　列位不知，公子打的是理。

役　　　我知道打的是你。

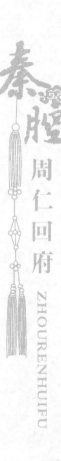

秦腔 周仁回府 ZHOURENHUIFU

113

吕　忠	这是五两银子，请列位收下，一路好好看待公子，我老汉也是感恩不尽的。
役	老伯我一见你面，就看你是个好人。咱咻公子脾气不好，把你老人家屈打了。你老人家放心，公子一路有我们招呼哩，不要你老人家操心。
吕　忠	这又是黄金三两，以作路途盘费。
役	你老人家真个多心。
吕　忠	我也不能远送众位。
役	你老人家回去吧。
吕　忠	我要寻周仁这个小奴才。

正是：人情阅尽秋云厚，

　　　　世路经多蜀道平。（下）

役	公子我看那老汉总是个好人，你怎么见面把老汉拳打脚踢，饱饱敬了一顿，那老汉临行千叮咛万叮咛，教我们一路上好好照看于你，临行又送咱的盘费，我看哪，绝对不是坏人，你把老汉屈打了。
杜文学	既是这样，速快唤他回来，我有话说。
役	是，老伯，老伯，已经转过弯了，叫不言传了，哎，公子，走得远了，望不见了，咱们不如慢慢走吧！
杜文学	哎，我有志气的妻呀！

（唱带板）　凤承东周仁曾结伙，

　　　　　　陷害我夫妻入网罗。

　　　　　　只要老天肯留我，

　　　　　　要把二贼狗头割。（同下）

第八场　夜逃

〔胡秀英上。

胡秀英　（唱慢带板）昼夜间不由人珠泪下掉，

实服了贤妹妹女中英豪。

明知晓入虎口性命不保，

难得她慨然行以李代桃。

（滚板）　痛煞胡秀英，

血泪洒当胸。

妹妹严府去，

难保吉和凶。

叔叔不见回，

教人操心中。

切齿把严贼恨，

贼呀，贼呀，

你作事太绝情了。

（唱原板）　胡秀英在家中心急如火，

立不宁坐不安心似刀割。

贤妹妹此一去必有大祸，

恨老天杀红颜太得情薄。

〔周仁上。

周　仁　（唱慢带板）我夫妻结发来伉俪和好，

舍不得恩爱情鸾凤相交。

她慷慨就义死谁人能到，

青史上流芳名千古风高。（进介）

胡秀英　叔叔回来了。

周　仁　回来了。

胡秀英　我妹妹怎么样了?

周　仁　哎呀嫂嫂!（胡惊止双搜门）昨日去到严府,我妻手
执短刀一把,见贼就是这么样迎面刺去。

胡秀英　刺死了无有?

周　仁　实想将贼一刀刺死,谁料她的身薄力软未能成功,自
刎身亡了!

胡秀英　怎么说?

（唱小磨锤带板）　听说她刎颈死肝肠断裂,

（哭）　李兰英,贤妹妹,哎难见的妹妹呀。

（唱小带板）　胡秀英心如火恨地怨天。

已不欲勿施人明教常念,

惜己命害别人问心何安。

周　仁　（唱）　劝嫂嫂再不必泪浇满面,

此时候还要你委曲求全。

嫂嫂不必啼哭,你看此处已成是非之地,不可久站,
还是速往别处藏身,以免这贼再来纠缠。

胡秀英　天色已晚。

周　仁　正好行走。

胡秀英　今晚先到妹妹坟中哭奠一番,然后再找去处,不知叔
叔意下如何?

周　仁　尽在嫂嫂。

胡秀英　如此你我快走!

（唱带板）　昏沉沉更深夜又静,

急颠颠含泪出门庭。

（倒板）　明皎皎斜照残月影,

周　仁　嫂嫂不必啼哭,你我慢慢走来。

胡秀英　（唱塌板）　静悄悄万籁寂无声。

明亮亮磷火多不定,

唧唔唔鸥鸦声乱鸣。

风飘飘吹透衣衫缝,

忽闪闪眨眼满天星。

弱怯怯双足都疼痛，
病奄奄衣宽带又松。
扑簌簌珠泪如泉涌，
意悬悬心神多不宁。
乱纷纷村庄犬声送，
絮叨叨雄鸡报五更。
痴娇娇红颜多薄命，
哭啼啼不觉到天明。
战兢兢过桥心惊恐，
泪汪汪好似哭长城。
雾腾腾望见松柏影，
挣扎扎来到妹坟墓。
哭妹妹叫人肝肠痛，
你姐姐力竭又无声。

周　仁　（唱抽慢带板）

见嫂嫂直呼得悲哀伤痛，
冷凄凄荒郊外哭妻几声。
怒冲冲骂严年贼太暴横，
偏偏地凤承东卖主求荣。
咕哝哝在严府曾把计定，
眼睁睁我入了贼的牢笼。
闷悠悠回家来说明情景，
气昂昂贤德妻巧计顿生。
急忙忙改行装要把贼哄，
哗喇喇鼓乐响贼把亲迎。
气愤愤暗藏着短刀一柄，
弱怯怯无气力大功难成。
痛煞煞莫奈何自己刎颈，
血淋淋倒在地严贼胆惊，
一阵阵哭得我昏迷不醒。
盼哥哥大功成衣锦回京。

秦腔　周仁回府　ZHOURENHUIFU

117

吕　忠　（帘内唱尖板）　送别公子心烦恼，

周　仁　哎呀，嫂嫂，你看那边又有人来，你速快藏在树林内边，若被严府之人看见，我们又是罪上加罪了。

胡秀英　如此待我躲避，叔叔宁要小心。（躲下）

〔吕忠上。

吕　忠　（唱嗓子）　不觉来到芦沟桥。

　　　　　　　　　　低下头儿往前跑，

　　　　　　　　　　一见周仁怒火烧。

　　　　　　　　　　咱两个就把车对了，

　　　　　　　　　　你死我亡两开交。

（打周）周仁呀，我把你毫无人心的匹夫，是你那年失遗饷银，解京定罪，我念你忠良之后，哀求公子，慷慨出银救你不死，又与你结为异姓兄弟，公子临难，托妻与你，既然无力保护，就该放手不管，谁叫你把夫人献与严年奴才，教她自刎一死。周仁，周仁，你问心何安，良心何在了！

（唱七锤）　越说越讲越气愤，

　　　　　　开言叫骂小周仁。

　　　　　　忘恩负义心太狠，

　　　　　　你卖友求荣居何心？

周　仁　老伯呀！

　　　　（唱极悲哀的慢带板）

　　　　　　　　老伯不必动气愤，

　　　　　　　　听我把话说原因。

　　　　　　　　哥哥对我太信任，

　　　　　　　　他夫妻情义比海深。

　　　　　　　　周仁作事虽不敏，

　　　　　　　　要对天地与鬼神。

　　　　　　　　我说此话你不信，

　　　　　　　　过后方见人的心。

吕　忠　（唱原板）休怪小老把你恨，

谁知你病狂又丧心，

禽兽都知有根本，

你顶冠束带枉为人。

〔胡由下边上。

胡秀英　（唱原板）越思越想心越困，

　　　　　　　真相不明难怪人。

　　　　　　　吕忠且息心头愤，

　　　　　　　听我与你说原因。

　　　　吕先生，是你来到这里，见了我那叔叔开言就骂，出拳就打，究竟所为何事？

吕　忠　你是杜主母？

胡秀英　正是的。

吕　忠　是你无有得死？

胡秀英　无有得死。

吕　忠　咳，严府死的是谁？此间埋得又是哪个？

胡秀英　严府死的，（周急阻挡）

周　仁　嫂嫂人心可怕，还是谨言为是。

吕　忠　不怕什么，但讲无妨。

胡秀英　严府死的乃是周仁之妻，我那侠义的妹妹，是她替我一死，我二人到此祭奠来了。

吕　忠　哎呀，周仁之妻，替夫人一死，侠义热肠真乃巾帼英雄，可钦可敬，这是周郎官，小老适才不明真相，多有冒犯，请问你们现居何地？今欲何往？

周　仁　我们蓬转萍飘，行踪不定，后会有期，不必细问。

吕　忠　岂有不问之理，请问夫人你们究竟现居何地？

周　仁　嫂嫂，人心可畏，还是少言为是。

胡秀英　我们原居太宁驿，现欲避往别处。

吕　忠　夫人不知，公子开成活罪，发奔岭南，不久就有佳音，是我在外听得御史邹应龙上本，参倒严嵩，此时你们仍回太宁驿，待我在外打听，如有佳音，定来报你。

胡秀英　说你快去打听。

吕　忠　我便去了。

　　　　（唱七锤）　周仁夫妻实可敬，

　　　　　　　　　　不枉公子结良朋。（下）

胡秀英　（唱）　杜鹃啼破三更梦，

周　仁　（唱）　但愿兄长早回京。（同下）

第九场　哭墓

〔杜鸾上。

杜　鸾　林润邹应龙，直谏动君容；参倒严父子，朝野人心平。
　　　　老夫杜鸾，嘉靖晏驾，隆庆登极，御史邹应龙林润，先
　　　　后上本，参倒严嵩，严世蕃枭首示众，赵文华腹裂而
　　　　死，以前谏臣烈士死者优恤，生者召用，老夫重见天
　　　　日，也是喜出望外。

〔周、胡同上。

胡秀英　人情分冷暖。

周　仁　我心可质天。

胡秀英　爹爹呀！

杜　鸾　我儿不必啼哭，为父虽然受屈，今日奸党被诛，也算
　　　　志愿已偿，只是可怜你那兰英妹妹，被贼逼死，未免
　　　　伤心。（周哭）贤侄不必啼哭，你妻已死，徐相国奏
　　　　明圣上，不久定有恤典。

卒　　禀大人，公子荣耀而归。

杜　鸾　现在何处？

卒　　今晚住宿芦沟桥，明日可到京中。

周　仁　哎，我哥哥回来了。伯父、嫂嫂少待，待我前去迎接。

胡秀英　你我一同前去。

周　仁　为弟心急如火，嫂嫂随后再来，可喜可喜，我哥哥也

有今日了。

（唱摇板）　幸喜彼苍开了眼，

　　　　　　国贼终有这一天。（下）

杜　鸾　（唱原板）　父子今日重相见，

胡秀英　（唱原板）　好似贞下又起元。（下）

〔杜带兵上。

杜文学　（唱浪头）　平海歼倭除奸党，

　　　　　　锦衣归里志气昂。

　　　　　　是我流入岭南途中，

　　　　　　朝廷除了严党，

　　　　　　圣上命我从军江南，

　　　　　　剿天倭冠一簇，

　　　　　　今日凯歌还朝。

卒　　　来到芦沟桥。

杜文学　接马。（下马坐）

卒　　　禀大人，将严年、凤承东提到。

杜文学　绑上来。

〔卒押严、凤上跪。

严　年

凤承东　大人饶命吧！

杜文学　严年狐假虎威，强霸我妻，只说你作恶到底，谁知也
　　　　有今日；凤承东见利忘义，甘为奴下之奴，如何容得，
　　　　一齐推下砍了。

凤承东　干爸，你这一下把娃失塌了！（杀介）

卒　　　献头。

杜文学　将头献于夫人墓前。（卒下）

〔周仁上。

周　仁　苍天开了眼，哥哥锦衣还；人心急如箭，我心在箭前。

卒　　　做什么的？

周　仁　速快转禀，就说周仁要见。

卒　　　禀大人，周仁要见。

杜文学	好一无情无义的奴才,既来见我,也是自投罗网,与我扯进来。(卒扯周进)
周 仁	兄长,为弟有礼!
杜文学	来呀,将狗皮扯了,与我打打打!

　　　　　　（唱紧带板）　见周仁把我的牙关咬碎,

　　　　　　　　　　　　　　你不该为做官献了我妻。

　　　　　　　　　　　　　　我今日既见面岂能容你,

　　　　　　　　　　　　　　尘世上不要你无义之贼。

周 仁	哎呀,哥哥。(杜踢周跌介)
杜文学	你姓周,我姓杜,我是你做什么的哥哥?嗯,是你做什么的哥哥。来,将周仁吊在廊下。(吊介)

　　　〔胡跑上。

胡秀英	官人,说你打我叔叔为何?
杜文学	你是娘子?
胡秀英	正是,
杜文学	夫人。
胡秀英	老爷。
杜文学	娘子既在,严府死的是谁?芦沟桥畔埋的又是何人?
胡秀英	他夫妻为救你我,妹妹慷慨替我去到严府,杀贼未遂,自刎身亡了。
杜文学	哎呀不好,快快将你周老爷解下来。(解周下,周跑卒挡,周打卒踢卒坐,周跑下)
卒	我周老爷哭在夫人墓前去了。
杜文学	夫人,你我同奔墓前。(同下)
周 仁	(帘内唱尖板)

　　　　　　　　　　　　一霎时打得我皮开肉绽,

　　　　　　〔周仁跑背跌跤上。

周 仁	(唱嗓子)好一似羖𥸸羊脱离刀尖。

　　　　　　　　　　　　浑身上无完肤蓬头垢面,

　　　　　　　　　　　　放大声哭奔了贤妻墓前。

　　　（倒四锤下）

〔杜、胡等过场，又周上。

周　仁　（唱带板）　我夫妻受尽苦保持义气，

（哭）　李兰英贤德妻，哎，屈死的妻呀！

费千心设百计救人出狱。

作郎官把夫人又替人死，

舍己妻救人妻恩爱割离。

我哭，哭一声妻呀妻呀，我屈死的娘子，我夫妻受人之托，嫂嫂临难，是你慷慨替她一死，我只说心也尽了，义也全了，谁知哥哥回来，见我不容开口，便是一顿好打，打得我血肉横飞，体无完肤，是我有口不能辩，有冤无处伸，我可莫说妻呀妻呀，你等候于我，咱夫妻做鬼同行了。

（接唱）　你一死我只说有情有义，

（哭场唱）谁料想终无有半点益济。

初见面不问情乱棍打起，

打得我一阵阵血肉横飞，

我为他除国贼舍妻死去，

反不如小人们图占便宜。

〔杜，胡同上。

杜文学　（唱带板）见周仁睡墓前泪如秋雨，

（哭）　兄弟呀，哎，受苦的兄弟呀，

上前来劝兄弟且莫伤悲。

此事儿唯你知旁人误会，

谁知你羊易牛瞒人不知。

贤弟妹替人死恩大无比，

我夫妻把此事铭感不遗。

胡秀英　（唱）　贤妹妹真乃是女中侠义，

最可怜周叔叔无白受屈。

胡秀英在人间枉活一世，

倒害得他夫妻死别生离。

杜文学　兄弟将眼睁开。

周　仁　这是哥哥。

杜文学　兄弟。

周　仁　嫂嫂。

胡秀英　叔叔。

周　仁　此时候，你们都团圆了，唉！（看碑哭）我屈死的
　　　　妻呀！

　　　　（唱）　幸喜得兄和嫂今日相见，
　　　　　　　　我周仁千斤担卸了仔肩。
　　　　　　　　幸喜得把国贼父子问斩，
　　　　　　　　杀严年凤承东与妻报冤。

〔吕忠上。

吕　忠　时穷见节义，国乱识忠臣。参见东君！

杜文学　吕先生，你何不早来，可怜又难为我那兄弟了！

吕　忠　是我闻听东君回来，飞跑到此，一来与东君贺喜，二
　　　　来说明此事，谁知他还来在我前，周君受此委屈，都
　　　　因小老从前不明真相，说下是非，我先谢罪。

周　仁　岂敢。

卒　　　禀大人，卢沟桥驿丞设宴接待。

杜文学　来，搀你周老爷同到宴上。

——剧终

124

演出单位

西安市五一剧团

西安三意社

白玉钿

西安市五一剧团保存本

剧情简介

　　元顺帝宠用番僧,命其江南访选美女,以供淫乐。生员李清彦胸怀正义,面斥其非。李清彦上京应试,至镇江与尚飞琼花园相遇。飞琼遗白玉钿于李,李遗紫金鱼于飞琼,彼此相思,梦中订亲。李友董寅,拾去白玉钿,遂冒充李生去尚家抬亲。飞琼见其并非园中所见之人,羞愧投江,幸为吕思诚所救,寄身崔府。番僧选中飞琼,闻被李生逼死,即拿李生治罪。李遇巡按苏天爵得救,上京应试,选翰林。董闻飞琼未死,又冒名崔府招亲,被飞琼认出,痛打一顿,董寅怀恨,告于番僧。番僧即拿飞琼,严刑拷打,适李清彦、苏天爵出巡江南,除了番僧,救下飞琼,二人成婚。

场　目

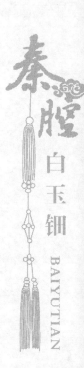

人　物　表

李清彦
董　寅
崔夫人
崔双林
崔院子
苏天爵
尚飞琼
斗环（丫环）
门子
大迦麟和尚
真志和尚
尚志媒婆
吕思成
店家
四小和尚
四卒
四美人
二船夫
四校尉

第一场 起 程

〔在一个简单清静的书斋。

〔李清彦上。

李清彦 （念） 剑气非光月，
书香不是花。（坐）

（诗） 经纶徒自抱满怀，
明珠原在暗处埋。
未获南宫进士选，
空有西京作赋才。

小生姓李名清彦，表字尧天。椿萱早逝，自幼奋身芸窗，已入黉门，今元顺帝在位，皇都开科，意欲赴选。幸有同窗朋友董寅，家豪大富，约我同路进京，一路盘费尽在于他，只求我场中润色一二。起程在即，这般时候，还不见到来！

〔董寅上。

董　寅 （念） 外表十分厌诈，
肚里确实没啥。
要知秀才局面多大，
先看几步蹭跶。

李清彦 董兄到了，请进。

董　寅 再不要穷讲究咧！

李清彦 请坐。

董　寅 哎咳咳，我坐下多时了。

李清彦 这是董兄，起程在即，舟船是否备妥？行李可曾收拾停当？

董　寅 舟船行李俱已停当，只是肚里文章还没停当，所以再来叮咛。老李呀,一路盘费都是我的,这科场的文章么……

李清彦　怎么样?

董　寅　老李咳……可都是你的了。

李清彦　那个不敢,小弟才疏学浅,诚恐误了兄的功名。

董　寅　你明知我不能提笔,难道教我这白头卷子误了不成?

李清彦　取笑了,哈哈哈,为此你我即刻起程了!(李、董出门)

　　　　(唱)　步出寒林吐闷气,
　　　　　　　　但愿金榜把名提。

董　寅　老李呀!

　　　　(唱)　科场文章全靠你,
　　　　　　　　一路盘费是我的。(同下)

第二场　修　书

〔幕启。崔夫人、崔双林在场。

崔夫人　(唱)　老爷入衾一时罢,
　　　　　　　　骨肉远隔去天涯。
　　　　　　　　女儿娇痴母又寡,
　　　　　　　　心绪无主乱如麻。

　　　　老身崔刺史之妻周氏,自老爷去世,我和女儿扶柩回家,门庭冷落,大非昔比,前日闻听人说,西番僧人要来此地挑选民女,女儿年已及笄,尚未许人,令人时刻悬心。

崔双林　母亲,你看我那爹爹去世之后,无人探望,旁人没要说起,我那世兄苏天爵,我爹爹把他教养成人,如今升了官了,再不见面了,真来的可恨!

崔夫人　哎,苏相公乃是仁人君子,只因山高路远,来往不便。

崔双林	不便么,他少来么,为啥一面都不见?
崔夫人	(看女儿,心有所思)儿呀,为娘有一桩心事,早就想说,但不知你爱听不爱听?
崔双林	母亲,有何心事,就该对儿早说。
崔夫人	为娘有心将我儿许配苏天爵,你得才郎,娘身有靠,但不知我儿意下如何?
崔双林	(低头微笑而不语)
崔夫人	儿呀,你愿意不愿意?
崔双林	(低头)妈妈愿意了,孩儿我也就……
崔夫人	这就好了,这就好了。
	〔院子上。
院 子	禀夫人,我家苏老爷到。
崔夫人	正在思念于他,他就来了。(向双林)儿呀回避了,有请。
崔双林	是。(高兴地下)
崔夫人	有请!
院 子	有请!
	〔苏天爵上。
苏天爵	(念) 年伯早归天,
	来问师母安。
	(见崔夫人哭)伯母!
崔夫人	年侄到了,请!
苏天爵	师母请,师母在上,侄儿有礼。
崔夫人	少礼坐了。
苏天爵	谢坐,侄儿官途奔忙,少在师母上边问安,望乞恕罪。
崔夫人	侍君侧,易忘家,不怪于你。
苏天爵	我那年伯去世,你母女二人,孤苦伶仃,侄儿理应常常问安。
崔夫人	这是年侄,老身有几句不知进退的话儿,但不知当讲不当讲?
苏天爵	师母有话只管讲来。

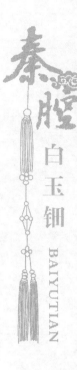

秦腔 白玉钿 BAIYUTIAN

崔夫人	老身有心将小女许你为婚,但不知你意下如何?
苏天爵	师母之言,敢不遵命。只因我动本妖僧,圣上大怒,又听奸相谗言,命我文挂武帅,前去征番,咳!哪是征番,分明是陷害于我,诚恐此去凶多吉少!不能在师母堂前行孝,耽误妹妹终身,我问心何安?
崔夫人	哎,我好命苦也!
苏天爵	师母勿忧,妹妹终身之事,侄儿心中倒有一人。
崔夫人	他是何人?
苏天爵	此人名唤李清彦,才同子建,貌比潘安,与侄儿同窗故友,八拜结交,最为适宜。
崔夫人	但不知此人可能见面否?
苏天爵	要见不难,他因科举进京,侄儿与他捎书一封,着他从此路过,拜见伯母,岂不甚好。
崔夫人	倒也使得,院子看过文房。
院　子	是。
苏天爵	提笔呵!(修书)人来! 〔役上。
役	有。
苏天爵	速将这封书信,交付尧天李相公。
役	小人晓得。(下)
苏天爵	师母,李相公乃是高才名士,妹妹有如此佳偶,我那年伯必然含笑九泉了。 (唱)　久居寒林声名重, 　　　　才高班马盖世雄。 　　　　待看他日春雷动, 　　　　浪滚天地起卧龙。 师母,侄儿公务在身,不能久待,告辞了!(出门)
崔夫人	(送出门)年侄一路保重!
苏天爵	师母请回。(下)
崔夫人	(唱)　年侄英明又持重, 　　　　但愿那人早来临。(下)

第三场 寄 情

〔尚飞琼同丫环上。

尚飞琼 （唱） 一枝开放一枝罢，
　　　　　　 风姨无情卷落花。
　　　　　　 残红底衬香阶下，
　　　　　　 金莲轻移不忍踏。
　　　　　　 桃李娇艳逼人醉，
　　　　　　 朝霞缤纷景生辉。
　　　　　　 无情最是枝头鸟，
　　　　　　 故向愁人作对飞。

〔李清彦上。

李清彦 好景也！

　　　 （唱） 奇花异卉好景况，
　　　　　　 竹影参差过粉墙，
　　　　　　 水自石边流出冷，
　　　　　　 风从花里过来香。（留）

这是谁家一座花园，门虽设而来掩，待我进去观看。

（进门看见尚飞琼）呀！

　　　 （唱） 是谁家一位女婵娟，
　　　　　　 何时闲游到花园？
　　　　　　 粉脸轻匀梨花绽，
　　　　　　 眉黛一角似远山。
　　　　　　 红袖鸾稍玉笋现，
　　　　　　 翠裙鸳带露金莲。
　　　　　　 莫不是观音水月殿，
　　　　　　 莫不是嫦娥离广寒？

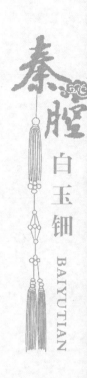

秦腔
白玉钿
BAIYUTIAN

　　　　　　　　不住凝目将我看，

　　　　　　　　几番低头垂云环。

　　　　　　　　这等女流真罕见，

　　　　　　　　引得人一阵阵魂魄飘然。

丫　环　姑娘，你看那相公把人看得怪的。

尚飞琼　好也！

　　　　（唱）　花园乍见仙郎面，

　　　　　　　　真是后世一潘安。

　　　　　　　　欲把姓名问一遍，

　　　　　　　　中间只碍一丫环。

　　　　　　　　娇羞点入桃花面，

　　　　　　　　低头但将罗带拈。

丫　环　小姐，你我回去吧。（背白）呀！看我混得像个鸡

　　　　蛋。（下）

尚飞琼　（唱）　临行时再将他偷眼观看，

　　　　　　　　戴儒巾穿蓝衫两耳坠肩。

　　　　　　　　秋波儿不住的几番回转。（有意将白玉钿丢

　　　　　　　　在地上）

　　　　　　　　但不知再见面难也不难？（下）

李清彦　这是什么东西？（拾）原来是白玉钿一支，嗯，明白

　　　　了，待我拿出我的紫金鱼儿比较比较。（看）哎呀，

　　　　好！（异常高兴）

　　　　（唱）　她那里一步三回首，

　　　　　　　　拈衣弄指心意稠。

　　　　　　　　紫金鱼儿撒出手，

　　　　　　　　莫让她孤等独自愁。

　　　　（李下）

第四场　梦　订

〔尚飞琼上。

尚飞琼　（念）　翠被生寒压绣衿，

　　　　　　　　无心去将兰麝薰。

　　　　是我那日将白玉钿有意掉在花园，不知那相公拣去
　　　　不曾？适才命丫环去寻，天到这般时候，怎么还不见
　　　　到来？

〔丫环上。

丫　环　小姐，玉钿不曾寻见，在花园拣得一个紫金鱼儿。

尚飞琼　快拿来我看。

丫　环　小姐请看。

尚飞琼　嗯，秀莲，天色不早，你先去睡！

丫　环　是。（关门下）

尚飞琼　我的白玉钿若是被那位相公拣去，越发添人愁烦也！

　　　　（念）　罗衣宽袖为谁瘦，

　　　　　　　　未必他心是我心。

〔李清彦梦游上。

李清彦　（唱）　曲曲折折穿芳径，

　　　　　　　　绕过迴廊到莺庭。

　　　　　　　　为何不见娇人影，

　　　　　　　　小窗以内有残灯。

尚飞琼　花园那位郎君可真是志中人也！

李清彦　（唱）　小姐原是意诚性，

　　　　　　　　背地里念我三两声。

　　　　　　　　我这里举步把门进。（进门）小姐。

尚飞琼　（梦语）相公！

李清彦　　小姐！（灯光暗，李离场）

　　　　　（尚起梦，李出场，表示尚在梦中李来会见）小姐呀！

尚飞琼　（唱）　即忙上前问郎安，（醒悟后含羞跑进门去，李随上）

　　　　　　　　羞得奴家无处闪，

　　　　　　　　问郎何故到此间？

李清彦　（唱）　花园赐情恩非浅，

　　　　　　　　好似菩萨降慈船。

　　　　　　　　渡江来到观音院，

　　　　　　　　一片丹心把愿还。

　　　　　　　小姐！

　　　　〔尚飞琼急上。

尚飞琼　（唱）　相公莫要高声喊，

　　　　　　　　小心惊动老椿萱。（出门看）

李清彦　　小姐！

尚飞琼　（唱）　纱罗帐还有个丫环姐，

　　　　　　　　你为何常常不检点？

　　　　　　　　忙把绣房轻轻掩。

李清彦　　小姐！

尚飞琼　（唱）　你快去不要久留恋。

李清彦　（唱）　手挽手儿出庭院，（挽手出门）

　　　　　　　　悠悠荡荡到花园。

尚飞琼　（唱）　月明星朗我不敢，

　　　　　　　　你再不要把人难。

李清彦　（唱）　神仙何不发慈念，

　　　　　　　　为什么教人好作难？

　　　　　　　小姐，你看这玉兰鲜艳，你我就该在此……

尚飞琼　（唱）　读书的君子有识见，

　　　　　　　　男女居室贵为天。

　　　　　　　　苟合夫妻实羞惭，

　　　　　　　　相公何不自详参。

李清彦	（唱）	你把小生莫错看。
		人之大伦我了然。
		待功名成就鳌头占。
		再拜花烛结百年。
尚飞琼	（唱）	紫金鱼儿金光闪，
		翻来覆去看几番。
李清彦	（唱）	顺手取出白玉钿，
		翻来复去看几番。
尚飞琼	（唱）	紫金鱼儿——
李清彦	（唱）	白玉钿。
合	（唱）（指物）	它为你我把线穿。
尚飞琼	（唱）	银灯结彩多灿烂。
李清彦	（唱）	明月皎皎常不眠。
尚飞琼	（唱）	对着明月发誓愿。（跪下）
李清彦	（唱）	但等他日结良缘。
合	（唱）	这才是天随人的愿。
李清彦	（唱）	叫小姐！
尚飞琼	（唱）	叫相公！
合	（唱）	日后凭它拜花毡。
尚飞琼	（唱）	倘若到京身荣显，
		莫让佳人空愁烦。
李清彦	（望着飞琼原来站的方向处）小姐请放宽心，小生我	

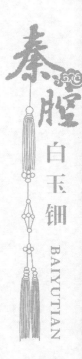

绝非薄倖男儿……

〔灯光暗，幕落。

第五场　拒　见

〔一个幽静的夜晚，李清彦、董寅同寝一室，李梦语。

李清彦　小姐请放宽心，小生我绝非薄倖男儿，小姐……

董　寅　恰恰哈,这个怪物心邪了,梦中叫起小姐来了,待我应他一声……

李清彦　小姐请放宽心,小生我绝非薄倖男儿,小姐……

董　寅　相公,你去了,丢下奴家我该怎么处呀!

李清彦　哎呀小姐!(把董寅当小姐猛抱,董将凳子掀在李怀里,李将凳子撂在董的头上,董叫救命,李见董,将凳取下)

李清彦　董兄……

董　寅　对啦,对啦!我这一路与你支应起小姐来了,你看奴家这个嘴脸如何呢?

李清彦　得罪得罪!

董　寅　醉了就少喝几壶……

李清彦　小弟我刚才原是做梦啊!

董　寅　你只管做梦,不管别人受症,我问你梦见什么?

李清彦　小弟梦见了昨日花园见的那位小姐,我的紫金鱼儿原是她捡去,我便以此物赠她,她以白玉钿赠我,我二人在梦中订了百年之盟。

董　寅　这才说白话呢,谁家梦中都成亲呢? 照你这样说,我再不做啥了,光光做梦咖,我一梦梦到朝廷,又有三宫六院,九嫔十八妃,拣的拣的成亲呀;一梦梦到月宫里,又有天仙美女,当我立前站后,传杯换盏;再一梦梦的当了主考,那时节我还要考你哩,哪个还要你替我做文章。(学李做梦神情)

李清彦　董兄取笑了,你看天色尚早,你我仍旧睡了吧。

董　寅　你睡,我不敢睡了!

李清彦　怎么不敢睡了?

董　寅　我怕你又把我当小姐……

李清彦　倒是笑话了!

〔门斗上。

门　斗　(念)　天下秀才穷到底,
　　　　　　　　学里门斗老成绩。

那边可是李相公的舟船?

李清彦　正是,请上船来!（门斗上船）门斗到此何事?

门　斗　只因皇上宫中新敬的那个活佛,奉旨而来,过路官员,各地绅缙,都要焚香迎接。适才相公与我家老爷会晤,我家老爷也将你二位的名字开了一帖,已先送去,相公明天须要早到。

李清彦　可是当今皇上在宫中服侍的那个西番活佛吗?

门　斗　正是,李相公收贴。（递帖）

董　寅　老李,明天不走啦,将船挽住,先看看活佛去。

门　斗　李相公明日须要早来。

李清彦　你传到就是,去不去在我。

门　斗　如此请在,我还要与众相公传知。（下）

董　寅　老李,明天要早些去才好。

李清彦　兄要去你只管前去,我是不去的!

董　寅　老李,你好错呀,活佛的大权势,通省官员都要前去迎接,何况我们这些小小秀才乎? 你的学问虽大,世故全不讲究,赶快睡觉,明天去拜见活佛了!（下）

李清彦　哈哈哈,好笑呀!

　　　　（唱）　暗笑他满朝中毫无主见,
　　　　　　　　为什么听邪说宠信异端?
　　　　　　　　各缙绅齐迎接不知羞惭,
　　　　　　　　李清彦我岂能玷辱圣贤。
　　　　　　　　哪怕他秃厮头权威势显,
　　　　　　　　我定要振纲常攻呼妖奸。（下）

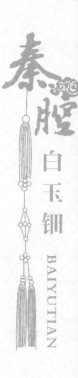

第六场　骂　僧

〔校尉拥大和尚上。

大和尚　（唱）　紫禁丹墀作宝刹,

滚龙玉带换袈裟。

毒龙满腔如何制，

但凭利口乐天华。

俺西番僧人，辇真哈喇，自元帝时来到中国，今日顺帝在位，十分好佛，蒙丞相伯颜将我举荐，拜为大国禅师，晦与弟子迦麟真在宫中演碟作法。是我与天子奏了一本，要筑高台一座，以作长生不老之术，要选台下执幡玉女百名，天子大喜，赐我金牌一面，命我江南一带寻访美女。哈哈哈，我可莫说元顺帝呀哈元顺帝，只怕你不能得长生不老，俺倒有长夜之乐了。

〔迦麟真上。

迦麟真 禀国师，江南地方阖省文武官员携带美女，前来迎接，与国师安置佛堂在此。

大和尚 奏动仙乐。（奏乐，转场，大和尚入坛座）

（念） 临江安置梵王宫，

山光绿翠水光清。

此地名花知多久，

台前要摆肉屏风。

迦麟真 禀国师，各地绅缙参见国师，俱有名单在此。

大和尚 呈上来，（看）嗯，句容县秀才董寅，啊，我自到中原，知道句容县有个秀才名叫李清彦，是个大才之人，俺正要会晤于他，结为羽翼，是我路过句容县，听说他与同窗董寅进京科举，莫非他也在这里？怎么他就偏偏不来，人来。

迦麟真 有。

大和尚 传出去，着句容县秀才董寅进来，我要问话。

〔董寅上。

迦麟真 句容县秀才董寅进来，国师要问话。

董 寅 董寅参见大国师。

大和尚 你可是董寅？

董　寅	是晚生。
大和尚	你可知李清彦?
董　寅	他是生员同窗故友。
大和尚	现在哪里?
董　寅	我二人进京科举,昨日路过这里,现在镇江岸上。
大和尚	他为何不来?
董　寅	唉呀国师,他昨日上岸去到花园游玩,和一位美貌小姐眉来眼去,那位小姐给了他一个白玉钿,他给小姐送了一个紫金鱼,晚上回得船来,颠颠狂狂,就做起美人梦来了。贪色之人,成不了什么大事。今日生员也曾叫他前来,他说你去我不去,还是他无福见活佛,不能消灾免祸。
大和尚	你是个好的,且站一旁。来,这是银牌一面,镇江岸上速提李清彦回话。
校　尉	是。(下)
董　寅	(旁白)唉呀我的妈,要杀他,等把科事过了着,没有他,我该咋加。
大和尚	迦麟真。
迦麟真	弟子在。
大和尚	命你随带锦衣数名,沿江一带,采取美女勿误。
迦麟真	遵命。(下)
	〔校尉带李清彦上。
校　尉	跪了!
李清彦	住了,我乃一儒门高士,并未越理犯法,跪着哪个?
校　尉	见了活佛,立而不跪,就该砍下头来!
大和尚	慢着,且便由他。这是李清彦,我来问你?
李清彦	慢着,(冷笑)你莫问我,我先问你,差人提我,所为何事?
大和尚	圣上有旨,活佛驾临,通省官员齐来焚香迎接,你为何偏偏不到? 莫非心中不服,有意作对?
李清彦	朝廷圣旨不圣旨,与你出家人何干呢?

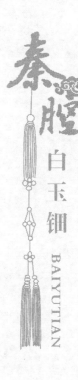

大和尚	天子信佛,因而活佛亲临。
李清彦	既是活佛,就该在禅堂享受香烟,讲经道法,为何到此?
大和尚	奉王旨意,寻访美女。
李清彦	要美女何用?
大和尚	坛前执幡,以作演碟之法,为乞长生不老。
李清彦	嗯,说什么演碟之法,能乞长生不老,分明假借什么治佛之法,圣上旨意,玷辱良家黄花幼女,真乃令人可恼!
	(唱)　既是佛你就该讲经行善,
	为什么选民女任意糟践?
	分明是假邪说一片荒诞,
	岂让你秃厮贼混闹中原。
大和尚	嗟,黄口儒子,懂得什么,你怎知这天地三界人间生死祸福,都由佛家执掌,如不信佛,就该一死,焉能长生不老乎?
李清彦	你倒住住住了,当日轩辕皇帝活了一百一十岁,颛顼活了九十八,少昊活了一百岁,夏禹商汤皆百岁,这些帝王都不曾吃斋念佛,怎么富有四海,贵为天子,久享遐令? 你说!
大和尚	这个……
李清彦	什么?
董　寅	(旁白)竟然给拿住了。
李清彦	(唱)　自三皇及五帝往事可鉴,
	一个个享国祈不下百年,
	那时候并不曾讲经识忏,
	却怎么普天下国泰民安?
大和尚	你可晓得,那都是佛家保佑之力。
李清彦	哈哈,哈哈哈……
大和尚	你发笑为何?
李清彦	你既是佛门弟子,怎么连佛的生日都不晓得? 看将

起来,你这秃厮真……

董　寅　（旁白）怎么,哎,难道是假充壳子不成?

大和尚　来么,来么,佛都有了生日了。

李清彦　你听,当初天竺迦离卫国净梵五之妃摩耶氏梦见天
　　　　降金人,因而身怀有孕,后来生下太子,名唤西达多,
　　　　此事是周昭王廿四年四月初八日之事,所以四月初
　　　　八日为之浴佛之期,后至穆王三年,明星出现,方才
　　　　成佛,昭王是武王曾孙,穆王是武王的玄孙,怎么三
　　　　代以前都有了佛了? 哈哈哈!

董　寅　这才把总根子给挖出来了。

李清彦　（唱）　昭王时四月八释迦生产,

　　　　　　　　至穆王方成佛讲经西天。

　　　　　　　　三代前何曾有全身出现,

　　　　　　　　既不知就不该信口胡言!

大和尚　好你狂生,就是三代以后,多少帝王之家都来吃斋敬
　　　　佛,难道还不如你吗?

李清彦　他们吃斋敬佛所为何事?

大和尚　为祈长寿。

李清彦　哼哼哼。（冷笑）佛连自己都不能善保长生,焉能与
　　　　人接命?

大和尚　这才胡道起来了,佛焉能死?

董　寅　（旁白）哎呀,这佛该不会死吧,老李我为你咋活咖!

李清彦　佛既不死,我来问你,唐天子命满朝文武迎佛骨于西
　　　　门外,可有此事?

大和尚　那是唐天子敬重佛法,怎会没有?

李清彦　管他敬重不敬重,佛既不死,哪里来的佛骨?

大和尚　这个,哎,人到世上哪个不死,只要将世人渡化到好
　　　　处,便是我们出家人慈悲之心。

李清彦　像你这秃厮,哪里还有什么慈悲之心?

大和尚　满口胡道,怎见得我们出家人没有慈悲之心呢? 怎
　　　　见得……

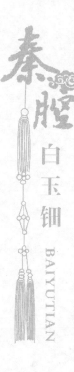

秦腔 白玉钿

BAIYUTIAN

李清彦 秃厮你听，你既以慈悲为本、就不该假挟法术，使多少良家民女骨肉分散，受你这般禽兽之辱践，似这等惨无人道，罪孽深重，天理难容了！

（唱） 自盘古至如今人伦为大，
你不该把民女任意糟蹋。
做此事和禽兽不差上下，
无羞耻还与人讲经说法。

董　寅 这一下骂进骨头里去了。

大和尚 唗，你怎知我们佛家不与你们凡俗之人较量，我们出家之人，跳出三界外，不在五行中，哪管什么人伦不人伦。

李清彦 哎呀好，既然跳出三界处，不在五行中，就该深山修行，为何混在朝堂，僧而不僧，俗而不俗，是什么东西。

董　寅 （旁白）大概是个葫芦。

大和尚 哼！

李清彦 （唱） 既修行就该在深山古刹，
为什么谋富贵贪恋荣华？
你还敢假圣旨横引天下，
似这等破法戒罪恶该杀！

大和尚 大胆了！

（唱） 狂生那里破口骂，
气得我阵阵咬钢牙，
你今死在眼目下。

董　寅 哎哟，我的妈呀！

李清彦 （唱） 不犯法谁敢把我杀。

董　寅 （旁白）嗯，好的。

大和尚 呔，你竟敢辱骂活佛，死在眼前，你可知晓？

李清彦 哼哼哼，怎么不晓，佛堂本是杀人场，和尚就是刽子手。天子用你这秃厮为着何来，嗯，不过你能杀人而已！

董　寅	哎呀,怕怕!
大和尚	这厮一片好利嘴。来!
卒	在!
大和尚	你将这狂生与我……赶出去。
卒	出去。
李清彦	慢着,不用赶,留也是留不住的呀!

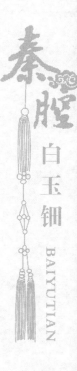

秦腔
白玉钿
BAIYUTIAN

李清彦　（唱）　懒得和这秃厮再把话讲,
　　　　　　　　诚恐怕玷辱了孔孟门墙。
　　　　　　　　仰面出了明月帐,
　　　　　　　　把贼的罪恶事到处宣扬。
　　　　　　好不气,气煞人了!

董　寅　生员告辞。

大和尚　啰嗦!

卒　出去!

董　寅　（出门学李清彦）慢着,不用赶,留也留不住的呀!
　　　　　好不气,气煞人了。（下）

大和尚　你教怎说,这厮舌似利剑,口似悬河,问得我无言对
　　　　答。有了,我不免一面与丞相伯颜修书一封,叫他停
　　　　了科场,一面再命人去到镇江岸上,寻找那个女子作
　　　　执幡女童,李清彦呀李清彦,那时管教你走投无路,
　　　　进退两难。

　　　　（念）　哪怕你雄才储八斗,
　　　　　　　　管教你阮藉哭穷途。

　　　　阿弥陀佛!（下）

第七场　弃　友

〔李清彦、董寅在船上。

李清彦　（念）　今日佛堂骂妖僧,

稍舒心中气不平。

董　寅　今日活佛好张利嘴,教你七擒八纵,问成个没嘴的葫芦了,真乃高才。

李清彦　哎,你看那秃厮,假邪说,横闹中原,糟践良家子女,真乃可耻。

董　寅　真乃义气,领教领教。

李清彦　这是年兄,夜已深了,你我睡了吧。

董　寅　请……我可莫说老李老李,想活佛乃是当今皇上宠用的国师,你今天只凭一气之勇,不知天高地厚,这分明是鸡蛋碰石头,全不知死活么。倘若那和尚来寻不是,你胳膊怎能扭过大腿。啊有了,今夜月明如昼,我不免趁他睡熟,将船开了,一来免得和尚前来黏牙,二来免得他明日又去会那梦中人,等他醒来离镇江已远,只得将她抛弃也。哎!我便是这个主意了。

　　（唱）　可恨老李太不堪,

　　　　　　你图快活我费钱,

　　　　　　一篙撑离镇江岸,

　　　　　　天明教你空喜欢。

　　〔起更,董睡,李叫董。

李清彦　董兄、董兄。

董　寅　(故意)哎呀,我的小姐!

李清彦　董兄,你这是怎的?

董　寅　难道这美人梦,只许你做,别人就做不得吗?

李清彦　董兄,你为何连夜开船?

董　寅　老李,咱们上京为的科举,不是为你做美人梦的。

李清彦　哎!

役　(内白)且等之小人。小人与老爷叩头。

　　〔役上。

李清彦　站起来,你老爷可好?

役　我老爷差小人与李老爷下书着老爷千万依他书中

所言。

李清彦	你回去致意你家老爷,我就不回书了。
役	小人就去。(下)
董　寅	老李,快拆书,先看你做官的朋友,与你送来多少盘费?
李清彦	(拆书看)嗯,原来如此。
董　寅	原来如此是个啥吗?
李清彦	太仓崔刺史原是苏大哥年伯,刺史去世,留下小姐,我那苏大哥书中之意,要我到那里招亲。 (将书放在行裹中)
董　寅	哈!饷好事咋都叫你遇上了。
李清彦	董兄,你看东方发白,江岸以上一片好景,你我前去游玩一回方好。
董　寅	临场在即,养养精神的好。
李清彦	这正是活泼文机。
董　寅	你有文机你活泼,我没文机,我活剥鸡蛋吃酒咖,老李,去是去,再莫要往人家花园里去。这好梦不宜多做,苏翰林与你下书,放下现成的佳人不去,只管在梦里来梦里去,做那没影的事哩。
李清彦	(念)　曾经沧海难为水, 　　　　除却巫山不是云。(下)
董　寅	咳呀,老李呀老李,我看你是头上擦猪油哩,简直是昏了头咧,将白玉钿都掉了。说不了(拈住白玉钿)我的那梦中小姐呀!(将白玉钿放在行裹里,发现书信)"原来如此"在这里,待我也给我老李把这个原来如此收拾了。
内	那边船上可是上京科举的朋友。
董　寅	正是。
内	不用去了,如今科场停了。
董　寅	什么,什么?
内	如今科场停了。

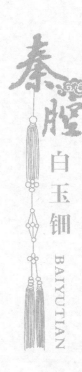

秦腔
白玉钿
BAIYUTIAN

董　寅　这教怎说，一路上京与人管盘缠，只为科举中与我作文章，谁知屎巴牛闻屁，才扑了个空，这老李回家去，盘费少不得还是要我管，我想用着他管他罢了，如今用不着他了，还管他怎的？嗯，对，如今他的白玉钿失落在我手，他二人梦我是晓得的，何愁好事不成。嗯，妙妙妙呀！艄水，即速将船挽回，开往镇江了！（下）

第八场　逼　命

〔丫环、尚飞琼拥尚志上。

尚　志　（唱）　庭前不树燕山桂，

宝中将枯汉宫蘭。

老夫尚志，镇江人氏，女儿飞琼，为着一段梦，染成大病，是我无奈，着媒婆寻访梦中郎，不知可能见否？

丫　环　启禀老爷，门外来了几个僧人要见老爷。

尚　志　嗯……传出有请。

〔迦麟真上。

迦麟真　你是尚志老儿？

尚　志　正是。

迦麟真　你可有一女儿？

尚　志　倒有一女，你问着为何？

迦麟真　今日活佛与天子作善事，要你女儿台下执幡，即刻就要起程。

尚　志　哎呀师傅，我女儿已许配与人，不日即拜花毡，不能前去执幡！

迦麟真　速快打扮，午时就要带人，如若违抗，小心狗命！阿弥陀佛！

尚飞琼　不好了！

（唱）　听一言吓得我三魂飘荡，

　　　　忍不住两眼泪汪汪。

　　　　恨了声天子和宰相，

　　　　你为何宠用那和尚。

　　　　今日里祸事从天降，

　　　　声声只叫梦中郎。

　　　　若与你早完前生账，

　　　　焉有今日这一场！

爹爹……

尚　志　我儿莫要惊慌，或许媒婆找着你那梦中郎，一拜花堂，妖僧就无可奈何了。

〔媒婆上。

媒　婆　（念）　踏破铁鞋无觅处，

　　　　　　　得来全不费功夫。

员外恭喜，小姐的梦中郎来了。

尚　志
尚飞琼　现在哪里？

媒　婆　现在书房等候，有白玉钿为证。

尚飞琼　（接过白玉钿）爹爹你看，这就是我的白玉钿，是他无疑了。

尚　志　他可是读书之人么？

媒　婆　他是上京秀才，自然是读书之人。

尚　志　他叫什么名字？

媒　婆　他叫李清彦。

尚　志　噢，原是句容名士李清彦，早已闻名，只是未见。我儿下去。媒婆，你去见那位相公，就说礼物一概俱免，只请他速来拜堂！（飞琼下）我儿果然是有眼力，哈哈哈……

〔董上与尚相见惊愕，丫环挽飞上。

董　寅　参见岳父大人。

丫　环　啊，你你你是……

董　寅	看看看我是那个梦中郎么。

丫　环　不是的,错了,小姐呀,这不是花园见的那个人儿。

尚飞琼　啊呀!

（唱）　只说今日脱大祸,

　　　　虎去狼又来作恶。

　　　　苍天为何来杀我。

　　　　梦中郎呀梦中郎。

　　　　奴为你万里泪滂沱。（下）

丫　环　小姐,小姐。（追下）

尚　志　（扑叫）儿呀不可!（董挡尚、尚挣扎起来）儿呀等

　　　　着……（追下）

董　寅　哎呀,我的妈呀!他们都走了,我不免也给它溜了。

　　　　（下）

　　　　〔迦麟真上。

迦麟真　来呀!搜!

卒　　　无有。

迦麟真　回!

　　　　〔尚飞琼上。

尚飞琼　（唱）　急得人阵阵心似火,

　　　　　　　　一群妖僧紧追着。

　　　　　　　　尚飞琼,主意决,

　　　　　　　　定要一死投江河。（下）

丫　环　小姐呀,小姐呀!（追下）

　　　　（迦追下）

　　　　〔尚志急上。

尚　志　（唱）　儿呀儿呀等着我,

　　　　　　　　千万莫把主意错。

　　　　　　　　儿呀等着!（追下）

　　　　〔尚飞琼上。

尚飞琼　（唱）　浑身衣衫齐撕破,

　　　　　　　　黄花幼女有何错?

难道说世上神灵都死过，
苍天何不睁眼窝！
我把梦中郎君几声叫，
你怎知意中人儿受折磨。（跳江）

〔后台追赶声起。迦与校尉追上。丫环、尚志紧
跟上。

丫　环　啊呀！小姐！（吓得呆痴）

尚　志　妖僧，贼呀！李清彦和你逼死我儿，我和你拼了！

迦麟真　（将尚志踢倒）想李清彦前日叫骂国师，今日又逼死
他女，来呀！

校　尉　有。

迦麟真　将丫环带走，捉拿李清彦。（下）

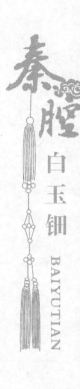

第九场　救　女

〔吕思成乘舟，船夫撑船上。

吕思成　（唱）　恨权奸霸朝纲不允谏奏，
　　　　　　　他将我降官职气恨心头！

船　夫　禀老爷，江中有一人抱着木板，顺水流下。

吕思成　快快救他上船，将船拢岸。（下）

第十场　店　遇

〔迦带卒押李清彦上。

迦麟真　店小二走来。

〔店小二上。

店小二　来了。

迦麟真　这是凶犯一名，锁在小房，明日五更就要起程。

店小二　这里只有三间房子，吕老爷住了一间，家眷住了一间，丢了一间与家眷只隔一纸墙，甚不方便。

迦麟真　什么方便不方便，真乃啰嗦，就锁在那一间。小心着，有酒无酒？

店小二　有。

迦麟真　抱酒侍候。

店小二　出家人还吃酒么？

迦麟真　嗯，休得啰嗦，阿弥陀佛。

〔开幕两间小房，飞琼请彦各一间，睡不着，更鼓声。

尚飞琼　（念）　谯楼更鼓响，

　　　　　　　　　明月照纱窗。

　　　　　　　　　孤灯相作伴，

　　　　　　　　　阵阵清风凉。

　　　　　这般时候，待我眠是眠了！（睡）

李清彦　（念）　项带铁索气满腔，

　　　　　　　　　可恨奸妖霸朝廊。

　　　　　　　　　蒲暑时节寒霜降，

　　　　　　　　　顺天者昌逆天亡。

　　　　　唉，这般时候，我还是眠了。

尚飞琼　（念）　飞琼好苦命，

　　　　　流落在异乡。
　　　　　忆起花园游，
　　　哎！思念梦中郎。
　　（唱）　慢剔残灯傍小窗，
　　　　　不是思郎是恨郎。
　　　　　愁思万重压心上，
　　　　　为什么只觉此夜长。
李清彦　这般时候翻来覆去，眠也不下，思想我的梦中小姐，
　　　教人好不伤惨！我可莫说小姐、小姐，你怎知我今日
　　　为你遭此不白之冤了！
　　（唱）　咱二人梦中相来往，
　　　　　也算生就的锦鸳鸯。
　　　　　你那里还将佳期望，
　　　　　怎知我今日这下场。
　　　　　恨妖僧禽兽一般样，
　　　　　横行霸道太张狂，
　　　　　有朝一日出罗网，
　　　　　管教儿身首两分张。

　　　秃贼呀！
卒　　哼！你将人家女儿逼死江中，还喊啥哩？
尚飞琼　（唱）　耳听那边哭声放，
　　　　　轻移莲步近纸墙。
　　　　　湿破小隙我将他望，（反复考虑，最后决心撕
　　　破）
　　　　　却怎么原是梦中郎，
　　　　　只见他铁索系项上，
　　　　　又见他发散脸儿黄。
　　　　　如何得成这模样，
　　　　　不由人裂断九回肠！
　　（滚白）我叫叫一声梦中郎，梦中郎，我的梦中郎呀！
　　（唱）　读书人必然知法网，

却怎么做了公冶长，
奴为你染病春罗帐，
奴为你也曾投长江，
今晚有缘重相望，
恨只恨多隔纸一张。
咱二人命薄一般样，
各人怀中抱冤枉。
奴好比齐女含冤三年旱，
你好比邹衍下狱六月霜。
我有心把话对他讲，
怕！怕只怕恶途路上遇虎狼。

我想白玉钿是我当初赠他之物，今日现在我手，何不仍然与他，他日若有见面之期，可以为证。我可莫说白玉钿啊白玉钿，奴家一片心思，全靠你了！

李清彦　（唱）　忽然听得叮当响，
一时只觉心发慌，
侧耳听，用目望，
原是玉钿放银光。
曾记和失落镇江上，
却怎么今晚在店房？
这真是一笔糊涂账，
莫非仍旧在梦乡。
小房里无有人来往，
墙壁上露出一缕光，
我这里上前用目望，
却怎么梦中小姐她也住店房？

（惊奇而紧张）那妖僧言道："是我将她逼死江中，却怎么她她她还活在人世？其中必有缘故，待我上前搭话，待我上前搭话。（上前）哎呀不可！那妖僧害我到了这步田地，我若上前搭话，若被贼人知晓，小姐必然遭殃。我可莫说小姐小姐，事到如此，宁可伤我,岂能害你呀!

（唱）　欲待上前把话讲,

又恐累她遭祸殃。

我此去多恐性命丧,

哪再得好梦入高唐。

你画眉另去寻张敞,

再休想天台会阮郎。

尚飞琼　（唱）　越思越想心惆怅,

何须真情再匿藏!（放场哭叫）

相公!

〔迦麟真上。

迦麟真　天色大亮,将凶犯带了,即速起程。

卒　（押李下）

尚飞琼　（跑上看,焦急万状,执灯倾身冲破纸墙）

（唱）　一霎时推出无影响,

哗喇喇拆散锦鸳鸯,

只说终身相依傍,

谁知烧了断头看。

相公!……（昏倒）

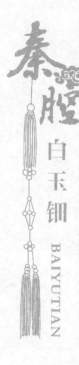

第十一场　遇　救

〔苏天爵、副将及役同上。

苏天爵　（唱）　可恨妖僧太横暴,

江南地方神鬼号。

联名上奏把本动,

要除妖僧把冤消。

苏无爵,是我被奸贼陷害,文挂武帅,前去征番,如今
得胜还朝,天子大喜,命我江南巡查,差满回京。昨

日接到了部中抄文,得知科场复起,十分快意,不知李贤弟近况如何?但愿李贤弟名登金榜,联名上奏,除却妖僧、为民申冤。来,催马!

〔迦麟真同卒等押李清彦上。

副　将　禀老爷,前边像我家尧天李老爷,不知犯了何罪,被人锁拿。

苏天爵　这才奇了,唤他头目前来见我。

副　将　是。(下)

迦麟真　稽首了。

苏天爵　我问你管押何人?

迦麟真　犯人李清彦。

苏天爵　去了肘锁,前来见我。

迦麟真　这是杀人要犯,国师有命,不许过路官员查问。

苏天爵　有我一面承当。

迦麟真　得罪国师那还了得!

苏天爵　难道堂堂钦差大臣、岂怕一个无耻的和尚。

迦麟真　这!

苏天爵　再若迟慢,斩下你的头来。

迦麟真　带上来。

苏天爵　贤弟。

李清彦　仁兄呀!一言难尽了。

苏天爵　贤弟,今日伯颜已死,又有翰林学士夔夔上了一本,又将科场复起,你今随我进京,若是成名之日,你我联名上奏,除却妖僧,好吐今日之气。

李清彦　深感大哥提携。

苏天爵　贤弟,前日我与你有书,你可曾与我师母家中去否?

李清彦　书是见过,实不曾去。

苏天爵　如此,你今随我进京。人来,与你李老爷带马伺候了。

役　是。

李清彦　(唱)　逢知己脱大祸,

苏天爵　（唱）　故人今日赋长扬。（下）

第十二场　寄　女

〔崔夫人携丫环上。

崔夫人　（唱）　苏天爵言那生才同班马，
　　　　　　　　曾有书邀请他来到我家。
　　　　　　　　许久时无踪影令人悬挂，
　　　　　　　　莫不是又做了水月镜花。

〔院子上。

院　子　禀夫人，御史吕老爷来拜。

崔夫人　有请。

院　子　有请。

〔吕思成携尚飞琼上。

吕思成　（念）　物在人亡无见期，
　　　　　　　　闲庭系马不胜悲。
　　　　　　　　窗前绿竹生空地，
　　　　　　　　门外青山依归时。

　　　　　年嫂近安。（坐）

崔夫人　吕叔叔挂念了。

吕思成　儿呀，拜过你伯母。

尚飞琼　伯母万福。

崔夫人　这……

吕思成　这是镇江尚乐天的女儿，因妖僧相逼，无奈投江，被
　　　　　我救下，今日弟去广陵上任，只因路途遥远，不便相
　　　　　随，送她回去诚恐又遭妖僧所害，特将她拜托年嫂
　　　　　处，与令媛作伴。

崔夫人　如此甚好。

尚飞琼　哎。

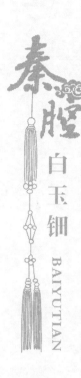

157

吕思成	我儿不必悲伤,搭救梦中郎之事,我已托人上京去办,一面托人与你父通讯,你就在此好好侍奉伯母。
尚飞琼	孩儿遵命,爹爹一路之上,多加保重。
吕思成	我儿不必担心,这是年嫂,弟有公务在身,不敢迟延,就此告辞。
崔夫人	如此不敢强留。
	(念) 送客并无三尺子,
吕思成	(念) 依旧当思九泉人。(下)
崔夫人	丫环,唤你家姑娘,就说姐姐来了。
丫 环	是,有请姑娘。
	〔崔双林上。
崔双林	何事?
丫 环	姐姐来了。
崔双林	姐姐在哪里,姐姐在哪里? 姐姐在……姐姐,妹妹这里有礼。
尚飞琼	还礼了。
崔双林	母亲,姐姐是谁?
崔夫人	哎,姐姐就是姐姐么,怎么问姐姐是谁?
崔双林	到底要问个明白么,怎么糊里糊涂的就教人叫咖。
崔夫人	噢,大姐何不将你乡关,姓名与投江之事,与我母女说个明白。
尚飞琼	说来伯母小姐不要见笑。
崔双林	不笑,不笑,我们就不会笑话人。
崔夫人	奴才多嘴,大姐请说。
尚飞琼	为此伯母小姐请听了。
	(唱) 我家住镇江口荒村野径,
	尚氏女起名儿叫做飞琼。
崔双林	姐姐的好美名儿,许飞琼是个仙女,姐姐还赛过仙女哩。
崔夫人	莫要打搅,大姐你往下讲。
尚飞琼	(唱) 那一日因愁烦花园遣兴,

湖山下遇一位少年书生。

崔双林　姐姐的好兴头儿。

崔夫人　胡说些什么？

尚飞琼　（唱）　白玉钿紫金鱼彼此相赠，
　　　　　　　　到晚来相逢在南柯梦中。

崔双林　想是你二人梦中成了夫妻了？

崔夫人　悄着，悄着。

崔双林　哎哟哟！

尚飞琼　（唱）　从此后……

崔双林　（接唱）你每日里神魂不定，
　　　　　　　　因此上害得你病奄奄衣宽带松。
　　　　　　　该病、该病、就不管她是谁，都要病呢！

崔夫人　总由不得你么，后来如何投江了？

尚飞琼　（唱）　有一个大和尚十分暴横，
　　　　　　　　要选我做什么执幡女童。
　　　　　　　　忽然间一媒婆来把信送，
　　　　　　　　她言说梦中人有了影踪。

崔双林　如此说来，这是姐夫到了，

尚飞琼　才不是得。

　　　　（唱）　不知道是何人顶了名姓，
　　　　　　　　拜花烛才出现妖魔野精。
　　　　　　　　头又秃眼又斜五官不正，
　　　　　　　　举家人见此情吃惊非轻。
　　　　　　　　是这样虎与狼两相逼命，
　　　　　　　　女孩儿又是气又是伤情。
　　　　　　　　因此上投江死不惜性命，
　　　　　　　　多亏了吕伯父救我残生。

崔夫人　逼你死的那人，哪里人氏？他叫什么名字？

尚飞琼　他是上京秀才，江宁句容县人氏，名叫李清彦。

崔双林　（立问）叫什么？

尚飞琼　叫李清彦。

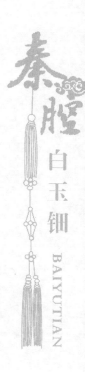

秦腔

白玉钿

BAIYUTIAN

崔双林　我的好世兄，你与我说的好媒！

（唱）　听罢言来心起火，

　　　　怨声母亲太得错，

　　　　我爹爹去世丢下我，

　　　　并无兄弟和哥哥。

　　　　你生女儿有几个，

　　　　为何逢人胡嘱托？

　　　　恨不得把儿作发过，

　　　　全不管后来人死活，

　　　　我世兄那儿从此过，

　　　　你不该托他作媒妁。

　　　　他言谈才郎有一个，

　　　　李清彦和他是同学。

　　　　姐姐亲眼曾见过，

　　　　他比鬼判还生的恶。

　　　　你的儿虽是个赔钱货，

　　　　终死不要那人物，

　　　　倘若他来咱家过，

　　　　倒教你儿该怎着？

　　　　姐姐呀！投江的事儿轮着我。

　　　　你投江来我投河！

尚飞琼　伯母，小姐不必烦恼，既是翰林所荐，必不是那个李清彦，恐怕是另一个李清彦。

崔双林　哎，姐姐你知道世上有几个李清彦？

尚飞琼　他既盗了白玉钿，若不顶名字，恐怕我二人问个姓名，岂不败露，因此冒名顶姓，定是无疑了。

〔院子上。

院　子　禀夫人，门上有我苏老爷年弟李清彦，随带我苏老爷书信来拜。

崔夫人　怎么又是个李清彦？

尚飞琼　妹妹，你想他盗去白玉钿，书信也许落在他手，你我躲在一旁,若是那怪物到来……

崔双林　我们先饱打他一顿再说。丫环,院子。

丫　环
　　　　　在。
院　子

崔双林　棍棒侍候!

崔夫人　着他进来。

院　子　是,有请李相公。

董　寅　(念)　寡妇容易诓,

　　　　　　　　　此事大概成。

　　　　　岳母在上,小婿李清彦拜见。

尚飞琼　奸人你看我是谁?

董　寅　哎呀打鬼,哎呀打鬼!

丫　环
　　　　　打鬼打鬼!
院　子

董　寅　我不是鬼,我不是鬼。

院　子　你不是鬼,世上哪有你这样的人?

尚飞琼　着实的打。

董　寅　姑娘饶了罢。

尚飞琼　我来问你,你到底是谁? 还不与我快讲。

董　寅　姑娘莫要打,我与你实说就是了。

尚飞琼　讲!

董　寅　(唱)　李清彦和我是同窗,姑娘呀!

　　　　　　　　　结伴出游去京邦。

　　　　　　　　　只因那个皇帝停科场,停科场。

　　　　　　　　　他到镇江会娇娘。

　　　　　　　　　推荐的文书落我手,

　　　　　　　　　弃他上岸我还乡。

　　　　　　　　　思思量量把好事想,

　　　　　　　　　冒充前来当新郎。

崔夫人　与我赶出去!

院　子　滚出去!

董　寅　她把我饱打一顿,这口恶气如何咽得下去,我不免报

秦腔 白玉钿 BAIYUTIAN

与和尚得知，我看你往哪里跑。（下）

崔双林　姐姐，这个怪物把你害苦了啊！

崔夫人　大姐莫要生气，吕伯伯已命人进京，搭救李相公，等苏翰林到来，再作道理。

〔院子急上。

院　子　报！夫人不好了！

崔夫人　何事惊慌？

院　子　适才冒充李清彦的那人，引来了一个和尚，随带锦衣卫士数人，言谈钦差大和尚，要选我家姑娘入宫做什么执幡女童，即刻就要启程。如若不然，全家丧命。

崔双林　哎呀不好！

崔夫人　天哪！

尚飞琼　伯母妹妹勿忧，这是我的祸事到了。

崔夫人
双林　此话从何说起？

尚飞琼　哎呀，伯母，定是那怪物挨了一顿打，心中怀恨，报于和尚，他见我在你家，只当我就是双林妹妹，所以才招此祸。妹妹且放宽心，千万不敢露面，待我前去！

崔双林　姐姐你如何去得，还是我去。

尚飞琼　妹妹，纵然你去，恐怕那怪物又到和尚那里去，见你不是我，必然对那和尚说道：不是这个还有一个，这样以来，我总是走不脱，连妹妹也救不下了，不如我去，看他其奈我何？

崔夫人　说的倒也是理，只是我母女怎舍得你去。

尚飞琼　我意已决，不必阻拦。

崔夫人　噢，好心的女儿呀！

崔双林　哎，好心的姐姐呀！

崔夫人　（唱）　我儿今日此一去，
　　　　　　　　只恐后来无见期。

崔双林　（唱）　吕伯将你我家寄，
　　　　　　　　谁知因我起是非。

尚飞琼　伯母妹妹呀！

（唱）　今日此事我应去，

　　　　你二人不必泪悲啼。

　　　　要紧的话儿嘱托你，

　　　　须要你牢牢记心里。

（滚白）哎妹妹呀，妹妹，是你日后见了我那梦中郎
君，就说我与他夫妻之份，不过一梦结局。我此一前
去，万无生理，总有红叶题诗，御沟之水也未必与我
流出了！

（唱）　你夫妻相会销金帐，

　　　　望妹妹替我诉衷肠，

　　　　就说我为他遭魔障，

　　　　也教他知我情意长。

　　　　妹妹且把宽心放，

　　　　死字与我作主张。

　　　　纵然血溅明月账，

　　　　决不受辱那和尚。

〔和尚内喊：时间已久，崔家姑娘速快起程了。

尚飞琼　我便去了！

崔夫人
双林　　啊呀不好了……

（唱）　她一去不肯回头望，

　　　　真是烈女世无双。

崔双林　（唱）　姐姐替我把命丧，

　　　　　　　越思越想不应当。

　　　　　　　日后若见相公面，

　　　　　　　她死我活脸无光。

　　　　　　　不如上衙去告状，

　　　　　　　或生或死闹一场。

哎呀母亲呀，我那姐姐如此肝胆义气，此一前去性命
难保，你教儿我有何面目活在世上！孩儿我要上衙

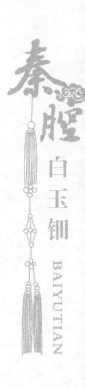

告状。(下)

崔夫人　孩儿莫可,儿呀去不得。

　　　(唱)　烈性的蠢才她前往,

　　　　　　凶多吉少遭祸殃。

　　　　　　放心不下一同往,(追)

　　　　　　天昏地暗日无光。

第十三场　大　审

〔幕后大和尚欢笑声。

〔大和尚带众民女上。

大和尚　(唸)　禅堂从来白云扎,

　　　　　　　看台还是世中情。

〔迦麟真与董寅同上。

迦麟真　将崔刺史女带到。

董　寅　带上来。

〔卒押尚飞琼上。

大和尚　带上来,董寅,你是个好的,命他进来参佛。

迦麟真　带上来。

尚飞琼　(唱)　今日冤声冲莲座,

　　　　　　　看他将我待如何。

卒　　　跪了。

尚飞琼　你姑娘怎跪秃厮!

大和尚　阿弥陀佛!小小姑娘,懂得什么,圣上将你选进佛门,只要你虔心赤诚,就会炼就仙体,那就将你渡化到好处去。

尚飞琼　渡化到好处便怎么样?

大和尚　渡化到天堂,你就能享仙家之乐了。

尚飞琼　妖僧、秃贼,你姑娘我不想有什么好处,纵有什么好处,先将你这个秃贼千刀万剐,与我被难女子报仇雪恨。

（唱）　你姑娘自幼儿浑身是胆,
　　　　哪怕你摆列着剑海刀山。
　　　　恨不得把秃厮头颅立斩,
　　　　佛堂里岂容你罪恶滔天。

大和尚　阿弥陀佛,阿弥陀佛!

董　寅　了不得了,了不得了,竟然骂起活佛来了。

尚飞琼　董寅,害人的贼呀!

（唱）　你与那贼和尚甘作鹰犬,
　　　　挟私仇到这里弄出手段。
　　　　我看你今日里罪恶满贯,
　　　　一定要送儿到孽镜台前。

大和尚　大胆!

（唱）　俗顽女子好大胆,
　　　　触犯佛法岂容宽。

人来,将这女子吊在一旁。

尚飞琼　好贼呀!

内　白　钦差大人到!

大和尚　快快有请。

迦麟真　是! 有请。

苏天爵　带和尚。

大和尚　来了,来了,参见大人。

苏天爵　带了。

李清彦　辇真哈喇,你抬头看,我是何人?

大和尚　不敢抬头。

李清彦　抬起头来! 带下去。

副　将　禀大人,有一秀才被我们拿住。

苏天爵　带上来。

副　将　走!（带董寅上）

董　寅　哈哈,老李。

董　寅　噢,李老爷,镇江以上,等你不见,听说你前边岸上游

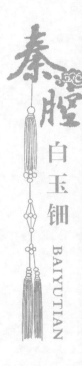

转，是我开舟寻找，不想大风大浪，险些儿送了性命，自从那日分别，小弟我日夜相思，心神不安，今日一见，小弟我才放心了。

李清彦　多谢董兄挂念。

董　寅　不敢当，不敢当，待我准备酒席与老爷贺喜。（说着拟走）

李清彦　慢着，待我审问妖僧一毕，还要细谈舟中之事。

董　寅　酒席宴前，再来叙话。（又拟走）

李清彦　（拉董）董兄这就不对了。看座。

董　寅　谢坐。

副　将　禀大人，后厅木梁上吊一女子，放声大哭。

苏天爵　噢！

董　寅　李老爷，妖僧要他执幡，是我在妖僧面前替她求情，妖僧不准，我二人正在吵闹，大人你就来了。

李清彦　就该让她前来回话。

董　寅　不必，不必，她是无知的民女，见了大官，吓破苦胆，如何是好，放她回去就是了。

李清彦　还是问明了再放。

董　寅　还是不问着好。

李清彦　焉有不问之理，来！教那女子上前回话。

副　将　是。（下）

董　寅　李大人可谓民之父母，令人可敬。

　　　　〔副将带飞上。

　　　　〔尚飞琼披头散发，端详上边所坐官，对李似乎引起注意，但模糊不清，一见董，咬牙瞪目。

　　　　〔董寅见飞琼，吓得恨不得钻入地中，不敢抬头。

尚飞琼　参见大人。

李清彦
尚飞琼　啊呀！观见这一女子（大人）好像我那梦中小姐（郎），他如何得到此地？我何不上前问个明白。

尚飞琼　哎呀不可，我想他乃犯罪之人，如何得坐大官？况董寅一旁打坐,是何情由?

李清彦　我二人梦中渺茫之事,岂可荒唐。

尚飞琼　况天下相似者极多,未必是他。
李清彦

尚飞琼　待我看他怎样问我。

李清彦　待我细细地问来。这一女子上来,你家住哪里?因
　　　　何到此,细细地讲来。

尚飞琼　大老爷容禀了!

　　　　(唱)　小女子名飞琼家住江岸,
　　　　　　　　我爹爹名尚志表字乐天。

李清彦　你那里可有一座花园么?

苏天爵　怎么问起那些没来头的话来了!

李清彦　大哥,你不知道。

董　寅　李老爷,教她多说和尚的罪孽,呔!不准乱语,只讲
　　　　和尚的罪孽,好与你报仇。

苏天爵　嗯,哪个叫你来问?
李清彦

董　寅　嘿嘿,小弟不敢。

苏天爵　往下讲来。

尚飞琼　(唱)　那一日同丫环花园游玩,
　　　　　　　　湖山下遇一位风流少年。

李清彦　他与你便怎么样?

尚飞琼　(唱)　他与我同有心梦魂相见,
　　　　　　　　白玉钿紫金鱼约定百年。

苏天爵　哈哈,这才奇了,问来问去,与此案毫不相干。

李清彦　大哥,天下之大,无奇不有。

董　寅　李老爷,盆是盆,碗是碗,为了给妖僧定罪,闲里闲事
　　　　不必提了。

李清彦　(瞪董)嗯!后来如何?

尚飞琼　大人!

　　　　(唱)　我的父知此事十分情愿,
　　　　　　　　哪料想到后来变故多端。

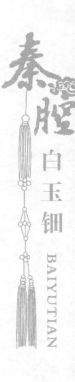

李清彦　有何变故？

尚飞琼　那一日媒婆带来一人，言说是梦中郎来了，有白玉钿
　　　　为证。

　　　　（唱）　我的父信为真东阁没宴，
　　　　　　　　引牛郎已到那鸟鹊桥边。

董　寅　（吓得不安）小姐不会有牿事，那是你又做梦呢？

李清彦　那人叫什么名字？

尚飞琼　大人呀！

　　　　（唱）　他家住江宁府句容小县，
　　　　　　　　是秀才李清彦表字尧天。

校　尉　威！

苏天爵　嗯！两厢退下，快快站起来。

尚飞琼　谢过大人。

苏天爵　贤弟有这等好事，怪不得你不到我贤妹家中去。

李清彦　大哥，并非是我，教她再往下讲。

董　寅　讲啥呢，她那是做梦哩，梦中人糊里糊涂，讲出来也
　　　　不算啥。

尚飞琼　好贼！

　　　　（唱）　手指怪物咬牙关，
　　　　　　　　无耻之人敢胡言，
　　　　　　　　冒名顶替就是他，
　　　　　　　　他带来白玉钿要拜花毡。

李清彦　撤座！

　　　　〔副将撤椅。

董　寅　你胡说啥呢？冤枉死人了。

李清彦　我问你后来如何？

尚飞琼　大人呀！

　　　　（唱）　我为着梦中郎操守不变，
　　　　　　　　无奈了投长江命归九泉。

李清彦　大哥，那秃厮说我逼死谁家女子，就是这个缘故。

苏天爵　后来你又如何得救？

尚飞琼	哎！大人呀！
	（唱）　多亏了吕老爷船行江岸，
	才救我逃出了虎穴龙潭。
	吕老爷为远行路途不便，
	才将我寄崔府暂把身安。
苏天爵	这么说，你原在我师母家中。
尚飞琼	这位老爷可是侍读学士苏老爷么？
苏天爵	正是下官。
尚飞琼	大人！
	（唱）　贤妹妹声声儿将你埋怨，
	一封书误了她百年良缘。
苏天爵	都是为何？
尚飞琼	那一日有一位秀才，拿着一封书信，来到崔府招亲。
董　寅	哎呀！越发"董寅"了！
苏天爵	他叫什么名字？
尚飞琼	（唱）　他言说苏老爷将他举荐，
	他名叫李清彦表字尧天。
苏天爵	贤弟，如此说来，你到我贤妹家中去过了？
李清彦	哎！
尚飞琼	苏老爷，还是那个怪物。
李清彦	绑了！（缚董）董寅你做的好事，你做的好事？
董　寅	好事，好事都没成，还算给你没"董寅"呢！
李清彦	后来又怎么样呢？
尚飞琼	（唱）　多亏我在那里看出破绽，
	命丫环和院子拷打一番。
	谁知他怀着恨暗中放箭，
	报和尚又弄出这样手段。
	薄命女遭大祸如此凄惨，
	除妖僧斩怪物大报仇冤。
李清彦	哎呀受苦的小姐呀！
	（唱）　小姐你为我遭磨难，

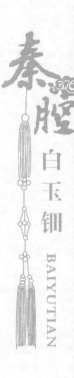

茹苦含辛受屈冤。

幸喜得今日如人愿，

织牛鹊桥又团圆。

尚飞琼　（唱）　取出了紫金鱼明光灿烂，

　　　　　　　　但不知白玉钿它在哪边？

李清彦　（唱）　取出了白玉钿小姐请教，

李清彦
尚飞琼　（合唱）　多亏它从中间来把线牵。

苏天爵　来！将妖僧打在木笼，奏明圣上，量儿不得好死，将董寅推出开刀！

董　寅　慢着、慢着。李老爷，当初范睢不杀须贾，因念绨袍之情，老爷岂能杀我乎！

李清彦　也罢，这样无耻之徒，重责四十押在监牢，听候发落。
苏天爵　带下去。

　　　　〔押董下。

董　寅　啊呀，我的妈呀！

　　　　〔后台双林母女二人大声喊冤。

崔夫人
　双林　冤枉！

苏天爵　（一见，连忙抢上前，下跪）哎呀师母，快快请起，折煞我了。

崔夫人　我们被那妖僧害得好苦哇！

苏天爵　师母不要伤心，那妖僧、怪物都已被问罪了。

李清彦　参见伯母。

崔夫人　他是何人？

尚飞琼　李清彦。

崔双林　姐姐，他就是我的……姐夫，你的梦中郎。

李清彦　仁兄，

苏天爵　贤弟。

李清彦　今天你这个大媒……

苏天爵　哎呀！贤弟你……

李清彦　还是让我当了。

崔双林	哥哥，人家有白玉钿，紫金鱼……（不自觉说出，不觉失口）
李清彦 尚飞琼	伯母就该作主。
苏天爵	哎呀贤弟呀。
崔夫人	李相公言之有理，李相公与尚飞琼，苏年侄与小女儿，请到我家设宴，双双对对，同拜花烛。
众	请。（齐下）

——剧终

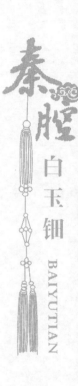

演出单位

西安市五一剧团

西安三意社

西安易俗社

紫霞宫

西安市五一剧团保存本

剧情简介

　　谷梁栋入京应试,中途遇窗友范思增,又遇绿林英雄花文豹,三人结为兄弟。栋妻被继母带来的子女吕子欢与花瓣害死,继母赶走吕子欢与花瓣。二人无依,晚揭栋妻之墓,盗其衣物。吕子欢又以免累赘故,害死其妹花瓣,自去花文豹处投军。栋妻经揭棺复活,回家途中,被海慧和尚抢去,装入筐内运走。路遇花文豹,花赶走和尚,救出栋妻,问明来由,送入紫霞宫暂住。一日,海慧与吕子欢同到花文豹处投军,花文豹立杀二人,将其头暗送新城县宁继愈堂上,以报前约宁上山不从、反受其辱之嫌。范思增酒醉夜归,被和尚遗掉之花瓣头颅绊倒,即卧其上,为宁知县捉去,押入狱中。夏云峰与父前去探监,闻皇上幸大同,乃去上告。路过紫霞宫,遇栋妻,遂知冤案真相。二人同去喊冤,正值刘瑾已死,花文豹归顺朝廷,皇上即命栋花二人审案,案情大明,谷梁栋夫妇团圆。

场 目

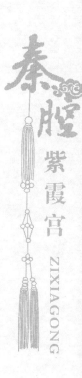

秦腔 紫霞宫 ZIXIAGONG

人　物　表

姓名	行当	身份
谷梁栋	小生	解元
吴晚霞	小旦	谷妻
吴绶	老生	生员
郑氏	正旦	谷继母
吕子欢	丑	郑前子
吕花瓣	丑	郑前女
范思增	小生	生员
宁继愈	副生	新城令
花文豹	大净	山寨主
夏凉	老旦	云峰父
夏云峰	小旦	范妻
海慧	小净	和尚
拐子叔	丑	邻
正德儿	须	皇帝
林内	杂	生员
卒	杂	

第一场　应　试

〔谷梁栋上。

谷梁栋　（念）　昔日工夫不可荒，
　　　　　　　抱负非常往帝邦。
　　　　　　　雁塔题名表姓字，
　　　　　　　金花插帽辉宫墙。

　　　　小生复姓谷梁名栋，字隆吉，山东新城县人氏。年方
　　　弱冠，娶妻吴氏晚霞，琴瑟和好。先君黉门夙彦，早
　　　赴玉楼。生母闺阁贤媛，身游阆苑。继母郑氏，甚是
　　　慈良，视我夫妻，不啻己出，且有熊丸画荻之风。因
　　　此小生得以肆力芸窗。昨岁秋闱，已魁多士。今逢
　　　正德初元，皇都开科，不免赴选一回。

〔吴绶上。

吴　绶　（念）　衰柳寒蝉不可闻，
　　　　　　　西风落叶乱纷纷。
　　　　　　　长安古道休回首，
　　　　　　　西去阳关无故人。

　　　　老夫吴绶。只因贤婿上京，前来一饯。

谷梁栋　岳父到了。小婿正欲登门拜辞，反蒙过舍。

吴　绶　闻得贤婿上京，特备薄酌，聊申一饯。

谷梁栋　多谢岳父。儿请母亲。

〔郑氏上。

郑　氏　（接唱）到处家中有北堂，
　　　　　　　萱花不是旧时香。

〔吴晚霞上。

吴晚霞　（念）　妻荣还是因夫贵，

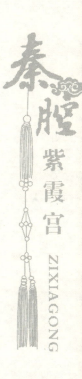

不悔封侯往帝邦。

郑　氏　亲翁到了。

吴　绶　亲见拜揖。

吴晚霞　爹爹万福。

吴　绶　我儿少礼。

郑　氏　前日闻得亲翁身体欠安，今日可曾痊愈？

吴　绶　多劳亲母承问。自古家贫债多，年老病多。晚景已
　　　　是如此，哪有好的日子。

〔吕子欢、花瓣上。

吕子欢　妹子随着我来。

（念）　累然好似丧家犬。

　　　　　　性命只在眼目前。

母亲救命罢。（跪）

郑　氏　这是吕子欢、花瓣儿，你们到此为何？

吕子欢　可怜孩儿三天未曾见饭了。

吴　绶　亲母，他们都是何人？

郑　氏　亲翁休要见笑，他是我前夫儿女。因他们都不成器，
　　　　我无奈再醮于此，今又来缠仗与我，你教怎说。

谷梁栋　母亲，看他们这个模样，像是在乞讨，未免玷辱母亲。
　　　　儿今上京，家中无人照应，教他们在此经营如何？

郑　氏　只要我儿收留，我还有何说。吕子欢马房料理，花瓣
　　　　厨房经营，起去罢。

吕子欢　好，走。

吕花瓣　走走走，先吃走。

吕子欢　先到厨房吃白蒸馍走。（下）

郑　氏　解元上京，盘费可得多少？

谷梁栋　百两足矣。

郑　氏　咱家尚不贷借与人，多带些何妨。依娘心想，带上三
　　　　百两。

谷梁栋　就依母亲。

郑　氏　待娘与你打点。（下）

吴晚霞	解元,你好错也。你看他两个,蜂目豺声,不是好人。招留咱家,恐有意外之变。不如早些割断,毋使滋蔓难图也。
谷梁栋	古人云,投鼠忌器。他现是母亲所生,若不收留,母亲必不欢喜,你我何以为孝。我今上京,不过一年半载,回来再作区处。
吴　绶	儿呀,贤婿之言,甚是有理。
谷梁栋	岳父请到书房。
	（唱）　人在世必须要圣贤心地,
	又何忍亲母子各分东西。
吴晚霞	呀。
	（唱）　那样人当不得姊妹兄弟,
	必定要在家中翻弄是非。
	今日里你不肯早为之计,
	恐怕你到后来悔之晚矣。（下）

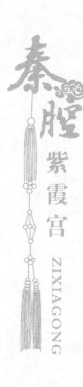

第二场　结　拜

〔宁继愈上。

宁继愈	（引）　人人都说坐清官,
	坐了清官没银钱。
	上司要钱官不清,
	弄得清官不安宁。
	若要常把清官做,
	除非滥懂要红砖。

下官宁继愈,中州卫辉县人氏。自幼读书,得中皇榜进士。我说得了这个意思,也就够了,家父言道,儿呀,你岂不知,幼而学,壮而行,扬名声,显父母。他拿《三字经》教我,我只得孝于亲,所当知便了。老

人家的话不可不听,因而做了新城县的知县。谁知到任之后,上司与我百而千、千而万地要钱。倒教我曰春夏、曰秋冬的熬煎。后来想了想,砖气发了,要参便参,要杀便杀。豁出这个脑袋不要,总要与百姓干几件好事。因而这里百姓与我加了个官号,名叫红砖青天大老爷。青天上加红砖二字,可知教化百姓,非红砖不可。这便是教之道、贵以砖了。

卒　　　禀老爷,有一姓花的汉子,言说是老爷的乡亲,要见。

宁继愈　又是打秋风的。有请。

〔花文豹上。

花文豹　（引）　一腔侠气高千古,

万丈豪光透九重。

宝剑磨得双锋利,

不许人间有不平。

老爷在上,乡亲叩头。

宁继愈　既是乡亲,请起讲话。

花文豹　老爷恩宽。

宁继愈　请坐。

花文豹　小人谢座。

宁继愈　请问乡亲,高名上姓?

花文豹　小人姓花,名文豹,花家寨人氏。与老爷相去二十里之遥。

宁继愈　素不相识,到此何故?

花文豹　老爷喝退左右。

宁继愈　嘻,不可对人言的话,岂是做得的事。此是二堂,但说无妨。

花文豹　如今朝中有个大奸臣,你可知否?

宁继愈　你说的是谁?

花文豹　就是那宫官刘瑾。

宁继愈　刘瑾之奸,哪个不知,何人不晓,你说的意思呢?

花文豹　小人要杀此贼,怎奈单丝不成线,独木不能成林。闻得老爷素日忠直,故而到此相商。这里不远,有座虎鼻山,老爷莫若挂官而逃,到那里招兵聚将,杀上京地,以清君侧之恶。那时功盖天下,名垂后世,何必作这区区小官,为五斗米折腰乎。

宁继愈　哈哈,人说我是红砖,今天才遇见双料子红砖了。人役们,你将座摘了。好乡亲,才勾我做贼娃子来了。扯下去重责二十。

花文豹　住了。从不从在你。我不在你治下,你是打不着的。

宁继愈　乱臣贼子,人人得而诛之。什么治下不治下。扯下去,重责三十。

花文豹　哪个敢来。

宁继愈　一齐下手。扯下去,重责四十。把那汉子结实打。

卒　　　禀爷,打毕。

宁继愈　这是公文一角,解差四名,钉了长枷,解回原郡去罢。真可笑也。

　　　（唱）　我本是皇家七品县印,
　　　　　　　为勾我作响马同入绿林。
　　　　　　　似这等好照顾感恩不尽,
　　　　　　　后臀子熬竹笋先敬乡亲。

掩门。（下）

〔谷梁栋上。

谷梁栋　（唱）　离故乡另觉得一番景况,
　　　　　　　观不尽一路上山色水光。
　　　　　　　是几时杏花红十里开放,
　　　　　　　琼林宴夺锦标四海名扬。

〔范思增上。

范思增　大哥等弟着。

　　　（唱）　忽听得我大哥公车北上,
　　　　　　　直赶到半路中心乱意忙。
　　　　　　　愧不能如柳张携手同往,
　　　　　　　只落得效苏李赠答河梁。

　　　　　　见大哥不觉泪两行。

　　　　　　大哥上京，为何不与弟说一声。

谷梁栋　你不在家，却对谁说。我不怪你，你倒怪起我来了。

范思增　这是为弟不是，怪弟没与大哥一饯。

谷梁栋　哪个怪你。我听得人说，你衣食不足，寻朋友借贷，
　　　　怎么不对我说得一声。岂以我鄙吝之人乎？

范思增　这倒是小弟不是。

谷梁栋　闲话不提，只问你朋友处借贷，可有得否？

范思增　如今人情炎凉，只有锦上添花，谁肯雪里送炭。在外
　　　　多日，依旧束手而归。

谷梁栋　这个不当要紧。林儿。

林　儿　伺候大爷。

谷梁栋　将行李打开，与范大叔取银一百两。

林　儿　是。亏咱拿得多，先跑了一百两。

范思增　小弟无一些赆仪，反受大哥银两，于心何安。

谷梁栋　你又来了。我之川资，尚不缺乏。朋友有通财之义，
　　　　何况你我，胜似同胞。只有两句话，贤弟切记。

范思增　哪两句话？

谷梁栋　王子安云：穷且益坚，不坠青云之志。

范思增　小弟谨当书绅。

　　　　〔花文豹被解差押上。

花文豹　好狗官也。

　　　　（唱）　恨狗官也顺了宫官刘瑾，

　　　　　　　　把一个大豪杰认做反民。

　　　　　　　　重打了四十板深为可恨，

　　　　　　　　我不杀宁继愈誓不为人。

解　差　这是谷梁老爷，恭喜老爷上京，小人莫来饯行，多多
　　　　有罪。

谷梁栋　你解的什么人？

解　差　他是我老爷的乡亲，名叫花文豹。是个好汉子，要杀
　　　　宫官刘瑾，勾我老爷起义。被我老爷打了四十，解回

原郡。老爷你看,冬九寒天,他又没有银两盘费,小人到路上都要受累哩。

谷梁栋　不妨。林儿取银三十两,与那杰士。

林　儿　是。照这样使法,不上三天,就要当出铺盖来哩。

解　差　花朋友,那是我县中一位解元老爷,姓谷梁名栋,与你三十两银子,够你路途盘费了。

花文豹　哎呀,有这样义气的人。你们扶了枷锁,待我谢过老爷。

谷梁栋　你是受了刑的人,不必过动。

花文豹　小人从命。请问老爷,身后那是何人?

谷梁栋　他是敝县一位秀才,名叫范思增,与我有八拜之交。

花文豹　原是这样。在下有句话,老爷须要允从。

谷梁栋　请讲。

花文豹　老爷与范先生有八拜之交,不知老爷可容在下附骥尾否?

谷梁栋　四海之内,皆兄弟也,哪有何妨。

花文豹　请问老爷贵庚?

谷梁栋　二十三岁。

花文豹　范先生?

范思增　二十二岁。

花文豹　在下二十一岁,自然是三弟了。大哥二哥,请来受弟一拜。

谷梁栋　一诺千金。路途间不必虚套。我有一言,贤弟须要记下。

花文豹　大哥吩咐。

谷梁栋　我看你身高八尺,壮貌魁伟,必是干城之才。只是欠细密。宁知县是个好官,打的你确是,千万不可记仇。

花文豹　大哥说得是。

解　差　时晌大了,你我还要赶路。

谷梁栋　贤弟请回。

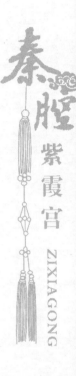

秦腔紫霞宫 ZIXIAGONG

范思增　你们起程。

花文豹　哎。

　　　　（唱）　异姓人意气和投契刎颈，
　　　　　　　　似当年在中途倾盖班荆。

　　　　请了。（下）

谷梁栋　（唱）　今日里遇知己深为可幸，
　　　　　　　　是几时重相遇细说衷情。（下）

第三场　赠　金

〔夏凉引夏云峰上。

夏　凉　（唱）　逃荒年父女们投奔亲眷，
　　　　　　　　无盘费怎过得万水千山。
　　　　　　　　无奈了沿路上寻茶讨饭，
　　　　天呀。
　　　　　　　　倒不如早些儿送我老汉。

夏云峰　天呀。

　　　　（唱）　你将我父女们生路斩断，
　　　　　　　　在中途向谁家去告艰难。
　　　　　　　　看爹爹年纪迈恐有大变，
　　　　　　　　却教我女孩儿怎做遮拦。
　　　　　　　　痛裂肝肠寸寸断。

〔范思增上。

范思增　（唱）　我大哥天生成祥麟德凤，
　　　　　　　　看三弟到后来定作干城。
　　　　　　　　大英雄相聚会真乃可庆，
　　　　　　　　恨只限初相逢各分西东。

　　　　哎呀，见一老者和一幼女，中途相抱而哭，却有什么
　　　　冤枉。待我问过。

夏　凉	你不是范相公？
范思增	你如何认得我？
夏　凉	我与你相去五里之遥，在夏家庄。我名夏凉，这是我 女儿云峰。
范思增	何故在此痛哭？
夏　凉	这个，哎儿呀，我也说不成了，你对相公说罢。
夏云峰	哎，相公呀。

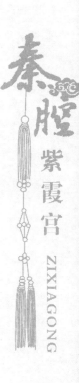

（唱）　新城县这几年连遭荒旱，
　　　　我爹爹年纪迈病染灾缠。
　　　　莫奈何在他乡寻访亲眷，
　　　　无衣食又遇着地冻天寒。
　　　　因此中途泪满面。

范思增	听他说了一遍，令人痛酸。也罢，不免将大哥的银 子，与他二十两。夏老儿，我与你二十两银子，你父 女不必逃荒，仍回故土去吧。
夏　凉	有这样佛爷的心。好人。
范思增	哈哈哈，这倒像乞诸其邻而与之。

（唱）　因见他父女们心怀恻隐，
　　　　却不比寻常的掠美市恩。
　　　　这财物原本是轮流不尽，
　　　　人与我又何妨我也与人。

夏云峰	哎，（背）看那相公，真是可意之人。莫若着爹爹将 奴面许与他，以报大恩才好。爹爹，受人点水之恩， 必当涌泉相报。
夏　凉	你说怎么地报答相公。我老汉往常卖春饼，改日无 事，到我家里，奉敬相公几个春饼。
范思增	笑话了。
夏云峰	哎咦，爹爹，该从孩儿身上报答才是。
夏　凉	相公，我儿心灵性巧，明日有什么衣服，送来与你 做做。
夏云峰	哎咦，你问他家还有什么人？

夏　　凉　你家中还有什么人？

范思增　只有我一人一口。

夏云峰　这就好了。爹爹去说。

夏　　凉　一人一口，有什么好处。相公你若孤寂，我老汉闲了，与你作伴如何？

范思增　不敢劳。请了。方受恩处便施恩。广积阴功不算贫。（下）

夏云峰　爹爹，你好错也。

　　　　（唱）　无故银两怎消受，

　　　　　　　　爹爹年迈太糊涂。

　　　　　　　　你儿今春十八九，

　　　　　　　　常言女大不终留。

　　　　　　　　那人风流恩又厚，

　　　　　　　　何不当面许鸾俦。

　　　　　　　　今将此人丢过手，

　　　　　　　　难道把儿许王侯。

夏　　凉　咳，才没想到这里去。儿呀你听。

　　　　（唱）　我孩儿，你有错，

　　　　　　　　有这话，该明说。

　　　　　　　　为何身后胡指戳？

　　　　　　　　老子是个懵懂货。

　　　　　　　　不知你意思为什么？

　　　　不妨。

　　　　　　　　有我儿，这人物，

　　　　　　　　范相公，必允诺。

　　　　　　　　回家慢慢再对挪，

　　　　　　　　是缘法终久躲不过。（同下）

第四场　问　卜

〔海慧僧上，小徒跟上。

海　慧　（引）　不读楞严与法华，

一根禅杖遍天涯。

毒气满腔如何了，

只恨当年误出家。

咱家青莲寺海慧和尚。俗家湖广人氏。因在原郡打伤人命，捕拿甚急，到此削发为僧。自幼通些枪棒，寺内弟子甚多，倒不寂寞。只是孤衾难捱，因此遍游天下，以卖药为名，就中寻花觅柳。到此不知什么地方。弟子喊叫起来。

小　僧　问卜来，都来问卜来。灵山的真人，算人吉凶，百发百中。

〔吴晚霞同花瓣上。

吴晚霞　（唱）　为解元一上京杳无音信，

终日里闷恹恹坐卧昏昏。

奴为你曾把那金钱卜尽，

为什么数年来雁杳鱼沉。

消息却将何人问？

海　慧　（看）　唔，好个俊俏佳人。

吕花瓣　嫂嫂，那里有个僧人卖卜，何不与我哥哥算一算命。

吴晚霞　你去试问。

吕花瓣　是。这位师傅，我要问卜，一卜可要多少钱？

海　慧　只要三钱银子。

吕花瓣　嫂嫂，卦钱要三钱银子。

吴晚霞　这是金钗一支，约有三钱，与他吧。

〔吕子欢上。

吕子欢 这个秃厮,好大的胆,怎么迎戏我嫂嫂。想是你两个旧日的交情,故把金钗相赠。

海　慧 你倒放屁。

吴晚霞 咳,气杀人也。(下)

海　慧 （念）　方喜天台路不远,
　　　　　　　　却被乌云隔巫山。

　　　　好恨也。(下)

吕子欢 哎哟,打坏了。

吕花瓣 哥哥,你今日为何说出这样的话来?

吕子欢 妹子,你还没有醒来。

吕花瓣 什么没有醒来?

吕子欢 前日她对哥哥说,要将你我赶出门外。此人不除,终是后患,因而与她栽个丑名,将她活活气死。纵然不死,哥哥乃血性男子,异日回家若知,必然要休她。那时你我终得展翅,才能兴时。

吕花瓣 妙妙妙,我与你做个证见。

吕子欢 不好,那贱人向母亲那里告诉去了。你我快些回去吧。哎哟,这秃物将我打得不得了。(下)

〔吴晚霞上。

吴晚霞 气杀人也。

　　　　（唱）　一阵阵气得我眼前生火,
　　　　　　　　这才是平白地起了风波。
　　　　　　　　那一日收留他就知是祸,
　　　　　　　　果不然到今日弄出手脚。

　　　　婆婆快来。

〔郑氏上。

郑　氏 呀。

　　　　（唱）　见媳妇眼泪如梭,
　　　　　　　　不由人心中似刀割。
　　　　　　　　你今吃气和哪个,

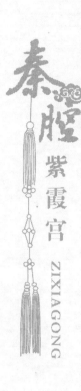

叫媳妇快快对娘学。

吴晚霞	婆婆呀,门外有一僧人卖卜,你媳妇因解元上京,杳无音信,同妹子前去问卜。不料……
郑　氏	怎么样?
吴晚霞	那吕子欢走上前来,将和尚抢白几句,说你媳妇与那和尚哎咳、哎咳,我也说不出口了。
郑　氏	好奴才,这还了得。媳妇呀,莫要哭,待我与你出这口气。吕子欢、吕子欢。
吕子欢	驴子欢,是吃的料大了。
郑　氏	还不来么。
吕子欢	不来怕谁呢。
郑　氏	好奴才,你嫂嫂是闺中贤人,你在外面胡说什么。
吕子欢	才私手了一个和尚,自然是个贤人么。
郑　氏	你倒放屁。
吕子欢	你老人家莫要上气,现有妹妹为证,你问就是。
郑　氏	花瓣走来。
吕花瓣	来了,来了。
郑　氏	你哥哥在外面说你嫂嫂什么?
吕花瓣	我哥哥把我嫂嫂屈了。
郑　氏	怎么屈了,你说。
吕花瓣	我嫂嫂与我金钗一支,叫我约那和尚今晚相会。其实还没有成亲呢。
吴晚霞	好贼。

（唱）　骂了声忘恩贼欺人太甚,
　　　　你就敢无故地血口喷人。
　　　　在我家看待你吃喝不论,
　　　　只问你是谁家后代儿孙。
　　　　你兄妹全把那良心丧尽,
　　　　真个是狗娘养禽兽不分。

吕子欢	都来看,还撒歪哩。
郑　氏	媳妇儿呀,你也骂得太过分了。

（唱）　他的话为婆婆未必肯信，

　　　　你为何只打狗不看主人。

　　　　怪不得媳妇儿出言不逊，

　　　　他两个小畜生全无人心。（下）

吴晚霞　（唱）　见婆婆她说我骂得太甚，

　　　　明明地偏向她亲生儿孙。

　　　　我家中不容你外人厮混，

　　　　你两个今日里快快离门。

　　　贼呀。

　　　　你将你的良心问。（下）

吕花瓣　人家骂了半晌，你怎么不言传？

吕子欢　我口里不言传，肚里做事哩。我想今日一不做二不休，这该怎处。有了，今夜去到她的房中，妹子附耳来，如此如此。

吕花瓣　对对对。

吕子欢　就是哥哥日后回来，只说她羞愧自缢，岂不干净。

吕花瓣　是得。

吕子欢　（念）　量小非君子，

　　　　无毒不丈夫。

吕花瓣　还是不婆娘。

吕子欢　总是不丈夫。

吕花瓣　婆娘毒深。（同下）

　　　〔吴晚霞上。

吴晚霞　解元夫呀。

　　　（唱）　为妻的当日里也曾劝你，

　　　　却因你太宽宏惹出事非。

　　　　你今日在京内人居两地，

　　　　怎知道活活地屈杀你妻。

　　　　何日才吐这口气。

　　　〔黑夜吕子欢、花瓣上。

吕花瓣　妙妙妙，门还未上。你从黑处溜进去，照眼色行事。

吕子欢	晓得。
吕花瓣	嫂嫂,你在这里做什么,怎么不言传?
吴晚霞	谁还与你说。

〔吕子欢暗上,勒介。

吕子欢	嫂嫂不言传,恐怕你永总不得言传了。勒勒勒。
吕花瓣	绝了气了。
吕子欢	将绳拴在梁上吊起,我去叫人落尸。你去报知母亲。拐子叔快来,不好了。

〔拐子上。

拐　子	怎么样了?
吕子欢	你看弄下这活。
拐　子	呀,不好,快先落尸。
吕子欢	我去买副棺材,你与吴老儿说去。
拐　子	是。

〔郑氏哭上。

郑　氏	贤孝的媳妇儿呀。
（唱）	见媳妇恨气将命丧,
	不由人裂断九回肠。
	恨畜生无故起波浪,
	害媳妇羞愧自悬梁。

〔吴绥上。

吴　绥	哎,晚霞儿呀。
（唱）	听言吓得我魂飘荡,
	怎不教人泪悲伤。
	平日贤孝有名望,
	怎么寻下这下场。
	怎不教人悲声放。
	亲母,我儿如何而死?
郑　氏	只因吕家两个畜生,说些是非。其实不当要紧,谁知她羞愧自尽。
吴　绥	哎,儿呀。

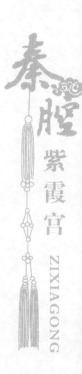

郑　氏　你拐子叔,你将两个畜生与我赶出去。

拐　子　这个劳儿我效。

吕子欢
吕花瓣　哑加,开发我的加。招客容易起客难。就是这个还不行。

拐　子　你还不走,候家伙着呢。这门背后有一个姜姜木镢把,看这多欠手。怪物招祸。不走,跑得多么快。

吴　绶　亲母,与我儿多穿几件好衣服,今日就殡葬了罢。

郑　氏　哎,贤孝的媳妇儿呀。

吴　绶　晚霞儿呀。(同下)

第五场　揭　墓

〔吕子欢、花瓣随上。

吕子欢　(引)　实想凤凰夺窝,

吕花瓣　(引)　谁料自己把窝戳。
　　　　如今将咱赶出门外,欲待回家,上无片瓦,下无立锥。吃没吃的,穿没穿的,却该怎处。

吕子欢　我有个主意,虎鼻山擎天大王招兵聚将,不免去到那里吃得一份粮饷。

吕花瓣　你吃粮,我该咋呀。

吕子欢　你要将我连累死哩。

吕花瓣　哥哥,不如将我卖了,也省得连累你。

吕子欢　你也将你自己端详端详,头上顶上烧饼,能卖三个大钱,也救不下眼前之急。

吕花瓣　哥哥,我想起来了。

吕子欢　想起什么?

吕花瓣　吴晚霞贱人,母亲平日爱她,必然与她穿几件好衣服。咱今晚将她的墓揭了,换得几两银子,咱好度用。

吕子欢　是,你我今日出门,都因她身上的事。将墓揭了,也
　　　　与咱出口气。幸喜我带短刀一把,可以挖土。咱的
　　　　如今就走。

　　　　（念）　非我行事短,
　　　　　　　　也是冤报冤。

吕花瓣　我二人不吃你家饭,这几件衣服你也不得穿。

吕子欢　来在这里,妹子盯风,待我下手。

吕花瓣　从这里下去,省些土力。

吕子欢　妹子,怎么揣着热腾腾的。

吕花瓣　死了半日,还没收尸。莫要管她,咱的快走。

吕子欢　是,快走,快走。

吕花瓣　咳呀,我的妈呀,哥哥快来。

吕子欢　怎么样了?

吕花瓣　跌到坑里去了,将腿跌坏了。哎哟。

吕子欢　低声些,我背你来了。哎咦,我想她终是我的连累,
　　　　不如用土一把,塞入口内,叫妹子凉凉去罢。省得忍
　　　　饥受饿,我也零干了。

吕花瓣　哥呀,快些来。

吕子欢　来了来了。妹子招祸,凉凉去吧。如今走了吧。不
　　　　妙,她与我一时出门,谁不晓得。她的尸首在此,凶
　　　　犯自然是我。揭墓贼不用说也是我无疑。这该怎
　　　　处。咳,有了,前面有一竹林,将妹子尸首藏在内边,
　　　　我上虎鼻山入伙,省得受饿忍饥,我也零干了。妹
　　　　子呀。

　　　　（唱）　不是为兄情分薄,
　　　　　　　　事到头来没奈何。（下）

吴晚霞　哎哟。（醒）

　　　　（唱）　是几时我入了南柯一梦,
　　　　　　　　魂飘飘绕遍了阴府路程。

　　　　哎哟。

（唱）　　只觉得颈项上有些疼痛，

　　　　　　是哪里吹来了一阵寒风。

呀。

（唱）　　睁开眼吓得我神魂不定，

　　　　　　因何故我来在旷野坟中。

咳，我明白了。我死后又遭劫墓贼了。

（唱）　　狠心贼将我的衣服剥净，

　　　　　　这才是薄命人祸不单行。

这般时候，我不免回去，哎呀，我今回去不得，那两个贼，见面生法害我，婆婆又将心变，今若回去，必定又遭毒手了。况我赤身露体，那两个贼越发得以借口，外边宣扬。这里去吴家不远，莫若先到爹爹家中，再作区处。咳天呀。

（唱）　　四下里昏沉沉更深夜静，

　　　　　　真令人心胆寒战战兢兢。

　　　　　　那一旁鬼弄灯闪闪不定，

　　　　　　忽听得鸱枭子连叫几声。

　　　　　　黑夜间金莲小难以走动，

　　　　　　又况且满路上尽都是冰。

哎。

（唱）　　吴晚霞你今日偏也长命，

　　　　　　死便死谁着你死而复生。

　　　　　　到异日将此事传作话柄，

　　　　　　还恐怕玷辱了解元门庭。

　　　　　　到门首自觉得身上寒冷，

　　　　　　拍双环将爹爹连叫几声。

爹爹，快开门来。

吴　绶　（唱）　自从我晚霞儿悬梁丧命，

　　　　　　　　一夜间多凄凉辗转不宁。

吴晚霞　爹爹开门来，冻煞孩儿了。

吴　绶　（唱）　忽听得叫爹爹大吃一惊，

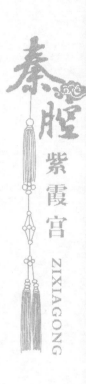

　　　　　莫非是小冤家屈死魂灵。

　　哎，晚霞儿呀，你今屈死，冤魂不散，就该到你家去。你缠仗为父是怎的。

吴晚霞　爹爹，孩儿未曾得死。若还是鬼，就进来了，何待开门。

吴　绶　罢么，你纵然是鬼，为父也与你开门。

吴晚霞　哎哟，冻煞孩儿了。（绶脱衣披晚霞身）

吴　绶　儿呀，将你埋了，你如何得生？

吴晚霞　孩儿虽死，阳气未散，却被劫墓贼劫出来了。

吴　绶　怪道我儿赤身露体。你平日贤孝，为何自缢而死？

吴晚霞　你当孩儿自缢而死？

吴　绶　你是怎样死的？

吴晚霞　想是我婆婆使她两个孩儿，将儿勒死的。

吴　绶　儿呀，你屈了你婆婆了。你婆婆也只当你自缢而死，哭倒在地，半晌才醒。当日即将那两个奴才，痛骂一场，赶出门去。又将多少衣服，与你穿上送葬。由此看来，岂有害你之心。

吴晚霞　这是爹爹亲眼所见？

吴　绶　为父亲眼所见。

吴晚霞　哎，婆婆呀。你媳妇之罪，上达于天了。爹爹快送儿回去，免得我婆婆多哭几声。

吴　绶　休息休息，明天便送我儿回去。

吴晚霞　爹爹呀。

　　（唱）　到天明早早地快把儿送，

　　　　　　也免得我婆婆多哭几声。

　　　　　　我晚霞活两世诚为可幸，

　　哎，劫墓贼呀。

　　　　　　今日里倒要记你的恩情。

　　　　　　算来生死总由命。（同下）

第六场 交 兵

〔花文豹带喽啰上。

花文豹　（引）　浩气惯长空，
　　　　　　　　壮志万里程。
　　　　　　　　宁为百夫长，
　　　　　　　　胜作一书生。

花文豹。自与大哥二哥别后，来至虎鼻山，改名云中燕，自号擎天大王。在此山招兵聚将，要除刘瑾之党。常使人打听大哥消息，杳无音信，想是不服刘瑾，因而久屈在下，真令人切齿。喽啰报到，许赞领兵到来，只得杀上前去。（许赞领兵上，遇花大战介）

许　赞　来将报名。

花文豹　花文豹。休走，看枪。（许败下）杀得官兵七零八落，鼠窜而逃。喽啰们，来至什么地方？

卒　　　新城县。

花文豹　马踏新城县，立取宁继愈首级回来。大哥曾说，宁继俞是个好官，如何杀得。罢么，另寻一个方儿，将他摆布摆布，也报当日一杖之仇。喽卒们，大兵回上山寨，只留二人，靴衣小帽，随我访豪杰一回。

　　　　（唱）　见官兵回头去哈哈大笑，
　　　　　　　　这军声真正是地动天摇。
　　　　　　　　大豪杰岂容你豺狼当道，
　　　　　　　　是何日诛阉患血染宝刀。（下）

第七场　救　嫂

〔吴绶引吴晚霞上。

吴晚霞　（唱）　人死后又重生此事怪甚，
　　　　　　　　忙回家对婆婆细说原因。
　　　　　　　　又恐怕仓卒间未必肯信，
　　　　　　　　还将我当就了野鬼游魂。

吴　绶　哎哟。
　　　　（唱）　却怎么一霎时头疼昏昏，
　　　　　　　　多因是受警恐又被寒侵。

吴晚霞　爹爹怎么样了？
吴　绶　昨晚因你受警，又将衣服脱下，与你遮体，大半是冒
　　　　了风寒了。

吴晚霞　如此说，孩儿独自回去，见过我婆婆，再来看望爹爹。
　　　　（唱）　白昼间路途平离家又近，
　　　　　　　　比昨晚更觉得十分放心。（下）

吴　绶　我儿去得远了，我且回去了罢。
　　　　（唱）　见我儿回家去欢喜不尽，
　　　　　　　　只恨我今日里偏少精神。（下）

〔海慧带小徒上。

海　慧　（唱）　昨日卖卜遇美人，
　　　　　　　　再向桃源去问津。
　　　　　　前面来了一位女娘儿，像是前日问卜的那人。

小　徒　师傅若到面前，将那药儿使上，何愁不得到手。
海　慧　是。
　　　　〔吴晚霞上。

吴晚霞　（唱）　半路里别爹爹急忙前进，

197

恨不能插双翅飞到家门。

一霎时黑云起邪风一阵，

白茫茫天降雪四面无人。

海　慧　娘子到来。

吴晚霞　走，哪里和尚！

海　慧　呀呸。（吴晚霞倒介）快快纳入竹箱。前边像是有
　　　　人，且到竹林内边躲避。

小　徒　竹林内有副尸首。

海　慧　男尸女尸？

小　徒　原是女尸。

海　慧　凑巧凑巧。

小　徒　师傅还要死的么？

海　慧　不是那样说，我想将这美人抬去，他家必然追寻，终
　　　　是不妥。莫若将美人衣服，与那死尸穿上，将首级割
　　　　去藏了。他家到此，一见衣服，只当美人被人杀坏，
　　　　自然死心蹋地，再不寻了。就是报官，哪里捉得
　　　　凶犯。

小　徒　师傅是一丈长的棺材。

海　慧　此话怎讲？

小　徒　大才。

海　慧　快将美人衣服脱下去换。取了戒刀，待我断了死尸
　　　　首级。（脱吴衣服与花瓣换上）将这首级埋到那边。

小　徒　师傅埋不得。天才下雪，埋下必有踪迹。你看这头
　　　　冻得硬巴巴的并无一点血么。若用被单包了，带到
　　　　寺中，师傅全药，还要天灵盖。

海　慧　如此甚好，快去包住。天色已晚，将美人抬上走。

　　　（唱）　死尸骸刣去头不知疼痛，

　　　　　　论起来也不算有损阴功。

　　　　　　若能将与美人颠鸾倒凤，

　　　　　　我便要超度你多念佛经。

小　徒　今夜黑得要紧，前边不知是什么人？

〔花文豹暗上。

海　慧　不好，遇见歹人，待我向前回答。前边朋友，莫不是
　　　　同道中的人么。既是同行，大家回避。

花文豹　原是剪径之贼，自己招出，如何容得。吃吾一拳。

卒　　　贼人逃走，遗下一个箱子。

花文豹　抬上山寨。夜半除匪类，直令斗牛寒。（下）

〔海慧引小徒上。

海　慧　咳呀，好硬手也。

小　徒　好打好打。将竹箱包裹都丢了。师傅不好，若将那
　　　　人救醒，说出和尚二字，却该怎处？

海　慧　不妨。虎鼻山有个擎天大王，十分厉害，不免去到那
　　　　里。一则避灾，二则学些枪棒。

小　徒　师傅先去，我们随后即到。

海　慧　（引）　佛家弟子入绿林，
　　　　　　　　要学当年鲁智深。（下）

〔花文豹上。

花文豹　回到山寨，天已大明。喽卒们，将竹箱抬上来。

卒　　　是。

花文豹　将竹箱打开，看是何物？

卒　　　是。看是什么东西。（启箱看）咳呀，怎么才是一个
　　　　美人，眼翻口张，不能言语。

花文豹　想是中了蒙汗药了。扶住，用凉水救醒。

吴晚霞　哎，我好苦也。

　　　　（唱）　才脱祸又入了奸僧罗网，
　　　　　　　　不由人气冲冲怒满胸膛。

　　　　好贼呀。

花文豹　哼。

卒　　　怎么骂起人来。好大胆。

吴晚霞　（唱）　骂贼人真与那豹狼一般，

卒　　　上坐的是大王。

吴晚霞　（唱）　你不说我也知道他是大王。

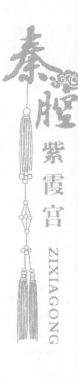

又杀人又放火良心尽丧，

你还敢下山来扮作和尚。

花文豹　这都是什么话？

吴晚霞　（唱）　我今日该死在虎鼻山上。

拿刀来快快地杀了老娘，

我和你孽镜台前定算账。

卒　　　把人抬得一脊背的水，还与我做老娘哩。

花文豹　这一妇人，咱家是救你的，为何不问明白，一味混骂。我且问你，哪里人氏？

吴晚霞　我是新城县人。

花文豹　新城县有个解元，名叫谷梁栋，你可知否？

吴晚霞　他是我丈夫，如何不知。

花文豹　咳呀，说了半晌，才是嫂嫂到了。

卒　　　骂了半晌，才是自家人。

吴晚霞　大王如何这样称呼？

花文豹　嫂嫂不知，我名花文豹，改名云中燕。那年中途遇见大哥，结为八拜之交。请问嫂嫂，如何得到竹箱之内？

吴晚霞　请问叔叔，竹箱如何得到这里？

花文豹　昨夜闲游回来，路遇剪径之贼，被小弟打得逃了，遗下这个竹箱，抬上山来。

吴晚霞　那不是剪径之人，那是一个和尚。

花文豹　黑夜漆漆，倒看不清什么。和尚便怎么样？

吴晚霞　是中途遇见，不知用什么东西，向我面上一吹，我便迎风而倒。

花文豹　那是蒙汗药。

卒　　　禀大王，有一汉子名叫吕子欢，前来吃粮。拿着两件衣服，说是见面礼。

吴晚霞　花叔叔，那衣服是我的，那是我的仇人到了。他是我婆婆前夫之子，招留我家。谁知他起了不良之心，和他妹子花瓣，活活将我勒死。

花文豹　嫂嫂现在,何言死字?

吴晚霞　是我阳气未散,因而复生。我的劫墓贼,又是他了。

花文豹　原是这样。喽卒们,命他进来。

卒　　　吃粮人进来。

〔吕子欢上。

吕子欢　咳呀,好森杀也。

吴晚霞　贼呀,看我是谁?

吕子欢　呀,不好,怎么跑到阴司来了。

吴晚霞　我把狠心的贼呀。咱两家何冤何仇,你将我害死,还
　　　　不放手,又来劫我的墓。

吕子欢　那都是妹子的事,我已经把她都害死了,尸首丢在竹
　　　　林内中。我与嫂嫂把气出了。

吴晚霞　(唱)　只说你害人贼百年侥幸,

　　　　　　　　却怎么也落在我的手中。

　　　　　　　　无故地毒害了我的性命,

　　　　　　　　心不死又劫墓天理何容。

　　　　　　　　今日里有鬼神眼前报应,

　　　　　　　　拨教你小冤家狭路相逢。

花文豹　喽卒们,将这厮吊在一旁,待我细细摆布。

吕子欢　她怎得到这里来,教我死得好糊涂。

卒　　　禀大王,有一和尚,前来吃粮。

花文豹　想必是那和尚到了。嫂嫂且站帘内,看他是也不是。
　　　　喽卒们,命他进来。

〔海慧上。

海　慧　(引)　高山出世外,

　　　　　　　　客到与云齐。

　　　　咳,我的竹箱,如何得到这里?

吴晚霞　花叔叔,就是他。

花文豹　我明白了。和尚,你认得这竹箱么?

海　慧　昨夜厮打,原是大王,得罪了。请问大王,还有一包
　　　　裹,可曾见否?

秦腔紫霞宫 ZIXIAGONG

花文豹　什么包裹？

海　慧　既没见就不说了。

花文豹　既来入伙，便是心腹之人，但说无妨。

海　慧　昨日得了个美人，怕她的家追寻，抬至竹林内边，却
　　　　有副女尸，因将美人衣服，与那女尸穿上，将头刎下，
　　　　包在袄内，不料昨晚也失掉了。

花文豹　好和尚，与我扯下去。

海　慧　阿弥陀佛。

吴晚霞　听那和尚之言，那女尸定是花瓣无疑了。花叔叔，仇
　　　　人既得，可该送我回去了。

花文豹　若着嫂嫂独自回去，恐有竹箱之祸。若教我送你，奈
　　　　何这几日正与官兵厮杀。这山左有个紫霞宫，且到
　　　　那里，权住几日，官兵事定，即便送你回去。

吴晚霞　如叔叔之命。

花文豹　喽卒们，将你大娘送到紫霞宫。衣食之费，这里
　　　　领取。

卒　　　是。

吴晚霞　（念）　休爱故土生处好，
　　　　　　　　受恩深处便为家。（下）

花文豹　传下，将二贼剐刮凌迟。

卒　　　是。

花文豹　我想宁继愈将我重责四十，本要杀他，只因大哥说他
　　　　是个好官，留下他的活命，这口气实是难消。不免将
　　　　两个人头，暗暗丢在他堂上，少不得寻不着尸首，捉
　　　　不来凶犯。不出五个月，他那顶纱帽，也就不妥当
　　　　了。喽卒。

卒　　　有。

花文豹　听我吩咐，将这两个人头，暗暗地丢在新城县堂上，
　　　　务要密切。回来领赏。

花文豹　宁继愈呀。

　　　　（唱）　寻尸首却在那虎鼻山上，

这凶犯我看你怎样捉拿。

多亏你仗官势一顿好打，

管教你不久的丢去乌纱。

（下）

第八场　验　墓

〔郑氏上。

郑　氏　（唱）　哭了声媳妇儿肝肠裂断，

泪汪汪向墓前烧化纸钱。

今日里我将你哭得一遍，

不久的我与你同赴九泉。

我想我是再醮之妇，吕家儿女，与我何干。解元当日收留，不过看我情面，我就该令他出门，为何收留在家，害得媳妇一死。异日解元回来，有何面目见他。

（唱）　只恨我当日里错了主见，

害得我贤媳妇受屈含冤。

这都是为继母做事不善，

却教我到异日怎见解元。

呀，这墓怎么掘开了。呵，是了，想是又遇劫墓贼了。咳，我那苦命的媳妇儿呀，你怎么命薄如此。

（唱）　好衣服你无福穿得几件，

倒教我为婆婆心上痛酸。

战兢兢又不敢近前一看，

只落得手捶胸叫哭连天。

内　喊　老爷过来了。

〔宁继愈上。

郑　氏　咳呀，是何处一位官员。

（唱）　我不免向前把冤喊。

203

	大老爷冤枉。
宁继愈	什么人，喊的何冤？
郑　氏	有劫墓贼将我媳妇墓揭了。
宁继愈	原是这样，领路去验。
郑　氏	是。
宁继愈	果然将墓劫了。人役们，内边去看。
役	是。禀老爷，内里是个空棺材。
宁继愈	这老婆是哪里人氏，姓甚名谁，细细讲来。
郑　氏	民妇新城县人氏，夫姓谷梁，民妇郑氏。
宁继愈	你是谷梁解元什么人？
郑　氏	是他母亲。
宁继愈	可是生母？
郑　氏	是继母。
宁继愈	这死的可是解元的娘子么？
郑　氏	是。
宁继愈	因何而死？
郑　氏	病死的。
宁继愈	什么病？
郑　氏	这个，是伤寒病。
宁继愈	伤寒就是伤寒，怎么这个是伤寒。口角含字，必非正命而死。不说实话，就要动刑。
郑　氏	老爷，原是自缢而死。
宁继愈	如何呢？因甚自缢而死？
郑　氏	她因有失节之事，羞愧自缢。
宁继愈	失节之妇，必不肯死。但死，必非失节。料你不说实话，与我枷起来。
郑　氏	老爷，我就实说了罢。原是我前夫一儿一女，与她造些丑声，因而羞愧自缢。
宁继愈	如何呢？那两个今在何处？
郑　氏	民妇将他赶门在外，不知去向。
宁继愈	你的亲生儿女，将人害死，你怕偿命，放他逃走，还说

赶门在外。与我枷起来。

郑　氏　老爷要枷，就多枷几下，与我贤孝的媳妇出口气罢。

宁继愈　听这言语，你是个好贤人。也罢，不枷你了，回去罢。
　　　　人役们，打轿回衙。

郑　氏　老爷问了半晌，将劫墓贼忘了。

宁继愈　下官的忘性大，你的忘性却也不小。你将你媳妇的
　　　　尸首，却忘记放到棺材里边吗？

郑　氏　那都是人忘的？

宁继愈　住了。我且问你，劫墓贼不过为几件衣服，脱去就
　　　　是，要的死尸何用。难道煮的卖脏法肉不成？你说。

郑　氏　受苦的媳妇儿呀。

役　乙　禀老爷，前边竹林内有副尸首。

宁继愈　男尸女尸？

役　乙　女尸。

宁继愈　前面安置。

役　乙　是。

宁继愈　不用说，劫墓贼是实了。郑氏，你媳妇是谁家的
　　　　女儿？

郑　氏　是贡生吴绶之女。

宁继愈　人来。

人　役　有。

宁继愈　唤贡生竹林内认尸。郑氏你也在竹林内去认。（同
　　　　下又上）咳，却怎么无头呢。看这项上又无血迹，这
　　　　头是死后割去的，自然是吴氏。唤郑氏。

人　役　郑氏上来。

郑　氏　伺候老爷。

宁继愈　你看这尸首，可是你媳妇的尸首？

郑　氏　这不是我媳妇的尸首。

宁继愈　怎么不是你媳妇的尸首？

郑　氏　老爷，我媳妇穿的不是那样的衣服。

宁继愈　哎呀，越粘了。

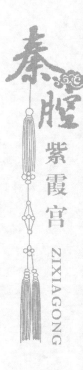

205

役	禀老爷,吴老爷到。
宁继愈	着他前去认尸。

〔吴绶上。

吴　绶	哎,晚霞儿呀。
宁继愈	吴年兄,哭一声也就够了,只管哭得我连话都问不成了。这可是你女儿么?
吴　绶	是的。
宁继愈	她婆婆怎么说不是?
吴　绶	亲母不知,我孩儿被劫墓贼揭出,死而复生,赤身来至我家,另换衣服,送回你家。我半路偶冒风寒,不能远送,半途而别。不知是何人杀在这里。
郑　氏	果是媳妇,好不痛煞人也。
宁继愈	哭哭哭,早是这一案没头没尾,着你们这一哭那一哭,越发心乱了。你们回去罢,拿住凶犯,再来听审。打轿回衙。

    （唱）　这个人命怎样办,

           人头不见是枉然。

           遇的都是这案件,

           倒教我何处提凶犯。（下）

〔范思增上。

范思增	（唱）　战罢文坛饮醇醪,

           归来长空瑞雪飘。

           醉沉沉不辨阳关道,

           是什么绊我这一跤。（看）

    原是一个包裹。哈哈哈。

           谁掉包裹不知道,

           想必他也吃醉了。

           眼前如同浮云罩,

           一霎时天摇地也摇。（倒地）

〔宁继愈带人役上。

宁继愈	（唱）　一路上将这案件想,

　　　　　　　想来想去无主张。

　　　　　　　是奸情要头何处用？

　　　　　　　是劫墓为何留衣裳？

　　　　　　　彻底总是糊涂账，

　　　　　　　这顶纱帽不稳当。

　　　　　咳，当初不做官，焉有这一场。

　　　　　　　眼睁睁上了家父当。

役　　　　禀老爷，有一醉汉，睡在雪里，头烧得不得了，在雪里
　　　　　凉着哩。

宁继愈　　你们可认得他么？

役　　　　他是个秀才，名叫范思增。

宁继愈　　看他身边是什么东西？

役　　　　是一个包袱。

宁继愈　　那包裹看着硬邦邦的，打开看看。

役　　　　哎呀，是个女人头。

宁继愈　　竹林内尸首有了苗目了。着人唤郑氏。一人将范相
　　　　　公背在衙内再审。咳。

　　　　（唱）　只说人头寻不见，

　　　　　　　谁知却又在此间。

　　　　　　　想是今日天睁眼，

　　　　　　　将凶犯送在我面前。

　　　　　　　你既把人杀，又把黄汤灌。

　　　　　　　今日里清官不能避醉汉，

　　　　　　　等到衙内细审断。（同下）

　　〔喽卒背人头上。

喽　卒　　奉大王之命，来至新城衙中。且喜宁知县出衙办事
　　　　　去了，人役俱都跟随。日近黄昏，堂上静悄悄的，将
　　　　　这人头放在公堂上，悄悄而去便了。

　　　　（念）　两个人头在公堂，

　　　　　　　回山禀知咱大王。（下）

　　〔宁继愈带人役回衙。

秦腔紫霞宫 ZIXIAGONG

宁继愈　哈哈。

　　　　（唱）　今日断清无头案，

　　　　　　　　不久加级又升官。

　　　　　　　　照这人命得几件，

　　　　　　　　一定还要坐按院。

卒　役　呀不好，老爷不好了。

宁继愈　怎么样了？

人　役　大堂上有两个人头。

宁继愈　待我去看。呀，我的好大王爷爷哩，你们都是几时来
　　　　的，我实在少迎你们。

　　　　（唱）　谁与我把神符现，

　　　　　　　　大堂上西瓜开了园。

　　　　　　　　尸首在那边，

　　　　　　　　何人是凶犯，

　　　　　　　　这才是弄得比胶粘。

　　　　罢么。

　　　　　　　　懂清一件是一件。

　　　　人役，唤郑氏。

人　役　唤郑氏。

郑　氏　伺候老爷。

宁继愈　看这是你媳妇的头么？

郑　氏　哎，儿呀。老爷，这不是我媳妇的头，这是我女儿，名
　　　　唤花瓣。

宁继愈　昨日竹林内尸首，你说是你儿媳妇，怎么这头又是你
　　　　女儿？只说你女儿是谁杀的，尸首今在何处？你媳
　　　　妇的头今在哪里？

郑　氏　不知道。

宁继愈　这个头你可认得么？

郑　氏　咳，儿呀。老爷，这是我儿子吕子欢与我女儿花瓣，
　　　　一时出门，不知何人杀的。

宁继愈　咳，我的好干妈哩，你生儿养女娶媳妇，不为别的，单

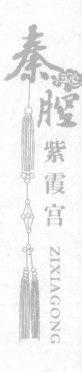

　　　　　　单为咕咚我老爷来的。

郑　氏　咳,老爷,儿呀。

宁继愈　你看她连模子叫起来了。去吧。(下)唤范相公。

人　役　范先生上来。

　　　〔范思增上。

范思增　(引)　醉时卧白雪,

　　　　　　　梦里到丹墀。

　　　　父台在上,生员打恭。

宁继愈　免了吧。我先将他试一试。范生员,你可认得这和
　　　　尚头么?

范思增　(唱)　生员自幼不敬佛,

　　　　　　　何曾认得那秃陀。

宁继愈　这汉子头,你却认得否?

范思增　老父台。

　　　　(唱)　那人在生未会过,

　　　　　　　死后知他是哪个。

宁继愈　这女人头你自然认得。

范思增　(唱)　真乃将人胆吓破,

　　　　　　　那里人头有许多,

　　　　　　　一个一个来问我,

　　　　　　　不知意思为什么?

　　　　　　　望父台分明指教我。

宁继愈　范相公,那两个人头,不知何人丢在大堂公案以上,
　　　　原与你无干。只说这女子头,你也装认不得么?

范思增　生员实是认不得。

宁继愈　现在你的包裹内边,怎么认不得?

范思增　包裹是生员拾下的。

宁继愈　哈哈哈,世上人只有拾银钱拾物件,难道说见了人
　　　　头,还肯拾么?

范思增　包裹未绽,实不知是人头。

宁继愈　包裹内再无东西,揣也揣得着的,岂有不知之理?

范思增　那时生员醉了,糊里糊涂拾下的,未曾摸揣。

宁继愈　你说醉了,这倒是实。你实不像杀人的人。就怕你醉了,糊里糊涂撒了个酒疯,将人杀了,也是有的。

范思增　生员一醉如泥,身不能自主,还能杀人么?

宁继愈　你倒说了个干净。难道说,这女子头是自己滴下来的不成。料你不说实话,与我枷起来。

范思增　生员有招就是。这人不是生员杀的,杀人凶犯,生员却也晓得。

宁继愈　只要你献出人来,便与你无干。你说是谁?

范思增　是新城县知县宁大老爷杀的。

宁继愈　哼,这就是了。审了半日,凶犯才是我。

范思增　凶犯不是你,公堂上那两个人头从哪里来的?

宁继愈　本县方才回衙,不知是何人丢在堂上。

范思增　住了,一个人将人杀了,惟恐人知,岂有将头送到堂上之理。若是尸主,就该出名告状,放这人头何故?由此看来,非你而谁?

宁继愈　哼,这个,你竟然将我问住了。罢,就是这和尚汉子是我杀的,这女子头却赖不上我。我杀人要我偿命,只是你不是我的问官,我现时却是你的问官。人来。

役　　　有。

宁继愈　枷起来。

范思增　有招就是。

　　　　(唱)　叫父台莫动刑,
　　　　　　　　杀人凶犯我愿应。

宁继愈　因何杀人?

范思增　(唱)　因入酒乡未曾醒,
　　　　　　　　手执钢刀便行凶。

宁继愈　尸首今在哪里?

范思增　呀。

　　　　(唱)　杀人要尸终何用,
　　　　　　　　只因酒后记不清。

宁继愈　竹林内有副尸首,可是得否?

范思增　(唱)　你既知何用生员供,

　　　　　　　　尸首就在竹林中。

宁继愈　罢罢罢,随话答话。人来。

卒　　　有。

宁继愈　将范相公暂且寄监。

役　　　是。(领钥押范下)

宁继愈　我看这女子头,不是范相公杀的。咳,怎么连一样儿

　　　　也懂不清了。

　　　　(唱)　件件都是糊涂帐,

　　　　　　　　教我心上着了忙。

　　　　　　　　男人夹女子,

　　　　　　　　俗人搅和尚。

　　　　　　　　真真渾成一盆酱。

　　　　咳。

　　　　　　　　宁知县把心放,

　　　　　　　　豁出九斤十四两,

　　　　　　　　糊里糊涂往前闯。

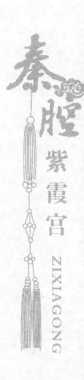

第九场　探　狱

〔夏凉引夏云峰上。

夏　凉　(唱)　听恩人丧了命将魄吓掉,

　　　　　　　　父女们急忙忙去奔监牢。

　　　　　　　　说什么天有眼善恶有报,

　　　　　　　　却怎么积阴功反把祸招。

夏云峰　哎,爹爹呀。

　　　　(唱)　我父女分明是沟渠饿殍,

　　　　　　　　多亏那范相公恩多义高。

你孩儿曾许下以身相报，

那料想白茫茫水淹蓝桥，

假若还把相公性命不保，

你孩儿也情愿同赴阴曹。

爹爹呀。

快将狱门叫。

夏　凉　禁公大哥，开门来。

禁　子　原是架梁。

夏　凉　夏凉，怎么架起梁来了。

禁　子　我和你是老朋友，故来取笑。

夏　凉　我和我女儿望范相公来了，快将门开了。

禁　子　进来进来，低声些。范相公出来，有人看你来了。

〔范思增上。

范思增　（唱）　是何人失人命将头包裹，

害得我今入了兔网雉罗。

这才是天降下无头大祸，

是几时天睁眼才见下落。

夏　凉　咳，恩人呀。

范恩增　这是夏老儿，你父女到此何事？

夏　凉　范相公你听。

（唱）　我父女今日里要将恩报，

这人命我情愿一面承招。

范思增　那如何通得？

夏　凉　如何通不得，你听。

（唱）　我夏凉近七十不为不老，

难道说尘世上要我熬胶。

今日里豁出这老命不要，

又何妨下杀场替你挨刀。

呸呸呸，不成话了。

范思增　这才是笑话了。再不必那样说。

夏云峰　奴家有个主意。

范思增　小姐有什么主意？

夏云峰　今天子驾幸大同，我父女情愿到到那里告状。

范思增　还是怎样的告法？

夏云峰　这擎天大王造反，害了许多生灵，正是杀人盈野之时，安知这人不是他杀的。况且大堂以上，现有两个人头，无有凶犯，这便是招证。哎，相公呀。

　　（唱）　云中雁他害了许多人命，

　　　　　　难道说这凶犯都是相公。

　　　　　　大堂上两个头便是凭证，

　　　　　　奴情愿告御状去到大同。

范思增　如此深感大姐。

夏云峰　只有一件。

范思增　哪一件？

夏云峰　（唱）　奴和你并非是骨肉情重，

　　　　　　因何故告御状不顾死生。

　　　　　　这其间必须要言顺名正，

　　　　　　皇王爷若问我奴好应声。

范思增　依大姐之见该怎么？

夏云峰　咳，这个……

夏　凉　不用说，我明白了，相公呀。

　　（唱）　我老汉平日爱零干，

　　　　　　说话干脆不枝蔓。

　　　　　　我女儿常将你作念，

　　　　　　看你二人是天缘。

　　　　　　行聘纳采一概免，

　　　　　　媒人就是我老汉。

　　　　　　着她与你作宅眷，

　　　　　　为妻好与夫伸冤。

　　　　　　纵然将你救不下，

　　　　　　它做寡妇也心甘。

夏云峰　哎咦。

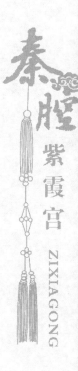

秦腔　紫霞宫　ZIXIAGONG

夏　凉	呸呸呸,不成话了。
范思增	既然如此,岳父转上,受我一拜了。
夏　凉	不拜不拜。将这一拜欠下,异日回来再补。儿呀,你我速上大同。
夏云峰	相公呀。
	（唱）　冤枉事总有个水落石现,
	劝相公在狱中将心放宽。
	这苦楚读书人何曾经惯,
	还望你长精神努力加餐。
范思增	是。大姐快去吧。（范下）
夏云峰	（唱）　且喜得今日里天遂人愿,
	乍相逢又离别心上痛酸。
	本待要哭出口怕人听见,
	只落得背地里暗把泪沾。
夏　凉	儿呀,你看这是什么地方?
夏云峰	上写"紫霞宫"三字。你我坐在这里,少歇片时再走罢。
夏　凉	是,少歇片时。
夏云峰	那里来了一位道姑。
	〔吴晚霞上。
吴晚霞	（唱）　想婆婆欲回家路途遥远,
	恨解元一去京音信杳然。
	可怜我一家人不能相见,
	倒教我昼夜间如坐针毡。
	这位女娘儿,哪里人氏?
夏云峰	奴乃新城县人氏。
吴晚霞	原是同乡,请到内边吃茶。
夏　凉	这样的好人。请。
吴晚霞	请问老伯女娘儿贵姓?
夏　凉	小老儿姓夏,女儿云峰。夫家姓范,在范家庄居住。
吴晚霞	范家庄有个秀才,名叫范思增,你可知否?

夏　凉　他是我女婿，如何不知。

夏云峰　师傅如何晓得他？

吴晚霞　他与我丈夫有八拜之交，故此晓得。

夏　凉　怪怪怪，道姑子却有了男人了。

夏云峰　如此说，你我姐妹相称。请问姐姐贵姓？

吴晚霞　我姓吴，名晚霞，夫乃解元谷梁栋。

夏　凉　好怪，听得人说，她死了，如今又在这里。

吴晚霞　请问妹妹，过此要向哪里去？

夏云峰　要往京师告状去的。

吴晚霞　因为何事，要告何人？

夏云峰　姐姐你听。

（唱）　我要告新城的糊涂知县，

　　　　无故地将人命诬赖生员。

　　　　只因他见人头无有凶犯，

　　　　将范郎收狱中负屈含冤。

吴晚霞　你说见人头无有凶犯，莫非就是大堂上两个人头么？

夏云峰　是，大堂上有两个人头，姐姐如何晓得？

吴晚霞　那事都由我身上起的，如何不晓得。

夏　凉　哎呀，这事有了苗目了。

夏云峰　你就光说这两个人头是谁，还是何人杀的。

吴晚霞　你听。

（唱）　一个是吕子欢头丢堂上，

　　　　一个是青莲寺海慧和尚。

　　　　吕子欢先逃去虎鼻山上，

　　　　当一日有海慧入伙吃粮。

　　　　他两个是一日同将命丧，

　　　　杀人的原就是擎天大王。

夏　凉　不用说，那一个人头也是他杀的。

吴晚霞　还有甚人头？

夏云峰　大堂上两个人头，倒与范郎无干。另有一个人头，是包裹内边的。

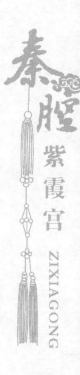

吴晚霞　哼,是了,包裹内是个女人头么?

夏云峰　是是是。这样说,姐姐定然是晓得的。

吴晚霞　略略知晓。

夏　凉　这一下把状底子才考实了。

吴晚霞　（唱）　吕子欢有妹子名叫花瓣,

　　　　　　　　亲哥哥害性命骨肉相残。

　　　　　　　　竹林内遇和尚又将头断,

　　　　　　　　这其间都有个天理循环。

夏云峰　如此,姐姐受我一拜。

吴晚霞　妹妹,这是何意?

夏云峰　（唱）　小妹子告御状要翻此案,

　　　　　　　　前后事要姐姐做个证见。

　　　　　　　　还望你同上京与我作伴,

　　　　　　　　救范郎出狱牢恩重如山。

吴晚霞　起来再作商议。哎。

　　　　（唱）　在此地何一日才把天见,

　　　　　　　　倒不如去京师找寻解元。

　　　　　　　　他父女一路上正好作伴,

　　　　　　　　事到此又何妨借篙撑船。

　　　　妹妹,我就同你前去。

夏云峰　深感大恩了。我曾未问姐姐,擎天大王,杀和尚吕子欢,所为何事?吕子欢和尚杀花瓣又为何来?姐姐因何到此?与我细细说得一遍,着我心上明白才是。

吴晚霞　哎,妹妹呀。

　　　　（唱）　这是我薄命人该遭凶险,

　　　　　　　　许多事都从我生出祸端。

　　　　　　　　这件事原有些委曲婉转,

　　　　　　　　到路上我与你细说根源。

夏　凉　快走,到路上消停说。（同下）

第十场　投　降

〔花文豹上。

花文豹　（唱）　听说是刘瑾死哈哈大笑，

　　　　　　　　四海内众豪杰才把气消。

　　　　　　　　今日里方信得皇上有道，

　　　　　　　　我只得卷旌旗投顺天朝。

　　　　俺花文豹。前命小卒打探，回报言说，皇上听了杨一
　　　　清、张永之谋，将刘瑾满门抄杀。真快活人也。我想
　　　　前日起兵，原为这厮专权。今日元恶既诛，我在此招
　　　　兵聚将，为着何来。难道坐皇帝不成？又闻刑部中
　　　　郎，就是谷梁大哥，因此前来投顺。来此大同，这就
　　　　是皇家的行营。喽卒们，一齐跪下。

卒　　谁在这里？

〔大内侍上。

大　侍　（引）　剑佩声随玉墀步，

　　　　　　　　衣冠身惹御炉香。

　　　　什么人啰唆？

花文豹　臣名花文豹，改名云中雁。只因刘瑾专权，是我起义
　　　　虎鼻山，欲杀此贼，以振朝纲。闻贼已诛，特来归顺，
　　　　乞万岁赐臣一死罪。

内　侍　待咱家与你奏知。少待。（下又上）旨下，皇帝曰，
　　　　花文豹因刘瑾专权，忿忿不平，足征忠心。今又不避
　　　　斧钺，前来投降，便见深明大义。即封为忠顺将军。
　　　　朕今还朝，卿率羽林军保驾。钦哉。

花文豹　万岁龙恩。

内　侍　随我来，冠带谢恩。（下）

第十一场　告御状

〔夏凉、夏云峰、吴晚霞上。

吴晚霞　（唱）　闻皇上出京来圣驾不远，
　　　　　　　　　急忙忙同来在正阳门前。
　　　　　　　　　又只见羽林军围定车辇，
　　　　　　　　　森杀气吓得我胆战心寒。

夏　凉　真个弄玄呀。

夏云峰　（唱）　叫姐姐和爹爹你们站远，
　　　　　　　　　有大祸我一人前去应担。
　　　　　　　　　他纵然将妹妹碎尸万段，
　　　　　　　　　今日里一定要与夫报冤。
　　　　　　你们快些走远。

夏　凉　是。

吴晚霞　快走。

夏云峰　圣驾近了，不免前去喊冤。万岁爷冤枉。
　　　　　〔内侍、谷梁栋、花文豹引正德上。

内　侍　什么人喊冤？

武　士　是一幼妇喊冤。

内　侍　圣上已经听见了，带进来。

正　德　这一幼妇，哪里人氏，有何冤枉？

夏云峰　万岁爷。

武　士　呵。

内　侍　武士低声些。退下。

正　德　这一妇人，不必惮怕。有何冤枉，从实诉来。

夏云峰　哎呀，万岁。民妇新城县人氏，生员范思增之妻。状告本县知县，诬赖人命，为夫伸冤事。（花文豹、谷梁

栋惊介）

正　德	武士莫要惊吓，带下去。谷梁爱卿，代朕审问。
谷梁栋	陛下，她们既是臣的同乡，恐有些亲故，难免瓜李之嫌。
正　德	依公审断，何避嫌疑。也罢，既然如此，就着忠顺将军，同去会审。
花文豹 谷梁栋	为臣遵旨。校尉，这是金牌一面，即提新城县知县，并事内人犯，提到刑部听审。
内　侍	起驾回宫。（下）
谷梁栋	网开留一面，法约正三章。秦镜高悬处，不飞邹衍霜。
花文豹	大哥，告状的就是我范二嫂，又为我范二哥的事，你是怎样的问法？
谷梁栋	我已奏过圣上，不准避嫌。现有圣旨，只好佯推不知罢。
花文豹	是。审到中间，恐怕带出大哥的事情来，我也佯装不知。
校　尉	禀爷，宁知县提到。
谷梁栋	叫他升门而进。
校　尉	宁知县升门而进。

〔宁继愈上。

宁继愈	报门。下官参见大人。
谷梁栋	宁知县，你的百姓，将你告下了，你可知否？
宁继愈	小官不知。
谷梁栋	唤夏云峰。

〔夏云峰上。

夏云峰	伺候大老爷。
宁继愈	你是何人，告我何故？
谷梁栋	这是夏云峰，你告他何事，诉。
夏云峰	大老爷容禀。

秦腔 紫霞宫 ZIXIAGONG

（唱）　小女子夏云峰哀哀告禀，

　　　　我丈夫范秀才名唤思增。

　　　　他平日守理法不敢妄动，

　　　　宁知县无故地诬赖人命。

宁继愈　就是这一案。到底有个故儿，怎么无故？人头现在
　　　　他的包裹内，凶犯自然是他。

夏云峰　大老爷。

　　　　（唱）　这才是谁杀人着谁偿命，

　　　　　　　小女子将凶犯诉说分明。

宁继愈　是哪个？

夏云峰　（唱）　死的是花瓣儿骨肉害命，

　　　　　　　杀人的吕子欢是她胞兄。

〔谷梁栋立介。

宁继愈　哈！

花文豹　大哥请坐。

谷梁豹　呵。

宁继愈　夏云峰，我且问你，吕子欢的头，现在大堂以上，难道
　　　　魂灵儿杀人不成？

夏云峰　他杀人在先，人杀他在后，怎见不是他？

宁继愈　这个……

谷梁栋　怎么你堂上还有人头？

宁继愈　只有两个。

谷梁栋　这头都是哪个？

宁继愈　一个是吕子欢，一个是和尚，无人认得。

夏云峰　那是青莲寺中海慧和尚。

宁继愈　你既认得和尚，杀人的凶犯，你定然晓得。

夏云峰　怎么不晓得？

宁继愈　你晓得是谁？

花文豹　你说。

夏云峰　（唱）　吕子欢先逃去虎鼻山上，

　　　　　　　有海慧到那里入伙吃粮。

　　　　　　那一日他两个同将命丧，

　　　　　　杀人的原是那擎天大王。

宁继愈　好贼娃子。

花文豹　哼，什么地方，怎么乱骂起来。

宁继愈　大人，漫说骂他，若是遇着，定要打他。

花文豹　哼，你的好打。若不是你打，人头如何得到你的堂上。

宁继愈　这话怎么有个邪列子味气？

谷梁栋　夏云峰，我且问你，吕子欢杀花瓣在旷野之地，吕子欢与和尚杀在山上，你是闺阁幼女，如何知之甚切？你说。

夏云峰　有个道姑，对我说来。

宁继愈　有道姑，又有和尚，恐怕有些黏串事情。

花文豹　胡说什么？

谷梁栋　道姑今在何处，细细诉来。

夏云峰　（唱）　那道姑她是我确实凭证。

　　　　　　　　这三案人命事她却知情。

谷梁栋　这道姑因甚出家？

夏云峰　（唱）　只因她在家中屡遭不幸，

　　　　　　　　亏有人安置她紫霞宫中。

谷梁栋　她叫什么名字？

夏云峰　（唱）　她丈夫是解元久无踪影，

　　　　　　　　她名叫吴晚霞贤孝有名。

谷梁栋　叫什么名字？

夏云峰　吴晚霞。（谷梁栋惊倒）

花文豹　快将大人扶进二堂。（众扶谷下）你们下去，改日再来听审。（下）

宁继愈　这都怎着哩。老人家还晕堂哩，好奇怪也。（同下）

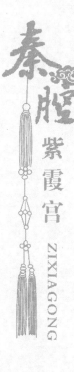

秦腔 紫霞宫 ZIXIAGONG

第十二场 背 审

〔谷梁栋上。

谷梁栋　哎，妻呀。

（唱）　听一言气得我昏迷不醒，

　　　　我娘子逃外边所为何情。

　　　　心问口口问心狐疑不定，

　　　　将云峰唤进来细问分明。

　　　　将夏云峰唤进来，我要问话。

校　尉　唤夏云峰进来，大人问话。

〔夏云峰上。

夏云峰　伺候大人。

谷梁栋　站起来回话。

夏云峰　是。

谷梁栋　我且问你，吴晚霞家中之事，你可知否？

夏云峰　吴晚霞现在这里，何不唤来一问。

谷梁栋　怎么她也到京了？

夏云峰　她同我一路来京，寻他丈夫来了。我二人相伴而来。

谷梁栋　哎，受苦的妻呀。林儿。

林　儿　伺候。

谷梁栋　快搬你大娘去。

林　儿　是，这路我跑。

夏云峰　看这光景，大人莫非就是谷梁大人？

花文豹　二嫂，他就是大哥谷梁栋，我就是花文豹，与我范二哥都有八拜之交。

夏云峰　原来如此。

〔夏凉引吴晚霞上。

吴晚霞	（引）	追想从前哀苦事，
		悔教夫婿觅封侯。
林　儿	我大娘到。	
谷梁栋	受苦的妻呀。（吴晚霞怒恼）	
花文豹	嫂嫂拜揖。	
吴晚霞	花叔叔也在这里。	
谷梁栋	娘子怎么这样烦恼？	
吴晚霞	哎，无义的人。	
	（唱）	你到京蒙皇上改了名姓，
		也就该将书信带得一封。
		初做官你便是这样薄幸，
		害得我遭凶险受怕担惊。
夏云峰	姐姐，再不必说了。	
吴晚霞	咳。	
	（唱）	我本是糟糠妻要我何用，
		倒不如仍回在紫霞宫中。
谷梁栋	花贤弟，你害得我好苦也。	
	（唱）	都因你起了义干戈扰动，
		沿路上无行人音信不通。
		赠金时我将你十分敬重，
		谁料想结拜下这样弟兄。
花文豹	嫂嫂你听，这都是为弟不是。若不是我在虎鼻山，那	
	日嫂嫂恐怕，咳，我也不敢说了。	
吴晚霞	老爷，你错怪了他。	
	（唱）	我本是花叔叔救下性命，
		千万间莫忘了他的恩情。
谷梁栋	（唱）	念我妻遭的事实实伤痛，
		因此上错怪你莫在心中。
花文豹	是。	
	〔宁继愈上。	
宁继愈	（唱）	这样大人真可笑，

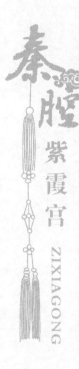

　　　　　　　退进二堂鬼捣椒。

　　　　　　　事内人犯都不叫，

　　　　　　　单审干证和原告。

　　　　　　　看来其中总有窍，

　　　　　　　恐怕我的状输了。

　　　　　　　在外边，好心焦，

　　　　　　　撞进三堂高声叫。

　　　　大老爷冤枉。

花文豹　　住了。

宁继愈　　大人写状，原被告应该都问，为何单把两个女子叫进
　　　　三堂问话，还有什么意思？想教我暗地吃亏不成。

花文豹　　少刻自然唤你。林儿，与我扯下去。

林　儿　　出去。

宁继愈　　怎么她都站起回话。可疑可疑。（下）

谷梁栋　　贤妻，你为何得到紫霞宫中？

吴晚霞　　哎，老爷呀。

　　　　（唱）　只因你当一日不听我劝，

　　　　　　　招留那外姓人生出祸端。

　　　　　　　终日里说是非暗中放箭，

　　　　　　　活活地勒死我十分凶残。

　　　　　　　谁知晓他两个毒气不散，

　　　　　　　当夜晚到郊外揭墓开棺。

花文豹　　二嫂，你说该杀着不该杀？

夏云峰　　真道可恶。

吴晚霞　　（唱）　这是我与老爷命该相见，

　　　　　　　因此上还了阳重生世间。

　　　　　　　赤着身到吴家过了一晚，

　　　　　　　天明了我爹爹送我回还。

　　　　　　　谁晓得中途路又遇大变，

　　　　　　　那和尚使蒙药将我麻缠。

谷梁栋　　哼，贤弟请便。

花文豹	事在我身上包本着哩,还怕我晓得么?
谷梁栋	哼,你请吧。
吴晚霞	(唱) 他将我入竹箱忽听人喊,
	命徒弟忙抬到竹林内边。
	到那里见尸首就是花瓣,
	割去头又换了我的衣衫。
宁继愈	我心上好影儿,还要撞进去问他。
花文豹	怎么你又来了?
宁继愈	不来还怕谁? 这半日单审干证、原告,若不问我,我就回去了。
夏云峰	正说到要紧处,他又来跟上打搅。
谷梁栋	林儿,请宁老爷书房吃茶。
林 儿	请到书房吃茶走。
宁继愈	哎呀,这事总有窍哩。也罢,走走走。
花文豹	真是红砖。
谷梁栋	这和尚将死人头刨去,又将你的衣服与死人穿上,这是何意?
吴晚霞	他不过怕我家追寻之计。那日和尚将花瓣头包在袄中,用竹箱将我抬去。遇见花叔叔,黑夜之间,一阵好打。
	(唱) 黑夜间打和尚花落雨散,
	将竹箱与包裹遗在路边。
	花叔叔开竹箱救我出难,
	那一日两个贼都来上山。
	都教那花叔叔碎尸万段,
	这其间有鬼神天理昭然。
谷梁栋	这包裹内的人头,怎么样了?
夏云峰	大哥,我今上京叩阍,就为的这一案。
	(唱) 告御状原只为包裹一件,
	这是他拾下的人命牵连。
	今日里才见了真实凶犯,

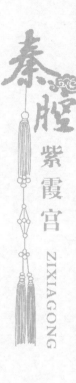

无故地连累他负屈含冤。

谷梁栋　这和尚吕子欢,杀在虎鼻山上,人头如何得到新城县堂上?

吴晚霞　这个花叔叔晓得。

花文豹　自然晓得,我做下的事,岂能不晓得。只因宁继愈将弟打一顿,因而将这人头送在他的堂上,教他作一作难,再无别意。

谷梁栋　贤弟,你也太得多事。娘子,请贤弟妻回到后堂。

吴晚霞　水落方知石大小,

夏云峰　雪消才见路高低。(吴夏二人下)

谷梁栋　林儿。

林　儿　伺候。

谷梁栋　请宁老爷。

林　儿　是。请宁老爷。

　　　　〔宁继愈上。

宁继愈　怎么请起来了?

　　　　(唱)　官司审了多和少,

　　　　　　　莫见问官请被告。

谷梁栋　请坐。(宁看花文豹)

花文豹　你看什么?

宁继愈　看干证原告都在那里,人齐了好审状子。

谷梁栋　老父台,我实对你说了。范思增是我好弟,吕子欢与花瓣是我继母前夫子女。这道姑就是下官的内人。事情已经问明了。吕花瓣是吕子欢杀的,吕子欢与和尚就是这位贤弟杀的。

宁继愈　他是谁?

谷梁栋　他就是擎天大王花文豹。

宁继愈　就是这贼娃子乡亲么,这就是了。

　　　　(唱)　许多久暗里受了症,

　　　　　　　不由教人怒气生。

　　　　　　　杀人凶犯是拜弟,

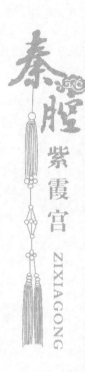

审状问官是拜兄。

你婆娘跟上当干证，

尽是你一家胡咕咚。

前后把我来捉弄，

天子面前讲理性。

今日豁出这条命，

花文豹　你又这样红起来了。

宁继愈　人人说我是红砖，今日看我红不红。

谷梁栋　贤契随我去见圣上，将你这项纱帽升长升长。

宁继愈　（唱）　今日不上你的当。

谷梁栋　林儿。

林　儿　伺候。

谷梁栋　请范大叔。

〔范思增上。

范思增　（引）　受尽缧绁苦，

　　　　　　　　至今事已明。

哎，大哥呀！

谷梁栋　贤弟不必啼哭，你的案件，已经问明。且到堂上，候
　　　　旨发落。

范思增　是。

谷梁栋　林儿。

林　儿　伺候。

谷梁栋　速快报与吴老爷、老太婆、夏老儿得知。

林　儿　是。如今路上平安了，我去。

宁继愈　拿住你的真弊病，总是把我胡捉弄。

谷梁栋　不说了，请吃酒。

花文豹　宁老爷一个知县，与大人饮酒，也就够了。

宁继愈　说来说去，总莫沾贼娃子的光。

花文豹　胡说。

〔内官捧旨上。

内　官　旨下。

众　　　大人开旨。

内　官　皇帝诏曰，天网恢恢，疏而不漏。今据谷梁栋奏称，吕子欢花瓣海慧和尚三人该死之罪，假手于忠顺将军，代诛恶人，何其巧也。既已死后，均无容议。谷梁栋荐范思增之才，准以七品补用。宁继愈耿直不屈，真有季子之才，特授知府。旨毕。钦哉，谢恩。

众　　　万岁，万岁，万万岁。请到宴上。

内　官　王命在身，不敢久留。告辞。

众　　　奉送。

内　官　免。（下）

众　　　请请请。（下）

——剧　终

演出单位

西安市五一剧团

帝王珠

根据秦腔传统剧整理

李静慈 段文奇 整理

剧情简介

　　元英宗在位，体弱多病，欲脱袍让位。朝臣一派拥立二王子，一派拥立三王子。杜皇后私情败露，拟自登皇位，害死英宗。二位王子以"帝王珠"悬挂宫门羞辱杜后。杜反以"帝王珠"遗失加罪二位王子。公主百花女通报大王子铁木耳领兵入京，平定纷争，剪除杜后一党，铁木耳荣登大室。

场　目

秦腔
帝王珠
DIWANGZHU

人 物 表

关 穆 士　首相,正生扮,白绺须生
关 左 士　都御史,老生,苍满
关 云 士　都御史,小丑,小黑绺须
李 庆 来　小花脸
倚 　 留　小生,二十左右
皇 太 子　惶惑苦恼,懦弱无能
蔡 宗 华　净、红满、大白脸
右 丞 相　虚伪奸刁,野心很大
蔡 宗 文　枢密使,老生,苍满
蔡 宗 武　武生
蔡 宗 升　黄门侍郎,老丑
铁 士 元　小丑俊扮,年二十以下,三太子,浮躁嚣张,
　　　　　愚昧无知
元 英 宗　至治皇帝,老生,白绺
老 　 王　饱尝忧患,顾虑狐疑
杜 　 后　花衫兼青衣扮,年约三十,由西至太后。侍
　　　　　宠专权,泼辣狠毒,风骚美貌,野心很大
百花公主　长公主,年约二十以上,刀马旦
牛 銮 成　御营先行,黑净,年约三十以上,心粗胆大,
　　　　　憨直有力
铁 木 耳　大太子,武生,年近三十,急躁、骄傲、凶狠、
　　　　　威武,野心很大
燕 　 娥　宫娥,年龄十八九岁,小旦
大 太 监　俊扮
四内侍、四宫女、四女将、四校尉、四长枪、四弓马手、四
龙套

第一场　议　君

〔关穆士上。

关穆士　位列三公为首相，

忠心耿耿震朝纲。

（诗）　堂堂丞相府，

煌煌将帅才；

功高威名大，

四海扬名来。

本相关穆士，大元英宗驾前为臣。老王年衰多病，心想脱袍让位，现有三宫殿下，命文武两班公议，扶持一宫殿下摄位称尊，来在朝房，等时上殿保本。

〔关左士、关云士、李庆来同上。

关左士　（诗）　金钟齐鸣出广寒，

关云士　（诗）　九转皇宫春色阑，

李庆来　（诗）　玉磬响罢呼万岁，

合　　　（诗）　闾阖门里拥百官。

关左士　内帘御史关左士。

关云士　左都御史关云士。

李庆来　右都御史李庆来。

合　　　今日大朝之日，宫门未开，朝房少坐。

关穆士　众位大人到了，哈！哈！哈！（众同笑）

众　　　大丞相独坐朝房，背言背语，嗟叹什么？

关穆士　众位大人，只因老王传旨议君，我想，大太子铁木耳本应执掌十万里江山，但他生来性情傲上，老王心中不喜，将他贬在铁龙山前歇马为王。二太子倚留常常有疾。单留三太子铁士元骄奢淫逸，愚顽不堪；何况他乃偏宫所生，偏妃所养，自古迄今，那有庶子继位之理？依老夫之见，不如扶持二太子登基，不知众位大人心意如何？

众　　　大丞相言之有理，我们正有此意。

关穆士　等老王登殿，我们一同上前保本，少候一时。

〔倚留上。

倚　留　（引）　头戴二龙梳发髻，

　　　　　　　　脑后斜插金玉钗。

　　　　　　　　体弱常说身多病，

　　　　　　　　免却是非惹祸灾。

　　　　二太子倚留，前三日我父王传下口诏，命文武两班公议，扶持我们那宫殿下摄位。事关重要，去到朝房观看。

内　侍　来在朝房。

倚　留　驻车。

众　　　（近）　见过千岁。

倚　留　免礼，两旁坐了。文武诸公，你们一在朝房议论何事？

关穆士　千岁在上，老王年衰多病，心想脱袍让位，命文武两班公议一位殿下，来执掌大元十万里江山。

倚　留　依众位之见？

关穆士　依臣等之见，就该扶持二千岁执掌十万里江山。

倚　留　哎呀，文武诸公，本御常常有疾，身体多病，理应请我大兄长回朝执掌江山才好啊！

　　　　（唱）　本御深宫常有病，

　　　　　　　　不能执掌锦社稷。

　　　　　　　　文武班中再公议，

　　　　　　　　搬我大兄定主意。

关穆士　（唱）　王爷不要错主意，

关左士　（唱）　九五之尊与天齐，

关云士　（唱）　万里国土托与你，

李庆来	（唱）	臣等愿保锦社稷。
倚　留	（唱）	鼓打五更月坠西， 文武两班整朝衣。 我不愿在朝称万岁， 我情愿削发为僧遁山溪。（下）
关穆士	（唱）	千岁果算明大义，
关左士	（唱）	若登基定是人中奇。
关云士	（唱）	你我不必纷纷议，
李庆来	（唱）	上殿保本休迟疑。（下）

〔蔡宗华上。

蔡宗华	（引）	三尺剑光照日月， 一双袍袖笼乾坤。
	（坐诗）	头戴金冠两翅飘， 赫赫国舅压当朝。 眉头一耸千条计， 暗地杀人不用刀。

老夫右相蔡宗华，老王年衰多病，心想脱袍让位，命文武两班公议，推选一太子来执掌大元江山，思想从前，我和西宫娘娘私通，被大太子铁木耳入宫瞧见，是我入宫以在老王面前动本，说他生性傲慢，毁谤圣上，老王恼怒，将他贬在铁龙山前为王。还有西宫殿下在朝，不免将我表皇侄铁士元公议为君，内有表妹杜娘娘为力，老夫自然在朝执掌大权，便是这个主意。大坐朝房，少等一时。

〔蔡宗文、蔡宗武、蔡宗升上。

蔡宗文	（诗）	老王发圣诏，
蔡宗武	（诗）	文武多辛劳，
蔡宗升	（诗）	上殿拿本保，
众	（合诗）	三王坐龙朝。
蔡宗文		枢密院大臣蔡宗文，
蔡宗武		九门提督蔡宗武，

秦腔帝王珠　DIWANGZHU

蔡宗升　黄门侍郎蔡宗升，

众　　　上殿面君，来在朝房，那是大兄长。

蔡宗华　众位贤弟，(同笑)哈！哈！哈！请坐。

众　　　大兄长，老王传旨议君，不知大兄长如何打算？

蔡宗华　依老夫之见，莫若我们大家公议我们表皇侄三王铁
　　　　士元登基，不知众位贤弟心下如何？

　　　　〔铁士元上。

众　　　我们同有此意，等老王上殿，一同保举。

铁士元　(上诗)常恨岁月长，

　　　　　　　　腰悬紫金囊。

　　　　　　　　一朝登龙位，

　　　　　　　　趾高气又扬。

　　　　三太子铁士元，我父王年衰多病，心想脱袍让位，令
　　　　文武班中公议我们弟兄其中一人来执掌十万里江
　　　　山。大哥未在朝中，二哥久病深宫。不消说，这江山
　　　　就是我的了。哎！我妈是个西宫，我是偏宫养的，恐
　　　　怕有人说短论长，说我是庶子，不该为君，这当该怎
　　　　处？说不了，我还得上朝找右相蔡国舅，前去串通文
　　　　武公议为君。这个宝座儿才得稳，便是这个主意。

内　侍　来在朝房。

铁士元　驻车。

众　　　(近)　接见三千岁。

铁士元　免礼，国舅你们到得早。

众　　　老王升朝，早来侍候。

铁士元　你们今在朝房议论何事？

蔡宗华　老王发诏出宫，令我们文武公议一位殿下来执掌
　　　　江山。

铁士元　依你们之见？

蔡宗华　依臣等之见，公议三王执掌十万里江山。

铁士元　恐怕我不成吧？

众　　　有臣等保本，必然能成。

铁士元	唉,好呀!
	（唱） 小王生来自不凡,
	天降皇宫龙一盘。
	但愿文武同心意,
	扶持为王坐几年。
蔡宗华	（唱） 三王你把愁眉展,
蔡宗文	（唱） 有我们何必你作难。
蔡宗武	（唱） 我们本是一根线,
蔡宗升	（唱） 上殿保举你为先。
铁士元	（唱） 小王听言喜满面,
	为江山日夜打算盘。
	只要天助我心愿
	头戴八宝心才甘。（下）
蔡宗华	（唱） 三王和咱有亲眷,
	机变才智样样全。（下）
蔡宗文	（唱） 上殿和他胡搅乱,
	二王他想坐难上难。（下）
蔡宗武	（唱） 当殿不随我们愿
	闹它个地覆天又翻。（下）
蔡宗升	（唱） 一心要把朝政专,
	攀龙附凤坐高官。（下）

第二场 吵 朝

〔杜后带四宫女过场,老王领大太监、四内侍上。全
付銮驾。

老　王　（唱浪头）王出宫东方明红日高照,

（转慢板）太和殿香烟绕钟鼓齐敲。

大太监捧皇冠上镶八宝,

又捧着乌龙靴玉带一条。
赭黄袍前绣着五龙抢宝，
后背上又绣着飞龙四条。
上殿来众宫娥排立两边，
见文臣和武将三呼来朝。
为只为王多病龙体衰老，
久病在乾清宫常不设朝。
黄罗伞金光罩心神焦躁，
早让位免子孙大动枪刀。
想先祖铁木真威名不小，
斡难河创霸业天下名标。
窝阔台传贵由皇后矫诏，
四传位到蒙哥暗动枪刀。
到世祖用兵力推举废了，
元灭金绝宋室统一龙朝。
为江山四汗国东征西剿，
为江山打倭奴血染战袍，
为江山把伯叔反叛杀了，
为江山立太子仍把心操。
争帝位父不慈子也不孝，
兄不友弟不恭白刃相交。
想世祖忽必烈功勋照耀，
统中国镇四海盖世英豪。
他不能把争夺事一了百了，
教孤王有何法巩固元朝。
朕登基已多年体力衰老，
想让位又恐怕祸事相招。
大太子铁木耳性情急躁，
铁龙山镇诸侯未能还朝。
为只为倚留儿他身体不好，
铁士元是庶子难继龙朝。

孤也曾在皇宫传下旨诏，

文武臣议大事替孤代劳。

今本是三六九王临大宝，

〔众官上。

众 （唱） 众文武三叩首参拜当朝。

老　王 孤王大元天子英宗在位，今因体力衰弱，难以执掌万畿，前者发诏出宫，晓谕众文武公议，现有三宫殿下，势力相当，教孤该命哪家太子执掌龙廷？宫人、宣文武大臣上殿将前日公议之事，专本奏上。

宫　人 万岁有旨，文武大臣上殿朝参，收前日交议之事，专本奏上。

关穆士 遵旨，我王在上。臣关穆士等本奏天子，有头本奏君，伏维大元，天齐地齐，永庆升平，国有明君，万方咸宁，外有良弼，社稷瞻仰。今上龙体，年衰多病，心想脱袍让位，前次颁诏出宫，命文武两班公议，扶持一位殿下摄位，今大太子未在朝中，依臣等拟议，二太子有人君之表，帝王之才，名正言顺，天与人归，应扶二王执掌社稷，南面摄位，江山永固，社稷复兴，臣等死罪死罪，不胜沥血待命之至。

宫　人 转本

〔王点头喜介。

蔡宗华 老王在上，臣蔡宗华等有二本奏君，伏维大元，天齐地齐，四海升平。今圣上年衰多病，心想脱袍让位，现有三宫殿下，令文武两班公议，扶持一宫殿下执掌十万里江山。以君等拟议，三王殿下龙行虎步，气宇轩昂，豁达大度，有帝王之象，人君之才。应立为君，执掌江山。臣等死罪死罪，不胜惶恐待命之至。

宫　人 转本

〔王左右顾盼作苦闷状。

关穆士 老王在上，二王千岁，英名贤孝，恭俭温良，群臣瞻仰，人心爱戴，且生在前，长在先，乃正宫所生，正宫

所养,今老王嫡嗣大太子未在朝中,二千岁也是嫡
子,理应继承大统,以符天子臣民之望,伏望万岁
明裁。

蔡宗华　老王在上,二王千岁虽然生在前、长在先,但久病深
宫,身体衰弱,恐怕难以执掌大事。三王千岁龙眉凤
眼,少年出众。且体力健壮、精神奋扬。虽立子以嫡
为古之名训,但立子以德亦古之名言。依臣等公议,
应扶持三王摄位,臣等愿作股肱辅佐之臣,使大元江
山千秋无疆,乞万岁详察。

穆　、众　臣等愿扶二王千岁,继承大统。

华　、众　臣等愿扶三王千岁,继承大统。

杜　后　你等都应扶持我儿三王摄位,才合老王与我旨意。

老　王　众文武平身,休要争嚷,听王旨意了。

　　　（唱）文武臣嚷闹九龙口,
　　　　　　倒教为王锁眉头。
　　　　　　大太子和孤常作对,
　　　　　　贬他在铁龙山前镇诸侯。
　　　　　　三殿下出世年纪幼,
　　　　　　倚留有病难出头。
　　　　　　关穆士上殿拿本奏,
　　　　　　他叫我传与二子掌龙楼。
　　　　　　蔡宗华西宫曾开口,
　　　　　　要让与三儿坐几秋。
　　　　　　手心手背都是肉,
　　　　　　哪一处伤坏血就流。
　　　　　　一般都是我元家后,
　　　　　　该命何人掌千秋。
　　　　　　把圣旨传下九龙口,
　　　　　　诏来士元和倚留。

宫　人　圣上有旨,二千岁、三千岁上殿。

　　　〔倚留、铁士元上。

倚　　留	（唱）	金牌诏罢银牌宣，
铁士元	（唱）	他宣我三王铁士元。
倚　　留	（唱）	九龙口里忙拜见，
铁士元	（唱）	好江山让儿坐几年。
铁士元		父王，拿来，拿来。
老　　王		皇儿，你要什么？
铁士元		拿十万里江山来！
老　　王		儿啊！你太不成器了！
	（唱）	皇儿年幼少见识，
		口口声声要江山。
		倚留儿一旁泪满面，
		见杜后怒气冲冲要大权。
		马到悬崖收缰晚，
		船到江心补漏难。
		学一个顺水推舟王不管，
		你兄弟殿角让江山。
倚　　留	（唱）	倚留上前拿本奏，
		尊声父王听来由。
		江山可该我大兄受，
		功高名重镇诸侯。
		十万里江山你儿受，
		久病深宫难出头。
		儿把名山早采就，
		儿情愿遁迹空门把道修。
铁士元	（唱）	铁士元上殿拿本奏，
		叫声父王听来由。
		儿本是真龙天生就，
老　　王		你是个什么龙？
铁士元		儿我是你生下的一个八爪金龙。
老　　王		哎！不肖的奴才！
铁士元	（唱）	叫父王拿来江山我先坐几秋。

秦腔 帝王珠 DIWANGZHU

老　王　（唱）　一声喝住了蠢才口，

　　　　　　　　三番两次要龙楼。

　　　　　　　　无才无德浮气多，

　　　　　　　　戴上王冠像沐猴。

铁士元　（唱）　父王休说儿面丑，

　　　　　　　　有几辈古人讲从头。

　　　　　　　　霸王生来面貌丑，

　　　　　　　　威镇西楚霸诸侯。

　　　　　　　　钟无盐她的面貌丑，

　　　　　　　　一十二国她为头。

　　　　　　　　黄巢不中状元因貌丑，

　　　　　　　　他灭唐起义威名镇九州。

　　　　　　　　面丑命大我天生就，

　　　　　　　　横竖你儿要坐龙楼。

老　王　（唱）　恨蠢子说话如禽兽，

铁士元　谁是禽兽？谁是禽兽？

老　王　（唱）　无法无天如马牛。

铁士元　我是牛，你是老牛。

老　王　哎，奴才呀！

　　　　（唱）　一句话问得我无言诉，

　　　　　　　　句句钉在我心头。

　　　　　　　　扭转身来叫倚留，

　　　　　　　　还是你执掌元家锦龙楼。

倚　留　父王呀！

　　　　（唱）　有一辈古人对父奉，

　　　　　　　　件件桩桩说从头。

　　　　　　　　昔日有个目莲僧，

　　　　　　　　一头担母一头经。

　　　　　　　　行走深山迷了径，

　　　　　　　　遇见白头一老翁。

　　　　　　　　动问灵山多少路？

十万八千还有零。

慢说十万八千里，

再有十万还要行。

有心让母前边走，

诚恐污秽佛家经。

有心让经前边走，

又恐背母忘恩情。

经母担儿斜担上，

树木林中闯着行。

唯有松柏躲开径，

我佛封它四季青。

日后目莲曾成圣，

地藏王菩萨成大名。

松柏忍让万年青，

目莲克己留孝名。

名缰利锁儿看透，

争权夺利血常流。

儿把名山早采就，

不爱江山爱修行。

杜　后　（唱）　杜后急忙拿本参，

启禀老王听妃言。

大太子未把朝事管，

领兵威震铁龙山。

倚留儿宫下有病患，

国家大事不愿担。

劝万岁莫把主意变，

把江山让与铁士元。

关穆士　（唱）　关穆士一本奏当殿，

关左士　（唱）　启奏老王听臣言。

关云士　（唱）　自从禹王传天下，

李庆来　（唱）　那有个庶子不才掌江山。

243

蔡宗华	（唱）	蔡宗华气得团团颤。
蔡宗文	（唱）	我在一旁咬牙关。
蔡宗武	（唱）	都是万岁生和养，
蔡宗升	（唱）	论什么正来论什么偏。
关穆士		好气也！
	（唱）	铁士元凭的哪一件，
关左士	（唱）	无德无能怎掌权？
关云士	（唱）	才浅怎能孚众望？
李庆来	（唱）	论理二王也应坐江山。
杜　后	（唱）	休说我儿太不堪，
		我看我娃的才能样样全。
		他手执金弹打飞雁，
		百发百中不虚传。
蔡宗华	（唱）	要辩要辩我们大家辩，
蔡宗文	（唱）	倚留登基非大贤。
蔡宗武	（唱）	骨廋如柴身体软，
蔡宗升	（唱）	大元江山难保全。
关穆士	（唱）	二殿下才貌豁达远，
关左士	（唱）	龙凤天日器不凡。
关云士	（唱）	倘若他能统禹甸，
李庆来	（唱）	大元江山万万年。
蔡宗华	（唱）	以貌取人要分辨，
蔡宗文	（唱）	孔子阳货不一般。
蔡宗武	（唱）	夫子列国曾游转，
蔡宗升	（唱）	圣名高峻似泰山。
关穆士	（唱）	尧有九子他不愿，
关左士	（唱）	一心访舜进朝班。
关云士	（唱）	尚望老王拿主见，
李庆来	（唱）	为国家还须审愚贤。
老　王	（唱）	文武臣当殿大嚷乱，
		杜后一旁对孤言。

蔡宗华杀气扑满面，
铁士元口口声声要江山。
我观他少智无才多浮浅，
不学无术太愚顽。
把江山若让奴才管，
他和那杨广都一般。
倚留儿生来有才干，
一心入山去参禅。
儿好比伯夷叔齐二大贤，
贤孝谦让非等闲。
关穆士当殿动本请王自己拿主见，
他名正言顺理直气壮扶持倚留要掌大权。
罢罢罢王要自己拿主见，
让与倚留坐几年。
长随官儿一声唤，
为王有旨对你言。
你忙捧玉玺大印上方剑，
再拿来龙袍玉带摆殿前。
八月中秋儿登殿，
到南郊先祭天地坛。
叫倚留你领旨下金殿，
继统大元万万年。

倚　　留　（唱）　叩一头来谢恩典，
见殿角奸谗把脸翻。
八月中秋王登殿，
登基澄清王朝班。（下）

铁士元　（唱）　看着看着瞪了眼，
活活气煞我铁士元。

（看杜后示意介）

急急忙忙下金殿，
后宫内再用巧机关。（下）

关穆士	（唱）	自幼读书二十年，
关左士	（唱）	喜的忠良恶的谗。
关云士	（唱）	幸喜苍天睁了眼，
李庆来	（唱）	快扶二王掌江山。（同下）
蔡宗华	（唱）	只说三王把权专，
蔡宗文	（唱）	哪料二王坐江山。
蔡宗武	（唱）	垂头丧气下金殿，
蔡宗升	（唱）	回府用计莫迟延。
老　王	（唱）	倚留儿领旨下金殿，

杜后一旁怒冲冠。

长随官搀孤回宫院，（转圆场）（二幕前）

〔铁士元上。

铁士元	（唱）	启禀父王听儿言。

父王在上，前日我同母后说过，儿从海外求来仙方灵丹妙药，父王用下喉去，疾病即可大愈。

老　王　什么地方灵丹妙药？

杜　后　想这海外仙方灵丹妙药用下喉去，疾病即可大愈。

老　王　呈来，呈来，我儿果算大孝，待为父用下喉去。

（牌子）为父疾病若好，改日另加封赏，大元十万里江山已让你二兄。这是先祖爷留下帝王珠一串，儿戴在项上，各家藩王，文武百官，见你如同见孤，定要跪拜朝参。

（药性发作）哎哟！哎哟！

（唱）　仙药下喉心缭乱，

腹内疼痛实难言。

铁士元莫非良心变，

以子毒父是欺天。

鲜血不住上下泛，

痛得孤阵阵咬牙关。

手执龙头拐杖往下打，（铁跪下，杜后拦介）

大料想难留在人世间。（死介）

杜　后	（唱）	见得老王把命断，
		明流眼泪暗喜欢。
		忙掩尸首成大殓，
		唤表兄进宫筹万全。
		宫人，宣右丞相蔡宗华进宫。
宫　人		领旨，蔡宗华进宫。

〔蔡宗华上。

蔡宗华		娘娘惊慌着为何？
杜　后		表兄哪曾得知，我儿铁士元已下毒手，将老王害死。
蔡宗华		罢了，老王啊！（牌子）老王晏驾，灵发皇陵，金井玉葬，待我出宫传诏。
杜　后		不必出宫，今夜晚上就在宫内歇宿，从速密议朝中大事要紧。
	（唱）	老王宸宫把命丧，
蔡宗华	（唱）	为兄就扶你作女王。
杜　后	（唱）	手拖手儿后宫往，
蔡宗华	（唱）	明日金殿欢呼谢女皇。

（作躬身向杜后，同入帐下）

第三场　挂　珠

〔燕娥上。

燕　娥	（唱）	自幼生长皇宫院，
		手捧香茶常问安。
		每日常随君作伴，
		出入全凭语当先。
		侍儿燕娥。领了二千岁之命，进宫与西宫娘娘送茶问安，待我走走了。
	（唱）	宫下领了二王命，

西宫送茶问安宁。

将身儿且在宫门等,(听介)

哎呀!

是何人在宫内来调情。

是是是来明白了,

想必是蔡宗华来乱宫。……(圆场)

我躬身忙把二王请,

〔倚留上。

倚　留　（唱）　燕娥请我因甚情。

燕娥请我为何?

燕　娥　蔡宗华……

倚　留　蔡宗华便怎么样?

燕　娥　王爷,附耳来……(密语)

倚　留　走!走!走!(娥下)

铁士元　二哥,二哥,你刚才和燕娥在这里又搞什么鬼把戏?你快说。

倚　留　三弟,蔡宗华……

铁士元　蔡国舅来了,我还有要事和他商量。(欲进)

倚　留　蔡宗华和你龙母……(拦介)

铁士元　这事我知道,你不知道。(又欲进)

倚　留　你且附耳来,(密语介)这今后我弟兄有何脸面去坐江山?

铁士元　（气）　闪开闪开!

倚　留　你要做什么?

铁士元　我要去捉奸。

倚　留　慢着,慢着,哪有儿子捉母亲的奸情之理?

铁士元　依你之见?

倚　留　我们前往宫门,暗暗探听底细,再作道理。

铁士元　如此也好。

倚　留　三弟,随兄来也。

（扑灯蛾）三弟低声少讲话,

铁士元　（扑灯蛾）自古言多必有差。

倚　留　（扑灯蛾）悄悄随兄纱窗下，

铁士元　（扑灯蛾）莫非蔡宗华……唉！跟我娘……

蔡宗华　（在帐内声）表妹，你我做出此事，二位太子知晓，这
　　　　该如何是好？

杜　后　（帐内声）若二位太子有什么风吹草动，我们给他个
　　　　斩草除根！

倚　留　（惊扑灯娥）听罢言来好胆怕，

铁士元　（惊扑灯娥）为情人她要把我兄弟杀。

倚　留　（惊扑灯娥）叫三弟随我太学下，

铁士元　（惊扑灯娥）铁士元上前把奸拿。
　　　　闪开，闪开！

倚　留　去不得，去不得！噫，三弟你胸前悬挂的什么？

铁士元　这是父王赐给我的帝王宝珠。

倚　留　不如将帝王珠悬挂宫门，将她羞辱羞辱。

铁士元　要得吧？

倚　留　要得。

铁士元　如有祸事来？

倚　留　我们一同担待。

铁士元　挂得？

倚　留　挂得。

铁士元　挂起来也，看你知羞不知羞！

倚　留　（扑灯蛾）帝王宝珠宫门挂，

铁士元　（扑灯蛾）到天明将你何羞煞。

倚　留　（扑灯蛾）你我急速离宫下，

铁士元　（扑灯蛾）实服我淫乱宫廷的母亲！（同下）

秦腔 帝王珠 DIWANGZHU

第四场 斩 子

〔帐内蔡声,告辞。

〔帐内杜声,妹妹我不远送。蔡偷出账,上场见珠惧骇介。

蔡宗华 （唱） 帝王宝珠挂宫门,

　　　　　　吓得我三魂掉两魂。

　　　　　　假若太子把我问,

　　　　　　他言说以臣竟欺君。

　　　　　　两腿哆嗦立不稳,

　　　　　　难见文武两班臣。

　　　　　　撩袍提衣宫门进,

　　　　　　叫娘娘速快救为臣。

　　　　表妹大事不好了!

〔杜后惊上。

杜　后　这是怎么样了?

蔡宗华　你我宫中之事,已被二位太子知晓。

杜　后　他们如何能知? 我全然不信。

蔡宗华　现有帝王宝珠悬挂宫门。

杜　后　待我观察,（取珠、想介）此珠乃为我儿身带之物,为何挂在这里? 噢,是了! 我想我儿生性愚昧,他和倚留同窗同居,此事必是二太子从中作祟,羞辱于我。我不免趁此机会,杀了两个奴才,以绝后患,本后也好安然登基。表兄,你且出宫。

蔡宗华　遵旨!

　　　　（唱） 越思越想越害怕,

　　　　　　二太子他是我对头冤家。

　　　　　　无奈暂且出宫下,

		望娘娘定巧计把太子来杀。（下）
杜　后	（唱）	两个奴才太大胆，
		欺压为娘礼不端。
		长随官与我把衣换，
		要杀倚留铁士元。
		宫人与我站车辇，
		金殿斩子把臣瞒。
		九龙口来忙登殿，
		诏来了二位太子上金銮。
宫　人		太后有诏，二千岁、三千岁上殿。
倚　留	（唱）	金牌诏罢银牌宣，
铁士元	（唱）	上殿下殿真麻烦。
倚　留	（唱）	胆颤心寒把娘见，
铁士元	（唱）	头不敢抬来眼不敢翻。
杜　后	（唱）	转面我把太子唤，
		为娘有言听心间。
		昨夜儿在哪里转？
		快与为娘说底端。
倚　留	（唱）	龙母在上由儿辩，
铁士元	（唱）	花言巧语把她瞒。
倚　留	（唱）	昨夜太学把书看，
铁士元	（唱）	天色未黑儿安眠。
杜　后	（唱）	去了怒容换笑脸，（问倚留）
		儿呀，昨夜你向哪里去来？你对娘依实的说来。
铁士元		娘呀！你儿天一黑就睡了，没有到哪里去。
杜　后		哎，儿啊！
	（唱）	开言叫声铁士元，
		呈来帝王宝珠娘一观。
铁士元		娘呀！我昨夜睡着给掉了。
杜　后	（指铁士元）	
	（唱）	小奴才做事不周全，

秦腔
帝王珠
DIWANGZHU

失掉宝珠罪滔天。

（指倚留）

（唱）　必是你主谋定计生事端。

　　　　你凭啥来把为娘管？

　　　　金甲卫士快上殿，

　　　　把他两人头挂高竿。

〔四卫士绑太子介。

倚　留　（唱）　一言未答推下斩，

铁士元　（唱）　谁叫你命我去捉奸。

倚　留　（唱）　今日我死得好凄惨，

铁士元　（唱）　总难忘谋位坐江山。（押下）

〔关左士、关云士、李庆来同上。

关左士　（唱）　二位太子绑下殿，

关云士　　　　文武保本忙上前。

李庆来　　　　撩袍提衣跪金殿，

　　　　　　　奏太后莫斩法容宽。

杜　后　（唱）　何人大胆把旨拦，

　　　　　　　气得本后咬牙关。

　　　　　　　摆头只装没听见，

　　　　　　　速斩逆子把旨传。

〔关穆士上。

关穆士　（唱）　二位太子推下殿，

　　　　　　　文武上朝不敢言。

　　　　　　　刀斧手来莫要斩，

　　　　　　　本相上殿拿本参。

　　　　　　　撩袍提衣上金殿，

　　　　　　　遵声国母听臣言。

　　　　　　　二太子犯的哪一款，

　　　　　　　推上杀场为哪般？

杜　后　（唱）　关穆士莫跪且立站，

　　　　　　　本后把话对你言。

帝王珠耍了个不见面，
推下问斩法不宽。

关穆士　（唱）　战战兢兢跪金殿，
件件桩桩说一番。
昔日有个武则天，
唐高宗晏驾她掌权。
卢陵王犯罪本该斩，
刀下留情充外边。
唐中宗复位登金殿，
才奉她养老宫中乐清闲。
到日后国母千秋满，
他兄弟披麻送坟园。
曾不记老王把驾晏，
让与二王掌江山。
你今要把他二人斩，
全不怕文武不平落不贤。
不念臣面念君面，
还念你亲生之子铁士元。

杜　后　（唱）　群臣上殿拿本参，
问得本后心内惭。
罢罢罢把太子押宫院，
待本后慢用巧机关。

将二太子暂押别宫，从宽免死。

关穆士　（唱）　叩一头来谢恩典，
关左士　（唱）　果然国太是大贤。
关云士　（唱）　低头且下老龙殿，
李庆来　（唱）　后宫院再对皇姑言。（四大夫下）
杜　后　（唱）　文臣武将两班站，
家丑怎能向外传。
缓时日再找事几件，
杀奴才如同绑就的绵羊等时间。（下）

秦腔

帝王珠

DIWANGZHU

第五场 搬 兵

〔百花女扮武小旦带侍女抱剑上。

百花女 （唱） 牡丹开放颜色重，

海棠怎比旧芙蓉。

桃花乱落红如雨，

谨防蛰人有黄蜂。

遭不幸父王病丧命，

我姨娘大权掌手中。

大兄长在外兵力重，

二兄弟推病让龙庭。

三兄弟公然要谋位，

眼看着大元江山难安宁。

将身宫内且坐定，

我暗中不住泪盈盈。

百花公主,自从父王晏驾,姨娘掌权,深宫时感不宁,今晚宿鸟惊鸣,心神不定,打坐宫下,不知外边有何消息?

内　侍　禀公主,二位王爷到。

公　主　速快有请。

〔倚留、铁士元上。

倚　留
铁士元　哎呀,我的皇姐呀!

倚　留 （唱） 皇姐皇姐不好了,

铁士元 （唱） 天大祸事眼前招。

倚　留 （唱） 蔡宗华暗地用计巧,

倚　留 铁士元	（同唱）	要害我弟兄命两条。
倚　留	（唱）	姨娘当殿传口诏，
铁士元	（唱）	要杀我兄弟绑法标。
倚　留	（唱）	多亏了四贤大夫拿本保，
铁士元	（唱）	禁囚在后宫受煎熬。
倚　留	（唱）	姨娘去看皇陵出宫早，
铁士元	（唱）	我弟兄暗地寻你作计较。
倚　留	（唱）	但恐后日事变了，
倚　留 铁士元	（同唱）	羊在虎口命难逃。
百花女	（唱）	听一言心中如刀绞， 珠泪滚滚湿宫袍。 恨姨娘做事太残暴， 想害太子她掌朝。 叫二弟不必恓惶泪吊， 三弟也不必哭嚎啕。 铁龙山暗中搬兵大哥到， 清朝纲救你命两条。
倚　留	（唱）	皇姐密计定得好，
铁士元	（唱）	硬要低声没言高。
倚　留	（唱）	大兄长威武性情暴，
铁士元	（唱）	他必然领兵转回朝。
百花女		你们还是暂且回去，休要姨娘回宫知晓。
倚　留 铁士元	（同声）	是！（下）
百花女	（唱）	姐弟们宫内定计巧， 再宣来首相说根苗。
		宫人，宣关穆士进宫。
宫　人		首相关穆士进宫。
		〔关穆士上。
关穆士		参见皇姑，宣臣进宫，有何机密大事？

秦腔 帝王珠 DIWANGZHU

百花女 老王晏驾，西宫大权独揽，蔡氏兄弟图谋不轨，请你
出朝去搬大王爷领兵回朝，清查朝政，可愿前去？

关穆士 为王社稷，为主江山，老臣情愿前去！

百花女 如此下边换衣，待我与你修书了。

关穆士 遵命！（下）

百花女 （唱） 叫宫娥启开文房砚，

羊毫笔管拿手间。

百花女先写多拜见，

拜上大兄拆书观。

父王深宫把驾晏，

姨娘专权乱朝班。

二位太子推下斩，

宠爱奸党起祸端。

修书不为别一件，

为得大元锦江山。

铁龙山前把兵点，

不分星夜回燕山。

杀蔡贼来除大患，

仇报仇来冤报冤。

修罢书信封过卷，

单等着首相下书铁龙山。

〔关穆士上。

关穆士 （唱） 朝房以内把衣换，

脱去朝衣换蓝衫。

将身儿来在百花院，

问公主有何叮咛言？

百花女 （唱） 搬兵密信要藏严，

没教奸党解机关。

这次见了大王面，

叫他及早发兵转回还。

关穆士 （唱） 公主叮咛连二三，

自有为臣操心间。

深施一礼出宫院，

铁龙山去把大王搬。（下）

百花女　（唱）　一见首相出宫院，

为朝事时刻把心担。

盼只盼大哥回朝转，

肃清宫廷除奸谗。（下）

第六场　哭　书

〔牛銮成上。

牛銮成　（唱）　甲子年开皇考招纳俊秀，

俺老牛武场中独占鳌头。

实想说插宫花功名成就，

杜皇后嫌我丑才把官丢。

只羞得大豪杰无处逃走，

六角闸要上吊一死藏羞。

大王爷他待我恩高义厚，

收留我铁龙山提兵调卒。

号炮响迈虎步早到帐口，

等王爷升宝帐排班侍候。

牛銮成　（坐诗）脸似锅底天生就，

二目圆睁神鬼愁。

武举场中俺为首，

西宫动本要人头。

御营先行官牛銮成、大王爷升帐，早来排班侍等。

〔铁木耳领四校尉、四长枪、四弓手、四龙套上。

铁木耳　（唱）　铁木耳出宝帐雄威抖擞，

插一竿黄龙旗名扬九州。

我的父元英宗韬略广有，

平外夷统中原威震龙楼。

蔡国舅升右相为进杜后，

这妖妃和本御先恩后仇。

那一晚在西宫与蔡贼邂逅，

有本御拔宝剑要取他头。

恨奸妃见我父谗言上奏，

才贬我铁龙山威镇诸侯。

今本是三六九日升帐口，

雄赳赳坐宝帐好不烦愁。

（坐诗）在朝奉君傲上，

文武见咱惊慌。

父王听谗恼怒，

贬咱在铁笼山为王。

本帅大太子铁木耳，领父王旨意威镇铁龙山，三六九日乃众将操练之日，孤要亲自检阅，大坐宝帐，好不威严也！（检阅队伍）

〔兵上。

一　兵　报。

铁木耳　讲。

一　兵　首相关穆士到此。

铁木耳　首相关穆士到来，朝中必有大事，快快有请。

〔关穆士上。

关穆士　（喝场）哎呀！我的大王爷啊，大千岁呀！

（唱）　大王爷在上不好了，

未开言来哭嚎啕。

老王晏驾把信报，

逞书信请大王仔细瞧。

铁木耳　待本御拆书一观！

（唱）　观罢书信心悲恸，

不由孤王心焦急。

恨不得插翅飞京地，

赴汤蹈火为社稷。

我父王深宫把命废，

唉呀，我的父王啊！

姨娘专权为登基。

两个兄弟被囚闭，

百花妹深宫着了急。

修来密信请兵起，

又多亏首相星夜到这里。

铁龙山忙点兵来快起义，

要除奸妃定国基。

首相前边回朝，本御领大兵即刻起程。

关穆士　遵命。（下）

铁木耳　（笑）哈，哈，哈！父王已死，朝中无人，铁龙山兵强马壮，我不免借救二弟之名，澄清朝纲，以便执掌大元江山。牛銮成进帐。

牛銮成　告进！参见千岁。

铁木耳　先行传令，铁龙山雄兵穿白戴孝，即日随孤班师回朝。

　　　　（唱）脱去龙袍换孝衣，

　　　　　　　大小儿郎都穿白。

　　　　　　　三军勇猛向前催，

　　　　　　　回朝去定杀奸佞贼。

第七场　杀　场

〔蔡宗华上。

蔡宗华　（唱）打坐相府心焦躁，

　　　　　　　二目圆睁似火烧。

昨夜西宫商议好，

要杀太子扶她坐龙朝。

〔报子上。

报　子　大王爷班师回朝，大军已到燕京郊外。

蔡宗华　打下，回报。

报　子　得令。（下）

蔡宗华　铁木耳带兵回朝，必有争位之意，待老夫入宫保奏太
　　　　后（下）

〔杜后领四内侍、大太监、四宫女上。

杜　后　（引）凤鸣海水高，

　　　　　　　女皇设早朝。

　　　　哀家杜太后。先王晏驾，大权在握，正为斩子登基，
　　　　好不教人心喜！

〔蔡宗华上。

蔡宗华　太后，表妹，不好了，大王爷从铁龙山领兵回朝，我们
　　　　当该怎处？

杜　后　一不做，二不休，表兄接旨，我赐你金牌一道，将二位
　　　　太子，提出宫来，绑在法场处斩。铁木耳即就回朝，
　　　　他敢把我怎么样？

蔡宗华　领旨。（下）

杜　后　宫人，与本后换衣来。

　　　　（唱）　表兄适才对我报，

　　　　　　　大太子领兵回了朝。

　　　　　　　叫宫人与我换龙袍，

　　　　　　　把先王赐我的金鞭手中操。

　　　　　　　带御马奔往杀场忙开道，

　　　　　　　斩草除根不留苗。（下）

〔丑宫人上。

丑宫人　禁门高万丈，皇宫走豺狼。二位小千岁自囚寒宫，
　　　　整天哭哭啼啼，好不叫人伤心！

蔡宗华　（蔡领众上）金牌到。

丑宫人	参见丞相。
蔡宗华	二位太子可在宫下？
丑宫人	现在宫内。
蔡宗华	二位太子接旨！
丑宫人	二位千岁接旨。

〔倚留、铁士元上。

倚　留	（引）　待罪囚禁门，
铁士元	（引）　身为阶下人。
蔡宗华	金牌下，二位太子接旨 "奉天承运，女皇诏曰：尔等玩忽王命，藐视王章，将钦赐帝王神珠遗失，无君无父，有叛逆之心。着右丞相蔡宗华带领校尉，绑赴杀场绞死。希即遵旨，钦此。"校尉们，将二位太子用黄绳上绑，押奔法场。（下）

〔百花女急上。

百花女	（唱）　奸妃在朝太专横，
	骨肉相残伤亲生。
	百花女扬鞭催马向前行，
	到杀场护守两弟兄。（下）

〔铁木耳带领众上，笑介。蔡宗华押二太子上。铁木耳救二太子，百花女急上见，铁木耳破涕为笑介。

铁木耳	蔡宗华，你在朝做得好事啊！
蔡宗华	为臣我是奉太后旨意，把什么事做错了？
铁木耳	呸！将奸贼与我绑了。

〔牛銮成绑宗华，推宗华时，杜后趁势冲上栽倒台中。

杜　后	（唱）　手执金鞭心焦燥，
	阵阵恶气心内潮。
	行来杀场马下了，
	层层节节摆枪刀。
	百花女你莫非把反造，
	欺压为娘为哪遭？
	观罢一眼似火冒，

拿金鞭打小儿曹。

（打倚留、铁士元、百花女用枪隔，铁木耳领校尉向前
拦阻）

杜　后　　铁木耳！

（唱）　为娘无旨把你调，

你为何私自还了朝。

铁木耳　（唱）　姨娘在上容禀告，

杜　后　不消！

铁木耳　不消就不消！

（唱）　听儿把话说根苗。

我父王深宫驾晏了，

这军国大事把姨娘多有劳。

杜　后　不劳！

铁木耳　不劳就不劳！

（唱）　既然间我父驾晏了，

为什么要斩二同胞。

杜　后　（唱）　你父王不幸驾晏了，

本后遵旨坐龙朝。

帝王宝珠他失掉，

娘杀他就为这一条。

铁木耳　（唱）　帝王宝珠他失掉，

念两弟年幼把他饶。

杜　后　（唱）　本后旨意为除暴，

逆子叛臣都不饶。

铁木耳　（唱）　父王晏驾无旨诏，

你怎么擅自称尊坐龙朝。

杜　后　（唱）　先王晏驾传口诏，

为娘我遵旨坐龙朝。

叛国辱父你大不道，

金马鞭责打你敢逃。

铁木耳　住手！

	（唱）	我父王何病晏驾了，
		哪有旨叫你坐龙朝，
		莫非你宫内假传诏，
		莫非你……
杜　后	住口！	
	（唱）	提起了儿父死悲啼不了，
		实难舍君妃情两下撇抛。
		那夜晚三更时娘去躺觉，
		你奴才淫父妃大犯律条。
铁木耳	（冷笑）	
	（唱）	平素间娘行为儿也知道，
		曾不记后宫门拉住儿袍。
		见二弟在一旁眼色来吊，
		想此事三御弟必然知道。
		转面来我忙把三弟高叫，
铁木耳	铁士元,跪下！	
	（唱）	为兄有言听根苗。
		父王深宫怎丧了，
		你与为兄说分晓。
		若说实话还罢了，
		如不然叫你吃一刀。
铁士元	（唱）	大王在上容禀告，
		件件桩桩我知道。
		蔡……
铁木耳	蔡怎么样？	
杜　后	铁士元儿啊！说不得。	
铁士元	我哥哥要杀我哩,我不说不行了。	
杜　后	儿啊！你一身背到底！	
铁士元	还是娘你能背得起。	
杜　后	儿呀,你给娘顾顾（指脸）这个。	
铁士元	（哭）	娘呀,儿也要顾顾（指头）这个呢。

263

铁木耳　讲！

铁士元　（唱）　蔡宗华常到宫内跑，
　　　　　　　　他和我娘有私交。

蔡宗华　（唱）　要告要告大家告，
　　　　　　　　尊一声大王听根苗。
　　　　　　　　毒酒……

铁士元　表舅，甭说么！

蔡宗华　你怎么说我呀？
　　　　（唱）　毒酒本是你三弟泡，
　　　　　　　　毒死你父王谋龙朝。

铁士元　不是的，不是的，毒酒是我娘和表舅给我的。

铁木耳　好恼！
　　　　（唱）　听罢言来实可恼，
　　　　　　　　无名烈火万丈高。
　　　　　　　　我还当父王病故了，
　　　　　　　　原是服毒把命抛。
　　　　　　　　叫人把二贼推出了，
　　　　　　　　斩首示众罪昭昭。

　　　　（怒）杀！

　　　　〔校尉押蔡宗华、铁士元下斩介。

杜　后　（唱）　见我儿和表兄被他杀了，
　　　　　　　　含悲痛心绝望撒野泼刁。

　　　　（向铁木耳）
　　　　　　　　是好的你把娘杀了，（抓木胸）
　　　　　　　　你不杀为娘不算高。

铁木耳　（唱）　奸妃放下脸不要，
　　　　　　　　杀场之上放泼刁。
　　　　　　　　在鞘中抽出太祖爷的创业剑，
　　　　　　　　定叫奸妃命难逃。

倚　留　（唱）　走上前来忙拦道，
　　　　　　　　大兄呀大兄听根苗。

　　　　　　　以子弑母是不孝，
　　　　　　　你将来怎临万国坐当朝。

铁木耳　（唱）　二弟讲的是正道，
　　　　　　　问得我耳赤面又烧。
　　　　　　　闪得我有刀难归鞘，
　　　　　　　怒气不息砍柳梢。（砍介）

杜　后　儿呀，你敢把为娘怎么样？

牛銮成　好气也！
　　　　（数板）看着看着心火冒，
　　　　　　　杜后杀场耍泼刁。
　　　　　　　你当国母好不好，
　　　　　　　卖的什么药来挂的什么招？
　　　　　　　你把太后的脸不要，
　　　　　　　杀场上你狐媚卖妖娆。
　　　　　　　大小三军把她笑，
　　　　　　　我看你的老脸烧不烧。

　　　　（笑介）

杜　后　（唱）　大小三军一齐笑，
　　　　　　　笑得本后脸发烧。
　　　　　　　你们莫非把反造，
　　　　　　　敢说老娘卖妖娆。

　　　　（众不理仍笑）
　　　　也罢！老娘三十多岁，还没卖过妖娆呢，说不了，我
　　　　今天来卖一下妖娆，叫你们这些奴才们看一下！
　　　　（走过场，扭身，摆架子，乐奏花梆子）

众　　　（笑）　哈，哈，哈！
　　　　（铁木耳掩面背身，杜后突抓铁木耳撒野）

杜　后　（唱）　卖妖娆来卖妖娆，
　　　　　　　你把老娘怎开销！

铁木耳　（唱）　调将不如激将好，
　　　　　　　牛銮成上前听根苗。

眼前国仇私恨你不报，

枉在人前称英豪。

今日来在杀场道，

难道说你是个不逮鼠的黑老猫。

牛銮成　好贱人！

（唱）　大王爷他给我把眼来吊，

提起前仇恨难消。

恨奸妃淫乱宫闱太横暴，

她毒死老王还不招。

国母通奸脸不要，

要杀太子夺龙朝。

英雄抽出青铜鞘，

刀劈贱人恨方消。（杀介）

倚　留　（唱）　牛銮成莫非把反造，

杀坏国母犯律条。

一朝的太后你杀了，

按律当斩不能饶。

牛銮成　（唱）　我杀奸妃对你好，

大快人心这一遭。

二王爷说我罪犯了，

我情愿自刎在金水桥。

（牛銮成刎铁木耳阻介）

铁木耳　（唱）　牛銮成不必把命抛，

本御言来你知道。

眼看新君登大宝，

我保你无罪在当朝。

天有天赦，地有地赦，新君登基，自有皇恩大赦。孤王恕你无罪，何不谢过二王爷。

牛銮成　谢过大王爷，谢过二王爷！

百花女　住了，大兄长呀，自古"君无戏言"，父王在时已将江山当殿传于二弟，为了整肃国法，树立君威，定斩不

舍！（铁木耳怒抓百花女欲杀之，百花女惊退）

倚　留　（跪）大兄长息怒，小弟体弱多病，有言在先，情愿入
　　　　　山修行，兄长德威并重，这大元江山理应兄长执掌。
　　　　　牛将军何不请起。（牛谢起）

铁木耳　好！自古道："天无二日，国家不可一日无君"，即日
　　　　　打扫太和殿，侍候孤王登基，文武百官到时，一律上
　　　　　殿受封。

——剧　终

演出单位

西安市五一剧团

十五贯

根据同名昆剧移植

袁多寿等 移植

剧情简介

　　《十五贯》的故事最早出自宋代话本《错斩崔宁》,明代冯梦龙将其收入《醒世恒言》,改题为《十五贯戏言成巧祸》,清初朱素臣又将其敷演而成戏曲《双熊梦》。1956 年浙江省昆苏剧团据此改为《十五贯》。这个戏从思想教育意义、艺术处理、导、表演的再创造都取得了突出的成就,一时风靡全国,很多剧种都曾移植演出。

　　该剧讲的是,赌徒无赖娄阿鼠在偷窃中杀死开肉店的尤葫芦。尤葫芦逃婚的女儿苏戍娟与布店伙计熊友兰邂逅相逢,因熊友兰所带的十五贯钱与尤葫芦丢失的钱数一样,无锡知县过于执便主观臆断,认定苏、熊二人就是杀人凶犯,克期行刑。苏州知府况钟监斩时发现冤情,深夜急见督堂周忱,请求宽限日期,亲到现场勘察,智逮娄阿鼠,终于昭雪冤情,惩治了真凶。

场　目

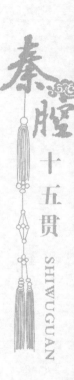

人物表

尤葫芦

秦古心

苏戍娟

娄阿鼠

熊友兰

过于执

况　钟

禁　子

门　子

第一场 鼠 祸

〔尤葫芦醉酒背钱上。

尤葫芦 哎哟！好重呀！

（唱） 烧酒越喝越觉妙，

本钱越折越完了。

生意停业心发燥，

借到了银钱展眉梢。

想我尤葫芦，自从肉铺停业，全靠借当过活，终日愁眉不展，幸喜我那死去的娘子有个姐姐，住在皋桥，为人热心好义，今朝请我喝了两壶酒，又借给我十五贯铜钱，叫我仍作生意，好不快活。

（唱） 大姨姐为人心肠好，

周济贫穷情义高。

离了她家日西照，

一路行来更鼓敲。

我往日买猪，全靠秦老伯帮忙，明日买猪，还要请他相帮。来此是他家，待我叩门。秦老伯可在家里？秦老伯！

秦古心 （内白）何人叩门？

尤葫芦 是我！（学女人声）

〔秦古心上，开门。

秦古心 原来是尤二叔，你就实在爱开玩笑，黑天夜晚，你叫我有什么事？

尤葫芦 老伯请看。（指钱，得意地）

秦古心 这么多的钱，你是哪里来的？

尤葫芦 （故意地）在路上拾来的。

秦古心　唉！你再不要开玩笑了。

尤葫芦　不瞒你说,这十五贯钱是皋桥我那大姐姨借给我做本钱的。

秦古心　好好好！有了本钱你那肉铺重开,可以吃用不愁,我这里卖酒卖油的生意也要沾光兴旺了,明日还是你我一同去吧！

尤葫芦　多谢老伯帮忙！

秦古心　恐怕你酒醉误事,明日还是我去叫你吧！

尤葫芦　多谢！多谢！

秦古心　明日再会。（下）

　　〔尤葫芦门前。

尤葫芦　才离秦家油盐店,来在自家铺门前。开门来,开门来！

　　〔苏戌娟从内出。

苏戌娟　来了。（开门）爹爹回来了。

尤葫芦　回来了！（放钱）

苏戌娟　哪里来的这许多铜钱？

尤葫芦　你猜是哪里来的？

苏戌娟　又是借来的？

尤葫芦　哪里有这样的好人,肯把这许多的钱借给咱的？

苏戌娟　那么是哪里来的呢？

尤葫芦　（又与女儿开玩笑）

　　先与我儿恭喜！

苏戌娟　爹爹！我们少吃缺穿,还有什么喜呢？

尤葫芦　哎！事到如今,为父给你说实话吧！我今早出门正遇见张媒婆,她说王员外的女儿出嫁缺少个赔嫁丫头,我要了他十五贯钱,把你卖给人家作赔嫁丫头了。

苏戌娟　此话当真！

尤葫芦　明天一早就过去哩,你快去收拾收拾吧！

苏戌娟　哎呀！早死的娘呀！（哭介）

尤葫芦	说了一句笑话，娃都信以为真，有趣、有趣。把钱且放好痛快睡一觉。（上床入睡）
苏戌娟	（擦泪唱）

听他言吓得人心惊胆颤，

忍不住一阵阵泪如涌泉。

自从我那爹爹去世以后，我娘再嫁，带我来到尤门，他虽待我还不错，可是今天竟然作出这样事来，可见我还不是他亲生女儿，他怎能疼爱于我了。唉！事到如今，哭也无益，我还是苦苦哀告了。

（唱）　求他看在亡母情面，

念孤女退回那卖女的身钱。

爹！爹！唉！他已睡熟了。

（唱）　我非他亲生女彼此疏远，

能卖我他怎会把我可怜。

怕只怕难劝他心回意转，

戌娟女哭亲娘又哭苍天。

（心中痛苦异常，见案上有肉斧，顿萌自尽的念头，正想自杀，忽然想起皋桥的姨母来）且慢！曾记皋桥姨母，对我言讲，若有难事，前去找她，如今事已危机，还是找她便了。

（唱）　但愿姨母能方便，

免得卖身受牵连。

趁他酒醉正鼾眠，

我连夜投亲没延迟。（出门逃下）

〔娄阿鼠上。

娄阿鼠	（唱）　骗来的女人输得没一人， 只得再寻个倒霉人。

（念）　要随我的心，挖出一窖金，方圆四十里，要深尽管深。白天取四两，晚上长半斤，走到赌博场，都斗活财神。想我娄阿鼠一不经商，二不种田，专靠赌博为生，不论士农工商、三教九流，只要见他有钱，能

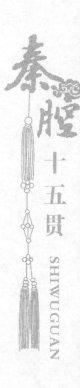

骗则骗，能偷则偷，虽然名誉不好，只因赌场的兄弟多，衙门里朋友多，街坊邻居对我倒也敬重。昨日骗了一笔钱，可恨手气不好，统统输光。虽然有这付薄铅骰子。谁料今晚赌场里竟是些行家，难以下手，再想翻稍没有本钱，我还是快点找个财神菩萨才是！（贼头贼脑）噫，来到尤葫芦家门口，却怎么大门未关，灯火未熄，想是晚间又呆赌场哩吧！待我进去赊他几斤肉，饱吃一顿再说。（入内）尤二叔，大姐娃！噫！这家伙酣睡未醒，想必是吃醉了，忘记了关门，忘了熄灯，噢！桌子上搁了一把利斧，不如偷走，换得几文也好的。唔呀！床头下面还有许多铜钱，这却料想不到。（放下斧）这才是财星高照，眉开眼笑，却总是手颤肉跳，我正愁输钱没法翻稍，不料这里有个财神爷，我有了这些本钱，去到赌博场中，押大牌，猜大宝，把钱赢得用不了，去到酒馆吃个饱，有空就往妓院跑。（偷钱）

尤葫芦　（醒）　这是谁啊？好崽娃子，偷我的钱哩，（抓娄阿鼠）好崽娃子才是你！（二人相打，夺钱，鼠用斧杀死尤）

娄阿鼠　尤葫芦，尤葫芦，你不要怪我手下无情，就是我不杀你，被你传扬出去，叫我娄阿鼠怎么活人吗？我是一不做，二不休，扳倒葫芦泼了油，拾起钱来快快溜。（想出门，听见打更声，急回屋熄灯，躲在床下，铜钱有一部脱离，顾不得全部拾起，听到打更声远，偷看门外无人，急逃出，身上的骰子也掉在床后）

〔秦老伯上。

秦古心　亲帮亲，邻帮邻，富帮富，贫帮贫，大门已开，想必已经起身了，（入内）尤二叔，尤二叔，哎呀！地上什么东西绊了我一跤，原来是尤二叔，喂！尤二叔醒来，醒来！好好床上不睡，为何要睡在地上呢？（掀也不动）哎呀！满身都是鲜血，谁把人杀死了？大姐娃！

　　　　　　　大姐娃！哎呀！连大姐娃也不见了。东邻、西舍快
　　　　　　　来，不好了！
　　　　　　〔邻居甲、乙、丙、丁及娄阿鼠上。

甲
丙　　　　　什么事，大惊小怪？

秦古心　　　不好了，出了人命了。

丁
乙　　　　　谁家出了人命？

秦古心　　　尤葫芦被人杀了！

众　　　　　就有这事吗？

娄阿鼠　　　我不相信！

秦古心　　　不信大家去看！

众　　　　　进去看看。（众进内见尸体大惊）

　　　　　（唱）　喉断鲜血满胸怀，
　　　　　　　　　面似黄表卧尘埃。
　　　　　　　　　肉斧之上有血迹，
　　　　　　　　　谁持斧头杀害人？

娄阿鼠　　　血淋淋害怕得很呀！

众　　　　　秦老伯，你是怎么知道的？

秦古心　　　昨夜他来寻我，说是在皋桥亲戚家里借来了十五贯
　　　　　　钱，请我相帮，今早一同买猪，清早我来喊他，不料他
　　　　　　已被人杀死。

乙　　　　　那十五贯钱呢？

秦古心　　　（找）不见了。

丙　　　　　他女儿呢？

秦古心　　　也不见了。

众　　　　　好奇怪呀！

　　　　　（唱）　父亲死女儿又不在，
　　　　　　　　　这件事叫人解不开。

丁　　　　　（唱）　定是那十五贯钱惹下祸害，
　　　　　　　　　只落得穷运未退杀身祸又来。

秦古心　　　（唱）　也许是贼强盗来偷钱财，

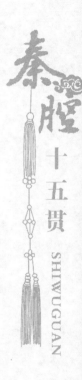

秦腔 十五贯 SHIWUGUAN

		谋财害命把女儿拐带。
乙	（唱）	贼人一定带凶器，
		肉斧杀人费疑猜。
甲	（唱）	苏戍娟为啥逃出去，
		也许是杀父为盗财。
丙	（唱）	苏戍娟怎能为非作歹，
		况她是弱怯怯贤惠女孩。
娄阿鼠	（唱）	常言道女大不中留，
		久留必然惹祸灾。
		苏戍娟恋情也贪困，
		通奸夫杀父为盗财。
秦古心	（唱）	谁见她与谁有甚爱情？
甲	（唱）	谁见她与男子有何往来？
娄阿鼠	（唱）	女大心大孤身难耐，
		私通人自然是暗中往来！
		这斧子定不是外人所带，
		她定是假正经心怀鬼胎。
		凶手必定就是她，
		大众不必加疑猜。

秦古心　是贼也罢，是他女儿也罢，我想也许不会走远，我们分头办事，（对乙、丙）你二人前去报官，（对甲、丁、鼠）咱们一同追赶凶手吧！

乙　丙　好！我去报官。

甲　丁　我们同去追赶凶手！

娄阿鼠　我去！我去！我也去！

〔众下。

第二场 受 嫌

〔野外。大道上,熊友兰背钱赶路上。

熊友兰　走呀!

（唱）　　家贫穷少衣食难养双亲,
　　　　　靠与人当佣工苦度光阴。
　　　　　我主人经商业家财豪富,
　　　　　我与他作雇工受尽苦辛。
　　　　　走遍了苏杭湖广皖赣与浙闽,
　　　　　做遍了绫罗绸缎海味山珍。（下）

〔苏戌娟疲倦地上。

苏戌娟　（唱）　　走得我两腿酸实难行走,
　　　　　急得我口儿干汗水淋淋。
　　　　　怕追赶急忙往前奔,
　　　　　只身孤影少亲人。
　　　　　跑得我四肢无力、头昏眼花。不知此地离皋
　　　　　桥还有多少路程。唉! 我苏戌娟命好苦也!

（唱）　　山树叶乱飘零谁管谁问,
　　　　　眼目前一线路皋桥投亲。
　　　　　见姨母我要把苦处说尽,
　　　　　她必然怜甥女只身孤影。（下）

〔追赶凶手的乡邻过场下。熊友兰背钱上。

熊友兰　（唱）　　做牛做马力用尽,
　　　　　一年到头难养亲。
　　　　　力尽汉干无人问,
　　　　　但不知何日乐天伦。

苏戌娟　（内喊）　前面客官缓行!

熊友兰　啊！原来是一位小娘子喊我。

　　　　（唱）　莫非是她把路来问，

　　　　　　　　她一人为何独出门？

　　　　〔苏戍娟上。

熊友兰　不知大姐喊我为了何事？

苏戍娟　（唱）　我平日居家少出外，

　　　　　　　　迷了路径来问津。

　　　　请问客官，到皋桥去由哪路走？

熊友兰　大姐如此匆忙赶路，为了何事？

苏戍娟　我往皋桥，探望亲戚。

熊友兰　为何没有亲人伴随，只身上路？

苏戍娟　只因……噢！

　　　　（唱）　只因为我家中生活贫困，

　　　　　　　　父母亲忙吃穿难以分身。

　　　　　　　　有要事他叫我独自投奔，

　　　　　　　　望客官指路径我去探亲。

熊友兰　这就是了，大姐要往皋桥，鄙人正当前行，我在前面
　　　　走，你在身后随行便了。

苏戍娟　如此多谢了！

熊友兰
苏戍娟　（同唱）我这里只管前面走，
　　　　　　　　 他那

　　　　　　　　他那里低身后边跟。
　　　　　　　　我这

　　　　　　　　二人默默向前走，

　　　　　　　　同行乃是陌路人。

　　　　　　　　把她的姓名不曾问，

　　　　　　　　路人何必问底根。

邻　甲　（在内喊）前边二人！前边二人不知可是凶手？快
　　　　快追赶！

苏戍娟　（唱）　忽听到后边喊声近，

众　　　（在内喊）前边二人慢走！

熊友兰	（唱） 又只见跑来人一群。

〔众邻上，见娟与一陌生男子同行，惊异的状态。

众	（甲唱） 世上怪事说不尽，
	（丙唱） 知人知面不知心。
	（秦唱） 这女子温雅又安份。
	（鼠唱） 谁料想她果然是勾引奸夫行凶人！

秦古心　大姐娃，你干的好事吆！

苏戍娟　秦老伯，我想念我姨母，前去探望，有什么不好呢？

众　　　你父亲被人杀死了！

苏戍娟　（大惊） 怎么说！我爹爹死了？

〔娟要回家，被众人拦住。

众　　　你要到哪里去？

苏戍娟　回家看看出了什么事？

众　　　你装模作样，谁肯相信！

苏戍娟　我父被人杀死，为什么不让我回去看望呢？

众　　　（唱） 勾结奸夫害父亲，

秦古心　（唱） 你盗去钱财想逃奔。

丙　　　（唱） 如今双双都被捉，

甲　　　（唱） 你要逃走难脱身。

熊友兰　怪不得你这样匆忙，原来你是这样的人，此事与我无
　　　　干，我便走去。（欲行）

众　　　唉，你走不得！

熊友兰　我为何不得走哩？

秦古心　你走了，叫谁替你顶案去？

娄阿鼠　对啊！你走了难道叫我娄阿鼠替你抵罪不成？

熊友兰　这才奇了，这事与我有什么相干哩？

丙　　　不要多说，先看看他的钱是不是十五贯？

〔众去拿兰的钱，兰不肯，与众夺。

熊友兰　这钱是我的，你们为什么要拿呢？

众　　　数数看，数数看。

秦古心　叫我数。一五，一十、十五、啊呀！一贯也不多，半贯

281

也不少,刚刚十五贯,你还想抵赖!

众　　　谋财害命,狗肺狼心!

娄阿鼠　你心太狠,胆大万分,为了拐骗,竟敢杀人!

熊友兰　唉呀,列位啊!

（唱）　熊友兰本是我名讳,

　　　　陶复朱店当伙计。

　　　　十五贯铜钱主人给,

　　　　去到常州做生意。

　　　　刚才路行到此地,

　　　　见这姑娘把路迷。

　　　　要我与她把路引,

　　　　言说皋桥去探亲。

　　　　陌路人不曾知根底,

　　　　你说我杀人盗财为怎的?

苏戌娟　我与这位客官素不相识,不要冤屈好人!

众　　　你们这话是真是假,哪个肯信?

熊友兰　我那主人陶复朱,现在苏州玄妙观前悦来客栈,列位
　　　　不信,请即派人查问便知。

〔众人彼此互视,信疑参半。

甲　　　（唱）　听她倒叫人又疑又信,

乙　　　（唱）　难断定这凶犯是假是真。

秦古心　（唱）　见了官他还要再审再问,

同　　　（唱）　靠咱们老百姓难解难分。

娄阿鼠　人在赃在,尤葫芦不是他杀的,难道还是我杀的
　　　　不成!

〔二差人及邻人乙、丁上。

娄阿鼠　二位大哥,凶手在这里,快带上走吧!

二差役　（锁兰与娟）谁杀人,谁偿命,自引火,自烧身!
　　　　走吧!

众　　　慢来,慢来! 这事还有些疑惑,还是再问问,问清楚
　　　　再走吧!

差　甲　不管是也不是,到衙门自然明白。

差　乙　走,你们也一同去!

众　　　是,是!(众下,鼠独溜)

娄阿鼠　嘿嘿,想不到这两个人倒做了我的替死鬼了。(下)

第三场　被　冤

〔无锡县大堂,差役上吼堂,知县过于执升堂。

过于执　(念)　可恨庶民太凶恶,

　　　　　　　　泼妇刁男讼事多。

　　　　　　　　治国安邦刑为主,

　　　　　　　　威严不立起风波。

　　　　想我过于执自从到任以来,屡逢疑难案件,幸亏我精
　　　　于察言观色,揣摸推测,虽然民性狡猾,一经审问,
　　　　十有八九不出我之所断。上至巡抚,下至黎民,哪个
　　　　不说我过于执英明果断。今有尤葫芦被杀一案,据
　　　　报凶犯已被拿到,人来,带尤葫芦的邻居上堂。

差　　　尤葫芦的邻居上堂!

〔众邻居上。

众　　　(跪)　参见老爷。

过于执　你们都是尤葫芦的邻居吗?

众　　　是的。

过于执　起来回话。

众　　　谢过老爷。

过于执　尤葫芦被害,你们是怎么知道的? 这两名凶手,你们
　　　　是怎样拿到的?

秦古心　回大老爷的话,尤葫芦昨日在皋桥他亲戚家借了十
　　　　五贯铜钱,晚上路过我家,请我今早与他帮忙买猪,
　　　　我怕他酒醉误事,清早起来叫他,不料他已被人杀

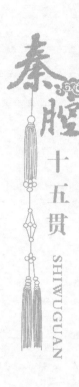

死,她的女儿苏戌娟也不知去向。小人们一面报官,一面赶拿凶手,追到皋桥附近,忽见苏戌娟和一个男人同行,那男子身上带十五贯铜钱……

过于执　熊友兰携带之钱也是十五贯吗?

众　　　就是的。

过于执　他二人又是一路同行的吗?

众　　　是的。

过于执　由此判断,熊友兰与苏戌娟一定是通奸谋杀无疑了。

众　　　这些事小人们不敢胡说。

娄阿鼠　唉呀!老爷英明果断,说是通奸谋杀自然就是通奸谋杀的了。

过于执　噢,是的。(听了娄阿鼠的一段对话,点头得意地)你们下去。(众下)

娄阿鼠　老爷真是英明果断!(跟下)

过于执　来,带苏戌娟上堂!

差　丙　带苏戌娟上堂!

〔差甲、乙拖娟上。

差　甲　十五贯赃物在此。

苏戌娟　参见老爷。

过于执　抬起头来。

苏戌娟　不敢抬头。

过于执　叫你抬起头,只管抬头!(娟抬头)观她艳色如桃李,岂能无人勾引,年正青春,怎肯冷若冰霜,她与奸夫情投意合,自然要生比翼双飞之心,父亲阻拦,因此杀其父而盗其财产,此乃人之常情,这案就是不问,也能明白十之八九了。苏戌娟,你为何私通奸夫,偷盗十五贯钱,又杀父而逃?

苏戌娟　大老爷所问之事,小女子一件也未曾作过。

过于执　嘿嘿,你倒推了个干净,我再问你,你父姓尤,你为何姓苏呢?

苏戌娟　生父早死,我母改嫁,带我来到尤家,乃姓生父姓,故而姓苏。

过于执　这就是了,要问岔岔,就在这里,再问根根,这就是筋筋,你们既然非亲生父女,他见你招蜂引蝶,伤风败俗,自然要来管你,此事你就怀恨在心,起了杀父之意,是也不是?

苏戌娟　小女子并无此事。

过于执　岂有此理,俗话说,捉贼捉赃,捉奸捉双,如今你与奸夫双双被捉,十五贯赃物在此,又有你的邻人为证,这人证物证俱在,难道本县还会冤枉你不成?

苏戌娟　老爷再查再访,小女子实在冤枉呀!

　　（唱）　我爹爹贪财把我卖,
　　　　　我不愿为奴逃出来。
　　　　　皋桥去把姨母拜,
　　　　　请她与我作安排。
　　　　　谁料想中途以上迷方向,
　　　　　巧遇客官把路带。
　　　　　忽然间后面人声呐喊,
　　　　　原是邻里乡当紧追来。
　　　　　他说我私通奸夫把父害,
　　　　　偷盗钱财逃出来。
　　　　　这真是大祸来天外,
　　　　　一祸来了又遭灾,
　　　　　大老爷详情细推解,
　　　　　要查明实情莫疑猜。

过于执　一派胡言,方才鄙人言讲,这十五贯钱乃是你父到亲戚家中借来的,你可与他加上卖你作丫头的罪名,分明是血口喷人!看你年纪轻轻,竟敢如此恶毒,不愧凶手的本色,本县把这无头疑案不知审过多少,何况你这赃物俱全、证据确凿的杀人案件。不管你如何诡辩,还能瞒过我老爷不成?

苏戌娟　不睁眼的天哪!

过于执　你还哭天哩,嘿,杀父盗财,还敢抵赖,不受刑法,不知厉害,还不快招!

苏戌娟　无有此事,该招什么?

过于执　来呀!把她扯下去,绑起来!

〔二差扯娟下,击鼓三声复上。

差　甲　这女子受刑不过愿招。

过于执　叫她画供。

差　甲　画供。

〔娟双手被枷,疼痛难忍,不能画押,差甲强拉其手按手印。

过于执　将她钉枷收监,带下去!

〔差甲、乙带娟下,复上。

带奸夫上堂!

〔差甲、乙扯熊友兰上。

熊友兰　(唱)　指鹿为马真冤枉,

平地起了祸一桩。

但愿老爷明真相,

以理公断放我回乡。

过于执　熊友兰,你与苏戌娟私通,偷了十五贯铜钱,杀死尤葫芦,还不快招供吗?

熊友兰　老爷容禀了!

(唱)　我奉命常州把货买。

携钱钞打从苏州来。

那女子迷途把路问,

素昧生平难同偕。

我在前面把路带,

她在后面边跟影来。

并无有什么情和爱,

十五贯货款有由来。

我不敢为非去作歹,

望老爷详查免祸灾。

过于执　（唱）　人证物证面前摆，

　　　　　　　　你强词夺理大不该。

不论你伶牙利齿,强词夺理,可是谁肯信你? 你说你从苏州来,往常州去,为何不迟不早,恰恰就与苏戍娟相遇? 你又说与她素昧平生,为何她不与别人同行,偏偏要与你同行? 你还说十五贯本是货款,为何与尤葫芦失去的钱数分文不差? 苏戍娟已经招了口供,你还不快快招来,免得受刑。

熊友兰　无有此事,实难招认。

过于执　来呀! 扯下去重责四十。

　　　〔差扯兰下,内打喊板复上。

过于执　有招无招?

熊友兰　打死小人,也是无招。

过于执　小刑可耐,大刑难挨,若不招供,夹棍等待!

熊友兰　好不冤煞人了!

过于执　来呀! 大刑待候!

差　　　是!（准备动刑）

熊友兰　（唱）　我清白无辜受灾害,

　　　　　　　　从天外飞来这祸灾。

　　　　　　　　负屈含冤深似海,

　　　　　　　　大动五刑我实难挨。

　　　我愿招!

差　　　他愿招。

过于执　命他画供。

差　　　画供!

　　　〔兰气愤地夺过笔来,画了供扔笔在地。

过于执　来! 把他钉枷收监! 带下去!

　　　〔兰呼冤枉,被差押下。

过于执　哈哈哈……

　　　正是:做官若无听音才,

　　　　　　不知冤枉多少人。

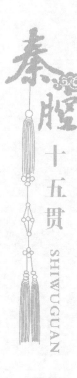

秦腔
十五贯
SHIWUGUAN

第四场　监　斩

〔苏州监狱。二刽子手甲、乙上。

甲　　收拿鬼头刀，

乙　　专斩犯法人。

　　　　（来至监门）开门来！开门来！

〔禁子跑出开门。

禁　子　原来是二位大哥，有什么事？

甲　　都爷要本府况太爷连夜处决常州府无锡县原解囚犯
　　　　二人，我二人奉命来提熊友兰绑赴法场行刑。

禁　子　二位请稍等。（同下）熊友兰走动些！

〔熊友兰上。

熊友兰　（唱）　熊友兰遭奇冤悲愤伤痛，

　　　　　　　　　我的天……老天爷……

　　　　　　　　　恨狗官无天理乱定罪名。

　　　　　　　　　在监中自徘徊踌躇不定，

　　　　　　　　　禁公哥你唤我所为何情？

禁　子　熊友兰，恭喜你了。

熊友兰　（大惊）莫非……莫非……

禁　子　人活百岁，难免一死，你也不要难过了。

熊友兰　我今日死，自难宽免，只恨含冤未申！

禁　子　事到如此，无锡县的原审，常州府的复审，都爷的朝
　　　　审都过去了，三审定案，木已成舟，你就是真有冤枉，
　　　　也是难以挽回的了。

熊友兰　（唱）　但愿他公堂上高悬明镜，

　　　　　　　　　况老爷查冤情起死回生。

禁　子　他是奉命监斩，无权审问，就是知道你冤枉也是无能

为力。（刽子手内喊：快走）

禁　子　走吧！别再哭了！

〔苏州府大堂，小军、门子、况钟先后上。

况　钟　执法如山，法威并行，体念民苦，查看民情。想我况
　　　　钟，自任苏州知府以来，且喜五谷丰登，百姓安乐，今
　　　　奉上峰之命，要本府连夜监斩囚犯二名，已命刽子手
　　　　提取，还未来到。

〔四刽子手扯兰、娟上。

刽子手　走！犯人进跪了。

熊友兰　冤枉！

苏戍娟　老爷救命啊！

况　钟　哙！劫财害命，通奸私奔，杀人者偿命，还有何说？

熊友兰
苏戍娟　小人不敢杀人！

况　钟　胡道！

（唱）　尔要知国法保人命，
　　　　容你杀人来行凶。
　　　　通奸劫财无人性，
　　　　临危只落受极刑。

　　　　这才是贪色刀下死，劫财丧残生，打开刑具！

众　　　啊！（将兰、娟五花大绑）

况　钟　（唱）　对恶人理应当从法严惩，
　　　　　　　若姑息这事非怎明冤情。

众　　　绑完！

熊友兰
苏戍娟　爷爷……

熊友兰　小民冤比山高！

苏戍娟　小女子冤比海深！（二人俱大声哭冤）

况　钟　多讲！

众　　　多讲！

况　钟　你冤枉怎能有人证物证？你冤枉怎能有条条罪情？
　　　　刽子手！

秦腔
十五贯
SHIWUGUAN

众	有！
况　钟	（将刀掷出）将他们两个斩首回令！
	〔剑子手将斩旗呈上，况提笔欲画。
熊友兰	人人都说爷爷爱民如子，包公在世，难道你也不分皂白，看着叫小人含冤而死吗？
苏戌娟	爷爷要是屈斩良民，还算得什么清官，还算得什么爱民！
况　钟	怎见得罪证不实？
熊友兰	（唱）　她无锡我淮安人居两地，
	我本是陶复朱店家伙计。
	常州府去办货中途相遇，
	硬说我有奸情太得离奇。
苏戌娟	（唱）　只因我赶皋桥路途失迷，
	请客官指引路去投亲威。
	若说是我与他有何情意，
	死在了九泉下也要呼屈。
熊友兰	（唱）　十五贯本是我办货钞币，
	凭何证说我是偷盗来的？
苏戌娟	（唱）　无锡县他不曾查问仔细，
	那口供具都是大刑威逼。
熊友兰	（唱）　大老爷人称你包公在世，
苏戌娟	（唱）　大老爷人称你爱民如玉。
熊友兰	（唱）　你不能见屈情置之不理。
苏戌娟	（唱）　置之不理，
熊友兰	（唱）　你不能让良民死得冤屈。
苏戌娟	（唱）　死得冤屈。
熊友兰	（唱）　大老爷查明了真情来历，
苏戌娟	（唱）　你就知我二人死得冤屈。
况　钟	你主人陶复朱现在何处？
熊友兰	我动身时他住在本城玄妙观前悦来客栈，等我办货回来同往福建省。

况　钟　（思虑）来！速到玄妙观前悦来客栈查问看有此事否。

（门子持火签下。况拿此案卷仔细研究分析）

（唱）　听他们大呼冤怀疑不定，

　　　　男淮安女无锡怎结私情？

　　　　苏戌娟去皋桥去把亲省，

　　　　熊友兰去常州同路同行。

　　　　说他们是通奸无有凭证，

　　　　这命案来龙去脉尚不清。

　　　　熊友兰十五贯货款料定，

　　　　为什么皂白不清判死刑？

〔门子上。

门　子　回秉老爷，小的前去查询，确有此事，如今陶复朱已经福建经商去了，据客栈主人说，这熊友兰确是陶复朱的伙计，陶复朱的确付于他十五贯钱，前往常州办货。这是悦来客栈的循环簿。老爷请看。

况　钟　（看簿）陶复朱，熊友兰……熊友兰，你是几时来到苏州的？

熊友兰　四月初八。

况　钟　几时动身赴常州的？

熊友兰　四月十五。

况　钟　（背躬）如此看来，这熊友兰是冤枉的了。

苏戌娟　爷爷，既然查出这位客官的根底，敢请老爷费心与他昭雪了吧！

况　钟　苏戌娟，你与熊友兰是否通奸谋杀，自可再行追查，只是你父被杀，你为什么偏偏出走哩？

苏戌娟　爷爷，那晚继父回来，带来十五贯铜钱，他说是把我卖了陪嫁的丫头得来的身价，只因我不愿为人作奴作婢，所以深夜私逃皋桥投亲。若说是我偷了钱财杀了继父，又有什么真凭实据呢？

况　钟　（背躬）是呀！若说她不曾杀人，就要捉到真正的凶手。若说她的确杀人,也要找到真凭实据。怎能捕风捉影,轻率地判处死刑哩! 斩不得! 斩不得!(忽想起自己的地位和任务)唉!

（唱）　我监斩决囚奉严令,

　　　　想翻此案恐难成。

　　　　都文下犯人把罪定,

　　　　我私自怎敢违令行。

（提起朱笔犹豫再三）

啊! 不可!

（唱）　这支笔一点千斤重,

　　　　一落下二命即丧生。

　　　　关天关地是人命,

　　　　错杀人怎算为官清。

也罢! 刽子手!(刽子手应)将这两名囚犯,与我带至耳房,照令行事。

刽子手　唉呀! 太爷,奉旨处决,停留不得!

况　钟　不必多言! 本府自有道理!

〔打二更四点。

刽子手　回禀老爷,五更决囚,迟延不得,倘误时刻,小人担当不起!

况　钟　（唱）　五更决囚奉令行,

　　　　　　　现在樵楼近三更。

　　　　　　　翻此案一时恐难成,

　　　　　　　倒叫我无计心不宁。(思索)

　　　　　　　今日为民要请命,

　　　　　　　敢作敢为敢应承。

　　　　　　　啊! 既然知是冤理,应当为民请命,何必犹豫。(向刽子手)

　　　　　　　将囚犯带下去!

（刽子手无可奈何地将兰、娟拉下）

况　钟　来! 取我素服印信,张起灯笼随我辕门面见都堂!

第五场　见　都

〔辕门外，门子挑灯笼与况钟上。

门　　　来在辕门外！

况　钟　你就在此等候！

门　　　是！

况　钟　辕门上哪位在？

巡　　　什么人？

况　钟　本府在此。

巡　　　原来是况太爷！今晚监斩囚犯辛苦了？

况　钟　本府正为此事，特来面见都爷，烦劳通报。

巡　　　大人安息多时，不便通报，大爷请回，明日堂上相
　　　　见吧！

况　钟　我有重要公事，延误不得。

巡　　　回太爷话，小人前程要紧，不敢通报。

况　钟　倘若误了大事，你可担当得起？

巡　　　这……太爷与别的不同，待小人通禀就是。（下）

况　钟　此人胆小如鼠，却也可笑。

　　　　〔内边只喊"唔……"，巡又上。

巡　　　回禀老爷，小官进去通报，大人十分恼怒，我说了太
　　　　爷，才得免责，又传出话来，叫太爷请回，明日早堂
　　　　相见！

况　钟　这是人的生死关头，说什么明日早堂相见，再烦
　　　　通禀。

巡　　　小人我的性命要紧。

况　钟　相烦再禀一声。

巡　　　小人再不敢传禀了，太爷请回吧。（急下）

况　钟　唉呀！想我况钟自任苏州以来，黎明个个呼我爱民如玉，包公在世，今晚前来为受屈的百姓请命，眼看两条人命就要项吃钢刀，谁料都爷不肯相见。只说这却怎处……待我击动堂鼓。（击鼓介）

中　军　（呐喊）来呀！（众应）都爷有令，问是何处刁民，乱击堂鼓，若有状子，先打四十，等候传问。若无状子，加倍重打，赶出辕门！（众应）（中军上，故意问）

中　军　何人击鼓？

况　钟　是本府。

中　军　原来是况太爷。

况　钟　本府无有状子，如何是好？

中　军　太爷说哪里的话来，待小人去禀明老爷。（下）

况　钟　狐假虎威，可恶至极！

内　白　有请况太爷客厅相见。

〔况下。

〔周忱客厅，中军引况钟上。

中　军　请稍等！

〔况坐，等久，不见周忱出。

〔帷内：下面听着，都爷令棋牌客厅待候。众在内应。况以为周即将出，入位等候，很一会仍无动静。稍停，中军过场入内仍不见周出，樵楼三更三点，况焦急异常。

况　钟　（唱）　我为犯人把冤辩，
　　　　　　　　时光有限坐不安。
　　　　　　　　他怎知民间冤枉苦，
　　　　　　　　夜晚稳睡如泰山。
　　　　　　　　我心急偏遇上司慢，
　　　　　　　　更鼓敲得我心更烦。
　　　　　　　　贵人的侯门深似海，
　　　　　　　　见他还比登天难。

〔四棋牌上，中军上，又很久，二家丁引周忱上，况打躬,周面带不悦而坐。

况　钟　参见老大人。

周　忱　请坐。

况　钟　谢坐。

周　忱　奉旨决囚已经借重贵府,理应法场监斩,深夜击鼓,却是为何?

况　钟　只因两个罪犯,罪证不实,深夜禀见,欲求老大人准暂缓行刑,查明真假。

周　忱　怎见得罪证不实?

况　钟　苏成娟虽与熊友兰同路行走,熊友兰所带之钱虽与尤葫芦之钱数目相同,但经卑职查问,其中疑点甚多,不可以此即草率判定二人通奸谋杀,唉!老大人呀!

（唱）　他二人因同路怎能定罪,
　　　　熊友兰十五贯又有来历。
　　　　况且他平日里人居两地,
　　　　望大人把此事仔细查追。

周　忱　此案三审六问不知经过多少问官,铁案已定,贵府不必再问。

况　钟　老大人呀!

（唱）　无凭证把他们判成死罪,
　　　　害良民化冤鬼能不呼屈?

周　忱　无锡县常州府都是朝廷命官,国家良臣,见闻多广,阅历深,审理此案,决不会有什么差错的,况且本院朝审已过,若有冤早已昭雪,贵府不必多事了!

况　钟　老大人既经朝审,可知熊友兰是陶复朱的伙计吗?十五贯的实来历可曾查明?熊友兰家住淮安,苏成娟家住常州,不知他们怎么相识,二人私通又有何人为证?据卑职派人前往玄妙观前悦来客栈……

周　忱　噢!本院巡抚江南所辖州县正务,国家大事尚且无暇——料理,这小小案件,难道还要本院亲自审问不

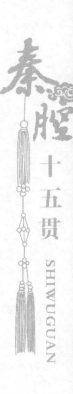

成！本院审理此案有常州案卷可查，岂是扑风捉影！

况　钟　人命关天，非同儿戏，依卑职看来，此案须慎重处理，证务要真证，凭必须实凭，不可空论颠倒黑白。

周　忱　这是况知府，本院有一事不明，请贵府指教。

况　钟　不知大人有何事要问？

周　忱　我问监斩官职责如何？

况　钟　验明正身，准时斩首回报。

周　忱　不在其位哩？

况　钟　不谋其政。

周　忱　本院既委贵府监斩，就该谨守职责，为何擅离职守，越俎代疱？

况　钟　老大人，那律典上载着一疑，凡是死囚监刑呼冤者，再协问。下有陈奏，如今只求大人做主，挨过数日，那被冤者就得生。

周　忱　如今都文已下，本院我实在不敢违犯做主。

　　　（唱）　本院决囚有职责，

　　　　　　　岂能放胆胡乱为？

　　　　　　　王法如山谁抗拒，

　　　　　　　就是节外要生枝。

况　钟　想我们为官之人，上保国家，下安良民，这样草菅人命，卑职实难从命。

〔谯楼鼓打四更。

周　忱　你听谯楼，更鼓紧催，还望贵府速回，倘若有误时刻，你我都有不便。

况　钟　老大人差矣！

周　忱　唔！

况　钟　大人，岂不知民为贵，不可轻视，若是百姓含冤，为官者能不心愧，为民请命，即使丢官也不改悔！

周　忱　事关重大，本院难以做主，贵府不必多言。

况　钟　此事大人若是不敢承担，不妨推在卑职一人身上，卑职情愿一人承担。卑职蒙圣上亲赐玺印，当为者也可斟酌而为,即有不法,卑职尚可拿问,既然百姓有冤,怎能不理?

周 忱　嘿嘿……

况 钟　卑职今晚劳请大人,高抬贵手,恩意无穷。

周 忱　你既可便宜行事,又何必再向本院多事了!

　　　　(唱)　你既然奉玺便宜行事,
　　　　　　　　又何必屈大驾来把情乞。
　　　　　　　　本院我生来谨慎行事,
　　　　　　　　从来是不违背部令成规。

况 钟　老大人息怒,卑职为民请命而来。

周 忱　决难从命!

况 钟　老大人既然执意不允,卑职也不敢勉强,也罢! 我将这颗玺印寄押这里,请老大人宽限数月,待卑职亲自去到无锡常州查明此案回报,务乞允准。

周 忱　(冷笑)好一个怜民的知府,却也难得,这印还请收回,本院准你前去就是。

况 钟　多谢老爷,还要请求令箭一支。

周 忱　要令箭何用?

况 钟　常州无锡非卑职所管,有了老大人的令箭可方便行事。

周 忱　中军取令箭过来。

　　　　〔中军取箭给况钟。

况 钟　多谢老大人。(欲下)

周 忱　贵府此去查案,只限半月为限。

　　　　(况点头称是)

　　　　倘半月之内不能查个水落石出,本院当要奏明圣上,哼哼……题参不贷!

　　　　(唱)　贵府此番去查案,
　　　　　　　　限期半月及时还。
　　　　　　　　倘若过期难定案,
　　　　　　　　奏明圣上不容宽!

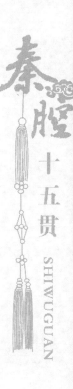

第六场　疑　鼠

差　　（念）为人且没当地方，

　　　　　　日日夜夜奔波忙。

　　　　　　若是出了人命案，

　　　　　　里里外外跑断肠。

　　　　有请众位街坊。

众　　差大叔,何事呼喊?

差　　只因尤葫芦一案,苏州府况老爷前来查勘,即刻就
　　　到,特叫你们等候问话。

甲　　他是苏州府的老爷,怎么管我们常州的案件哩?

差　　况老爷是请了都爷的令箭前来讯查的。

甲　　真凶实犯都已拿到,怎么还要讯查呢?

众　　是的嘛!

差　　况太爷是个清官,他说这事冤枉了好人,你们随我
　　　去吧!

〔众同下,只留娄阿鼠一人在场。

娄阿鼠　呜呀!我以为苏戌娟、熊友兰已作刀下冤鬼,怎么事
　　　到如今况钟又来讯查此案?莫非我娄阿鼠的案情发
　　　了吗?噫!不会的,不会的。我干这件事一无人看
　　　见,二无人知道,既无人证又无赃证,怕他什么呢!
　　　我还是混在人群中假装好人,以便看风转舵,见机行
　　　事。唔呀!使不得,使不得,那况钟是有名的包公在
　　　世,足智多谋,厉害无比。若是我露了马脚,被他们
　　　识破,到那时想逃也来不及了。俗语说三十六计走
　　　为上策,待我到乡下躲个十天半月,风平浪静之后,
　　　再好不过,说走便走,我便去了。(下)

〔皂录甲、乙,门子及过于执、况钟先后上。

况　钟　为民不怕跋涉苦,

过于执　官场最怕迂阔人。

差　　　地方迎接二位大人。

况　钟　起来,尤葫芦的家在哪里?

差　　　就在前面。

况　钟　带路去看。

差　　　是!（众行至尤葫芦的门前）这就是尤葫芦的房舍。

况　钟　把门打开。

差　　　是! 开封条。（揭封条,打开门）

况　钟　（向过）请进。

过于执　大人请进。

况　钟　同进!（进门）

过于执　请大人查看。

况　钟　一同查望。地方。

差　　　　有。

况　钟　尤葫芦是死在哪里的?

差　　　（指地上）死在这里的。

况　钟　几时验尸埋葬的?

差　　　死后第三天。

况　钟　凶器呢?

差　　　已被差役带去存案了。

况　钟　（问过）贵府可曾当时亲自查看?

过于执　真凶实犯俱已拿住,何必多此一举。

〔况仔细看大门肉案、墙壁、床铺等,又仔细看地上的
血迹,一面看一面研究。

过于执　（有些讽刺味道,装腔作势地）啊,这是血迹。

况　钟　是血迹。

过于执　只怕是被害者的血迹?

况　钟　自然不会是凶手的血迹。

过于执　血迹与凶手密切相关,倒要仔细查看。

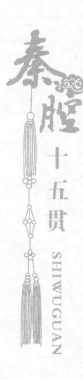

况　钟	自然要仔细查看！
过于执	哎呀！这血迹看来看去也看不出凶手是哪一个。
况　钟	依贵县之见呢？
过于执	依卑职之见吗？（笑）
况　钟	是哪一个呢？
过于执	（笑）不过况大人说他们是冤枉的！
况　钟	（问差）苏戍娟住在哪里？
差	就这这里面。
况　钟	平日为人如何？
差	为人端庄稳重。
过于执	未嫁之人，与人私通自然假装稳重，掩人耳目。
况　钟	事不尽然。（入房内查）
过于执	（在外讽刺地笑）

　　　　（唱）　有人证有物证偏要查访，
　　　　　　　　情有真罪有当硬说冤枉。
　　　　　　　　作知府无常识荒唐万状，
　　　　　　　　可笑他把凶手认成善良。

〔况上。

过于执	大人是否发现什么可疑之处？
况　钟	贵县你哩？
过于执	（故意地）啊！处处都有可疑啊！
况　钟	哪里可疑？因何可疑？
过于执	若无可疑之处，况大人何必前来查勘哩？
况　钟	如此说来，是我多管闲事了？
过于执	哪里话来，况大人乃是为民请命么！
况　钟	贵县你哩？
过于执	卑职才疏学浅，审理此案，虽然凭赃凭证，据理而断， 既是老大人说差错，想必另有高见哪。

　　　　（唱）　老大人才高阅历广，
　　　　　　　　亲查勘定能知端详。

况　钟	只怕空来一趟，徒劳往返。

过于执　况大人胸有成竹,怎么徒劳往返!（笑)请再细查。

况　钟　好,我们同查,噫! 这地上有一枚铜钱。（拾起来看)

皂　乙　这里也有一枚铜钱。（交况)

过于执　这,一两枚铜钱难道也与此案有什么关系不成?

况　钟　（未回答)再寻。

皂　甲　噫! 太爷,床后面还有铜钱半贯之多。

况　钟　（急去看,后思索)这半贯多钱好不奇怪。

过于执　大人,尤葫芦卖肉为业,误将铜钱抛落地下,也是有的,不足为奇。

况　钟　传他们的邻居上来!

皂　乙　众位都来!

过于执　（自白)众位邻居都是此案的证人,对本县审理此案,人人心悦诚服,问也如此,不问也如此,

〔众邻居上。

众　　参见老爷。

况　钟　起来回话,尤葫芦他平日家境如何?

秦古心　尤葫芦停业多日,借当过活。

众　　家无隔宿之粮。

况　钟　（唱二六)

尤葫芦他无有隔宿之粮,

哪有这许多钱抛在地上。

过于执　尤葫芦酒醉糊涂,定是停业之前遗忘在那里。

况　钟　（唱)　三五枚零碎钱或可言讲,

家贫穷半贯钱决难遗忘。

〔众邻居看钱互相议论。

过于执　依大人之见,这半贯钱又是从何而来呢?

秦古心　依小人看来这半贯钱也许是十五贯钱里面的。

邻　居　怎么会掉下半贯哩?

邻　乙　也许是凶手杀人之后,手忙脚乱,把钱散乱在地下了。

邻　甲	可是凶手身上带的十五贯钱并没有分文短少啊?
邻　丙 邻　丁	也许那捉到的凶手不是真凶手。
秦古心	那熊友兰只怕是……
过于执	那熊友兰只怕是不知道床后有钱,若是知道了也就顺手带去了。
况　钟	(对皂甲)将钱拾起来存案。
宅　甲	是!(拾钱后发现一小木盒)太爷!小人又拾一个小木盒。
况　钟	拿来,(看内边)原来里面放着一对骰子……份量为何这样重呢?
宅　甲	也许是灌铅的。
况　钟	啊!好像是灌铅的。
	〔众邻居议论。
过于执	我县民风刁落,赌风极盛,这骰子吗家藏户有,不足为奇。
况　钟	贵县呀! (唱)　这骰子内灌铅骗人勾当, 　　　　这赌棍久哄人不是寻常。
过于执	尤葫芦既喜吃酒,定爱赌博,这骰子一定是他自己的赌具。
况　钟	众位邻居,尤葫芦可爱赌钱吗?
众	他经常吃酒,从不赌钱。
过于执	或是他的朋友遗在这里的。
况　钟	他可有好赌的朋友常来往?
众	他的亲友我们都认识,没有一个好赌钱的。
况　钟	众位暂且退下。(众下,问甲)这几位邻居之中可有好赌之人吗?
过于执	那自然是有的。
差	这几位邻居没有一个好赌的人。
况　钟	除过这几个人之外哩?

过于执	他已说过,无有好赌之人。
差	噢! 有是有一个。
况　钟	叫什么名字?
差	叫娄阿鼠。
况　钟	他与尤葫芦可常来往?
过于执	自然往来,若不往来,怎把骰子掉在这里。
差	只因他时常赊欠尤葫芦的猪肉,不给铜钱也是有的。
过于执	大人呀!
	（唱）　这赌具一定是骗人勾当,
	要深究我恐怕徒费心肠。
况　钟	贵县若有要事,无心查勘,就先回衙。

第七场　防　鼠

〔惠山脚下,东岳庙附近,门子改扮货郎模样与秦古心上。

秦古心	经我东打听西打听,打听了十多天,直到如今才打听到娄阿鼠就住那间茅屋里面。（指于门子看）
门　子	老伯,那娄阿鼠是什么模样?（不回答注视各方）
秦古心	前面那人好像就是娄阿鼠,（再看）是的,就是他,不要被他看见,待我躲在一旁。

〔娄阿鼠与门子相见,门子击货郎鼓,阿鼠惊下,门子随下。

〔鼠在内一面问一面上。

娄阿鼠	是谁呀? ……那是……咳,为人不做亏心事,半夜打门心不惊。自从那个短命的况钟来到无锡,害得我心惊肉跳,坐卧不安,十多天来躲在乡下实在烦闷,前面东岳庙的老道与我相识,他时常到城里去,购买香蜡,不免前去打听城里的风声如何? 再顺便抽个

签,问问吉凶祸福。

(一面走一面唱干板)

乡下躲藏,

烦闷难当,

况钟入相,

我去击将。(下)

〔秦古心与门子重上。

秦古心 就是他!我先回去了。(下)

门　子 辛苦你了。(看见娄阿鼠走向庙内)我家太爷,当日乔装改扮,东查西访,正因期限将满,心中焦急,如今有了娄阿鼠的下落,他定然欢喜。

〔皂甲改装上。

皂　甲 (问门子)事情怎么样了?

门　子 娄阿鼠现在东岳庙内,你快去禀报太爷。

皂　甲 待我进庙去把他拿出。

门　子 太爷吩咐,虽然娄阿鼠嫌疑重大,尚难断定就是凶手,不可鲁莽从事。我在这里守望,你到船上快禀老爷,再作道理。(皂甲下)

〔东岳庙大殿门,娄阿鼠自内出。

娄阿鼠 老道进城买香蜡还不见回来,待我求上一根签,等他一等。唔呀!东岳庙大帝呀!若是无事赏一根上上签。(求签)

〔况钟扮一个算卦人上。

况　钟 哦!老兄!

娄阿鼠 吓了我一跳,什么事?

况　钟 你是要算卦吗?

娄阿鼠 我在这里求签,算卦吗?不要!不要!

况　钟 求签不如算卦好。

娄阿鼠 咋的话来?你说求签不如算卦好?

况　钟 是的,求签不如算卦好,若是心中有什么疑难事或问流年吉凶祸福,只要算卦便能知道清清楚楚、明明白

白,若是想逢凶化吉避难呈祥,找人能成,谋事能成,
赌钱能赢。(放签筒)

娄阿鼠　请教这是什么卦?

况　钟　待我查来。

（念）　观相测字是内行,
　　　　准其灵验遍四方。

娄阿鼠　测字就是测字,怎么又叫观相?

况　钟　老兄,老兄你若有什么事,只要随手写个字来便可判
　　　　断究竟。

娄阿鼠　测字不成! 测字不成!

况　钟　怎么说测字不成哩?

娄阿鼠　连一个字都不认识,一字不会写,所以测字不成。

况　钟　不会写了,你顺口说一个字也可。

娄阿鼠　随口说一个字也行?

况　钟　是啊!

娄阿鼠　先生,小弟贱名娄阿鼠,这个鼠字你可猜得出?

况　钟　什么鼠字?

娄阿鼠　老鼠的鼠字。

况　钟　测得出! 测得出!

娄阿鼠　待我拿一个凳子,你坐下。

况　钟　（唱）　借测字慢慢探真相,
　　　　　　　　但愿今朝是短长。

娄阿鼠　先生稍坐。

况　钟　你测这字是问什么事哩?

娄阿鼠　（左右回顾,小声）官司。

况　钟　噢! 官司! (鼠愣,掩况口,暗示不要大声,况做测字
　　　　状)鼠字乃十四画数目成双乃属阳,鼠又属阳,仍幽
　　　　晦之象,若算官司,急切不能明白。

娄阿鼠　明白是不曾明白,不知日后会有什么是非连累否?

况　钟　请问这字是与你自己测的吗? 还是代别人测的哩?

娄阿鼠　啊! 啊! 啊! 代别人测的,代测,代测!

况　钟	依字上来看,恐怕不是代测的吧!(鼠闻言吃惊,况故作吃惊状)噢,还是为祸之首哩!
娄阿鼠	什么,咬人之狗?
况　钟	不是咬人之狗,是罪魁祸首!(鼠又大惊)鼠乃十二相之首,岂不是个造祸之端吗?依字理来解一定是偷了人家的东西,造成这件事的来历,老兄,是也不是?
娄阿鼠	先生,你在江湖上跑跑,我在赌场混混,都是自家人,这一套江湖言子可与我用不上,江湖言子不要用,江湖话不要说,人家偷东西不偷东西你怎么测得出呢?
况　钟	这鼠善于偷盗,所以才有这样的断法,还有一说,那个人家姓尤?(鼠惊跌在地)哎呀,请当心!
娄阿鼠	唉!叫你不要用江湖话,你的江湖话又来了,我就不相信你把别人的姓都猜出。
况　钟	还有个道理在内。
娄阿鼠	什么道理?
况　钟	那老鼠不是最喜欢偷油吗?
娄阿鼠	对,有道理,(作偷油状)老鼠偷油,偷油老鼠,先生不管他油也罢、盐也罢,你看这向后可有什么口舌是非吗?连累得着吗?
况　钟	怎么连累不着,目下就要败露了。
娄阿鼠	怎么话哩?
况　钟	哼!你问鼠字,目前正交子月,乃当今之时只怕这官司就要明白了。
娄阿鼠	明白,唔呀,明白是不得明白的呀。(惊慌失措状)
况　钟	老兄,你要对我实讲,你究竟是与自己测还是代别人测的,你要说清楚我才能断得明……
娄阿鼠	先生,你等一等,(走到一旁,思考,回望)他那里呀,我这里……先生……我是代人……
况　钟	咳!老兄,四海之内皆朋友也,你有什么为难之事,说出来我或许可以与你分忧。

娄阿鼠　不瞒你说，我是与自己测哩！

况　钟　啊！你是自测？

娄阿鼠　(止住先生，暗示他不要高声)先生，你看这官司可能躲得过吗？

况　钟　啊！你若是自测，本身就不落空了。

娄阿鼠　怎么说哩？

况　钟　穴字头加以鼠字，岂不窜(竄)字吗？

娄阿鼠　什么？

况　钟　逃窜的窜字。

娄阿鼠　先生可能窜得出去吗？

况　钟　要窜，一定能窜出去，只是老鼠多疑，若是东猜西想，疑神疑鬼，只怕弄得上下无路，进退两难，到那时就窜不出去了。

娄阿鼠　先生你的卦真是灵验，我一向喜欢疑神疑鬼的，要以先生的神断，你看我几时动身最好？

况　钟　若是走，今日动身，到了明日就走不了啦！

娄阿鼠　为什么走不了哩？

况　钟　鼠字头是个归字，原是一日意，若到明日，就算两日，就走不了啦。

娄阿鼠　唔呀！现在天色已晚，可我怎样走哩？

况　钟　唉！鼠乃昼住、夜行之物，连夜逃去，那是最妙的啦。

娄阿鼠　先生费心，看往哪方走，才得平安无事。

况　钟　待我算算看，鼠属巽属东，东南方去最好。

娄阿鼠　东南方，请先生再费心看看，走水路太平吗？还是陆路无事？

况　钟　待我再算算，鼠属子、子属水，水路去最好！

娄阿鼠　东南方，水路去，无锡、望亭、关上、苏州……(吃惊)

况　钟　嘉兴、杭州，杭州是个好地方。

娄阿鼠　要是有只便船，往东南去我扑通一跳，他立即就开，那有多好。

况　钟　我老汉有只便船，正好今晚就开往杭州一带，为赶新

年的生意，只是……

娄阿鼠　求先生个方便，带我同去，我一定多付船资。

况　钟　老兄说哪里话来，钱财是粪土，仁义值千斤，只是船
行太慢，想若不嫌弃，与我同舟就是，还说什么船资。

娄阿鼠　先生，你不是个测字的？

况　钟　怎么说我不是测字的？

娄阿鼠　你正是我娄阿鼠的救命的活菩萨，我把这命就交给
你了。

况　钟　你放心，就是保你一路平安。

娄阿鼠　唉呀，好哇！

（唱）　我好比鱼儿漏了网，
急忙脱身入海洋。

况　钟　（唱）　但愿你逢凶化吉祥，
从今后稳步上康庄。

娄阿鼠　（唱）　我这里高飞要远扬，
谢过先生好心肠。
先生，你们的船在哪里呢？

况　钟　（拉鼠出门）就在前面河下。

娄阿鼠　我就住在河对面那间茅屋里边，这是算卦的钱，这是
坐船的钱，请你收下。叫我去拿些衣服银钱即刻
就来。

况　钟　这就太爱钱了，你还是快去快来，我在船上等你。（鼠
下）
〔皂甲与门子上。

况　钟　快快跟上前去，莫叫走脱。（皂甲下）（况向门子）你
快回到城中去，带领差役，邀来众邻人速到娄阿鼠家
中搜查，若有可疑物件，连夜带回苏州不得有误。
（门子下，况也下）

第八场 审 鼠

〔苏州府大堂外,门子上。

门　子　（念）　顺风归来早,

　　　　　　　　奉命去搜查。

　　　　　　　　得到真赃证,

　　　　　　　　后堂把令交。

　　　　昨日前往娄阿鼠家中搜查,在他床下,查出地窖一
　　　　个,内有各种开锁的钥匙,各种骗人的赌具,内中还
　　　　有钱袋一个,据秦古心言说,这钱口袋是尤葫芦之
　　　　物,娄阿鼠家中既藏有尤葫芦的钱袋,凶手不是他是
　　　　谁。只怕娄阿鼠狡赖,秦古心自愿前来作证。（对内
　　　　喊）秦老伯快走!

〔秦古心上。

门　子　秦老伯,你随我到前边耳房等候,我到后堂去汇报
　　　　太爷!

秦古心　是!（二人同下）

〔苏州大堂内敲梆,皂甲上。

皂　甲　唉,伙计,发三梆了,大门上调言卷,二门上解犯人,
　　　　太爷即刻就要坐堂了,快点伺侯。（下）

〔皂引况钟上。

况　钟　（唱）　东西寻来南北找,

　　　　　　　　幸喜把真凶拿到了。

　　　　　　　　水落石出见分晓,

　　　　　　　　虽辛苦救出命两条。

　　　　升堂!

众　　　威!

况　钟	带苏戌娟上堂。
众	（应）带苏戌娟上堂。
	〔皂带苏戌娟上。
况　钟	苏戌娟,你可认得这个钱袋吗?
苏戌娟	这钱袋是我爹爹的,怎么到得这里?
况　钟	你说是你爹爹的,可有什么凭证、记号?
苏戌娟	爹爹前日把钱袋烧了一个窟窿,是我用线缝补的,并还绣成花朵模样,太爷请看。
况　钟	暂且下去!
苏戌娟	是!（下）
皂	启禀老爷,都爷派人前来要面见太爷。
况　钟	请他进来。
皂	是!（下）
	〔中军上。
中　军	太爷在上,小官拜见。
况　钟	你今前来有何贵干?
中　军	太爷前往无锡查勘案情,都爷言明半月期限,今日已经期满,未见汇报不知何故?
况　钟	半月虽满,并未逾期,稍停片刻,即当汇报。
中　军	都爷已调原问官,无锡县知县过于执前去问话,据报太爷查勘之时捕风捉影,诡言相辩,捏造凭证,颠倒是非,又假私访为名,每日游山玩水,分明是故意拖延斩期,包庇死囚,都爷听言十分愤怒,命你立刻进见。
况　钟	请稍等,（向皂）看坐,（皂取椅子中军坐）带娄阿鼠!
	〔皂押娄阿鼠上。
皂	娄阿鼠带到。
况　钟	娄阿鼠!
娄阿鼠	老太爷!
况　钟	你做的好事啊!
娄阿鼠	小人不曾做过什么坏事。

况　　钟　你杀了尤葫芦,盗了十五贯钱还嫁祸于旁人。

娄阿鼠　小人冤枉!

况　　钟　你还冤枉!(指骰子,对皂)拿去叫他看。

皂　　　这可是你的?

娄阿鼠　不是我的。

况　　钟　抬起头来,你可认得东岳庙里那个算卦先生吗?

〔娄阿鼠抬头看况,大惊,大变色。

况　　钟　狗奴才,还不快快招来!

娄阿鼠　一无人证,二无凭证,大老爷不能冤枉良民。

况　　钟　(指钱袋,对皂)拿去叫他看来。(对鼠)你可认得这
　　　　钱袋吗?

娄阿鼠　(全身发抖)这是哪里来的?

况　　钟　你家地窖内的东西怎么就不认识了?

娄阿鼠　这是小人自己的东西。

况　　钟　既然是你自己的东西,可有什么记号为凭吗?

娄阿鼠　记号吗? 小人记不清啦。

况　　钟　传秦古心!

皂　　　秦古心上堂。

〔秦古心上。

秦古心　参见老太爷。

况　　钟　起来回话。秦古心,娄阿鼠说钱袋是他自己的东西,
　　　　你看如何?

秦古心　娄阿鼠你胡说八道,这钱袋分明是尤葫芦的,小人与
　　　　尤葫芦是多年的邻居,常常帮他同去买猪,对这钱袋
　　　　非常熟悉。去年尤葫芦吃醉酒把钱袋烧了指头大的
　　　　窟窿,他女儿苏戍娟在圆窟窿上织了一朵花,大老爷
　　　　请看。

况　　钟　(看袋)娄阿鼠,你还有什么话可说?

娄阿鼠　唉,想赖也赖不脱,招了就是。小人那夜晚,把钱输
　　　　光,饥饿难当,溜进尤家的内房,观见尤葫芦枕着铜
　　　　钱睡觉,我的心里起窃,刚把钱一抓,尤葫芦便把我

311

拉,二牛顶仗力大,我二人一起打架,我把斧头一揸,
轻轻来了一下,没有小心,砍得太深,老爷开恩,我再
不敢害人。

(唱)　　那日夜静更已深,
　　　　输得身上无分文。
　　　　想赊肉尤家门进,
　　　　幸喜他肉铺未关门。
　　　　苏戍娟她不在房内,
　　　　尤葫芦睡得梦沉沉。
　　　　为谋财我把心放狠,
　　　　害得他斧下命归阴。
　　　　在邻居之中胡思混,
　　　　想把罪名赖别人。
　　　　自如今只好把罪认,
　　　　所供句句都是真。

况　　钟　可有同谋之人?

娄阿鼠　没有同谋之人。

况　　钟　你这狗奴才,因赌为盗,因盗杀人,律有明条,钉上枷
　　　　锁,压入死囚牢内,秦古心你暂且回家去吧!(秦
　　　　下)

〔差钉枷锁,押鼠下。

况　　钟　(对中军)虽然三审要案,可是直到如今,方才人赃
　　　　俱获,你道怪也不怪。

中　　军　唉,这……

况　　钟　带熊友兰、苏戍娟上堂。

〔皂带兰、娟上。

况　　钟　熊友兰、苏戍娟,真凶娄阿鼠已被定罪,你二人的冤
　　　　情已经平反了。(兰、娟惊喜交加)将他二人的刑具
　　　　打开。(皂打开刑具)熊友兰,本府与你十五贯铜
　　　　钱,拿回去吧!(皂交钱与兰,兰感激泪下,忘记接
　　　　钱)苏戍娟,本府与你十两纹银,高桥探亲去吧!

	（娟也感激万分）拿去吧！
熊友兰 苏戌娟	青天爷爷呀！
	（唱）　况太爷堂上悬明镜， 　　　　毫光照耀一崭明。 　　　　感谢太爷恩情重， 　　　　把你的美事儿万古留名。
况　钟	回去吧！
熊友兰 苏戌娟	（接过银钱）多谢太爷救命之恩。（欲走）
中　军	慢着。未曾禀老爷不得私自释放。
况　钟	（笑）放走两个假凶手，还他一个真凶手，怕个什么？ （向兰、娟）你们去吧！
	〔兰娟二人出门。
苏戌娟	客官，连累你了。
熊友兰	大姐说哪里话来，都怪那过于执昏官之错，我怎能怪 你呢？走吧！
苏戌娟	是！（同下）
中　军	这样的知府真是少见。
况　钟	少见多怪。
中　军	（讽刺地）太爷高才，还在都爷之上，如今平反冤情， 劳功不小。
况　钟	包庇死囚，罪过甚大，功难折过，也未可知。
中　军	太爷爱民如子，必定升官晋级。
况　钟	这顶纱帽能保住，就算有幸了，请！

——剧　终

演出单位

西安市五一剧团

西安易俗社

黄飞虎反五关

西安市五一剧团保存本

剧情简介

　　元日佳节，武成王黄飞虎夫人贾氏，进宫朝贺苏娘娘（妲己），妲己正和纣王饮酒，有意诏入贾氏，纣王见贾氏貌容秀丽，顿生异想。贾氏不从，遂坠楼身亡。黄贵妃（黄飞虎之妹）闻之，前来质问，竟被纣王摔于楼下而亡。

　　黄飞虎惊悉噩耗，愤恨纣王暴虐荒淫，奸妃乱朝；众将士义愤填膺，黄飞虎在二子泣啼控诉下，痛思之后，决定反出朝歌。

场　目

秦腔

黄飞虎反五关

HUANGFEIHUFANWUGUAN

人 物 表

贾夫人	青　衣	黄贵妃	花　　旦
黄　明	净	周　纪	净
黄天爵	武小生	黄天禄	武小生
龙　环	武　生	吴　谦	武　生
黄飞虎	靠把须生	黄　滚	老　旦
四家将	武　生	太夫人	老　旦
黄天化	净	二丫头	贴　旦
妲　己	花　旦	宫　娥	仲旦
大太监	丑	费　仲	丑　大　净
尤　浑	丑	纣　王	大　旦
碧　桃	小　旦	绛　霄	小武　生
郝　文	小　生	肖　银	生
张　风	丑	陈　桐	生
贺　申	丑	陈　梧	净
捧旨官	丑	魔礼青	净
魔礼红	武　　净	魔礼寿	武
魔礼海	武　净	张桂芳	武老生
韩　荣	武　丑	余　化	武　丑
御林军	杂	兵　丁	武　行

318

第一场　摘星楼

〔元日。

〔摘星楼。

〔幕启：乐声中四宫娥上，捧酒具，摆桌椅。

宫娥甲　（唱）　今年元日阴气浓，

过处风光似无情。

宫娥乙　（唱）　忽然想起姜国母，

临危惨死在殿廷。

（不觉泪下）

宫娥甲　（唱）　叫妹妹不必太伤情，

过去的事儿谁不明。

宫娥乙　（唱）　犯何罪竟然遭惨刑？

是非公理要分清！

宫娥甲　（唱）　苏娘娘暗中把权用，

谨防说话有人听。

〔宫娥丙已注意宫娥乙的行动。

宫娥乙　（唱）　为奴作婢都一样，

难道还有报事精？

宫娥甲　妹妹住口！你年纪很小，怎知道"知人知面不知心"这句话哩！再不要生气了。

宫娥乙　我不怕，像这样地活下去，真不如死。姐姐你来看，去年元日，姜国母不是在这里受各宫朝贺吗？

宫娥甲　妹妹再休乱说。

宫娥乙　哼！

〔众宫娥惊怕，丙望乙作注意状。

太　监　苏娘娘驾到。

〔众惊不知所措,恭立两旁,一阵锣声大起,四小太监、二大太监、碧桃、绛霄、二侍女上,众宫娥跪列两旁,妲己面带怒色上。

太　监
宫　娥　接见娘娘千岁!

众　　千岁千千岁!

妲　己　(唱)　满腔心事愁和恨,

恨只恨偏生女儿身。

我苏氏国小民又困,

殷天子讨伐为何因?

硬要把我当贡品,

别父离母进宫门。

琼台瑶室享乐尽,

酣歌在酒池和肉林。

怕只怕成汤气数尽,

灯灭我灭两难存。

摆驾我把宫殿进,

看哪个在背地敢胡云。

(入座,注视众)

〔妲己自己以目令碧桃、绛霄遍看各宫娥,见宫娥乙神气不好,且有泪痕,出来追问。

妲　己　贱婢,元旦佳节,为何你却掉泪?

〔宫娥丙上前与宫娥碧桃耳语,碧桃又密语妲己,妲己大怒。

妲　己　好,你想姜国母,我就叫你跟她去吧!内侍!

二太监　奴婢在!

妲　己　抛入虿盆!

二太监　遵旨!

(示意两小太监拉宫娥乙下)

宫娥乙　走!

〔甲望乙,不觉痛哭失声。

宫娥甲　罢了妹妹！

妲　己　好，一并抛入蛮盆！

〔众宫娥面无人色。

〔妲己上台阶，望楼下，远闻乐声大笑。

妲　己　哈哈哈！气煞人也！

（唱）　自从进宫受君宠，

　　　　除死了姜后坐正宫。

　　　　黄贵妃不把我敬重，

　　　　不来朝贺实难容。

　　　　她凭着七代忠良功劳重，

　　　　说我不配坐正宫，

　　　　我把主意要拿定，

　　　　叫她和姜后同路行。

〔纣王、费仲、尤浑上。

纣　王　（唱）　黄飞虎与孤来作对，

　　　　　　　怒气难消皱双眉。

　　　　咳！

妲　己　万岁，今乃元日佳节，上殿受百官朝贺，为何面带不
　　　　悦之色？

纣　王　爱姬哪里知道，今日上殿，不料黄飞虎奏了一本，说
　　　　了孤许多不是。你道该恼不该恼？哎嘘……

妲　己　黄飞虎他讲些甚么？

费　仲　他劝万岁远小人，近贤臣，以国事为重。还说万岁贪
　　　　恋酒色，不理朝政。

尤　浑　这不是连娘娘都骂起来了么？

妲　己　好一黄飞虎！

（唱）　黄飞虎恃权太无理，

　　　　诽谤君妃把上欺。

　　　　以小犯大乱纲纪，

　　　　我叫你眨眼知高低。

　　　　万岁，今日庆贺元日，独有黄贵妃不来朝贺昭阳国母，

今天黄飞虎又敢在金殿辱骂万岁，他兄妹也太放肆了！

纣　王　孤乃天下之生，黄飞虎竟敢妄议君非，难道不怕炮烙虿盆，剐骨扬灰？

费　仲　对吓！万岁，何必生这么大气啊！姜皇后、杨贵妃、商客、比干、梅柏、杨任，这些以小犯上之辈，都治以应得之罪，不信黄飞虎他有几个脑袋！

尤　浑
妲　己　对吓！

纣　王　顺我者生，逆我者死。

太　监　禀娘娘，今日各位王妃夫人，进宫朝贺，在宫外候旨。

妲　己　说我欠安，一概免见。回来！武成王妃可在其内？

太　监　贾夫人也在宫外候旨。

妲　己　传出懿旨，各位王妃免见，单诏武生王妃贾氏摘星楼参贺。

太　监　遵旨！

纣　王　爱姬，为何单传黄飞虎之妻进见？

妲　己　想武成王乃七代忠良，又是黄娘娘的贵戚，怎能不见？

尤　浑
费　仲　万岁，武成王妃贾氏美貌，真是民间少有。哈哈哈！

纣　王　噢，嘿嘿嘿！你二人下楼去吧！

〔费仲、万尤浑下。

〔贾夫人上。

贾夫人　（唱）　皇后懿旨独召见，
　　　　　　　　叫我心中实不安。
　　　　　　　　只得小心去拜参，
　　　　　　　　忽见圣驾在内边。
　　　　　　　　臣妾怎见君王面？

太　监　圣驾在此，还不参驾！

贾夫人　（无奈）贾氏参见万岁、娘娘。

纣　王　平身、平身，咦哈哈哈！

妲　己　（唱）　强作笑容用手搀。

纣　王　（唱）　花容美貌真个好，
　　　　　　　　端庄秀丽难画描；
　　　　　　　　少妇风韵更佳妙，
　　　　　　　　不由孤王魂魄消。

妲　己　万岁赐坐！

纣　王　对呀！赐坐！

贾夫人　陛下、娘娘乃天下官民之主，臣妾不敢陪坐。

妲　己　夫人乃皇亲国戚，坐了何妨！

纣　王　着哇！夫人乃黄贵妃之嫂，就是孤的皇嫂。常随，备
　　　　宴备宴，皇嫂坐了，一同饮酒吧！哈哈哈！
　　　　（唱）　殷纣王面带笑容举玉杯，
　　　　　　　　叫一声贾氏皇嫂听明白？
　　　　　　　　你黄家七辈忠良功无比，
　　　　　　　　先劝你宽怀大量饮几杯。

　　　　（与妲己入坐，贾夫人离位不坐）

妲　己　贾夫人与贵妃乃是姑嫂，你我都是至亲，快快请坐，
　　　　坐坐何妨。

纣　王　坐哇，夫人坐了！看酒！

贾夫人　（唱）　昏王当面把酒敬，
　　　　　　　　苏妲己假意笑盈盈。
　　　　　　　　我丈夫武成王忠心耿耿，
　　　　　　　　我妹妹黄贵妃现坐东宫。
　　　　　　　　我怎能失礼节轻举妄动？
　　　　　　　　请万岁赐臣妾下楼出宫。
　　　　万岁，臣妾进宫朝贺娘娘，乃国家大礼。自古道：君
　　　　不见臣妾，礼也，愿陛下赐臣妾下楼出宫，用全国体。

纣　王　皇嫂不要拘泥，请坐下，待孤亲自奉陪一杯如何？
　　　　（唱）　你黄家是忠良不违君命，
　　　　　　　　叫皇嫂要体贴孤的厚情。
　　　　　　　　孤爱你美容貌行止庄重，
　　　　　　　　干一杯皇封酒来喜相逢。

323

皇嫂、爱妃，来来来请酒呀！

贾夫人　（唱）　昏王果然行不正，
　　　　　　　　倒叫贾氏心内惊。
　　　　　　　　我有心不接这杯酒，
　　　　　　　　昏王降罪怎担承？
　　　　　　　　我这里接杯暗酒倾，
　　　　　　　　君王敬酒理不通。

　　　　　　〔纣王以手拍贾夫人。

纣　王　（唱）　休说什么理不通，
　　　　　　　　孤爱皇嫂好貌容；
　　　　　　　　今天不要出宫去，
　　　　　　　　多受委屈伴孤穷。

妲　己　皇嫂，万岁皇恩浩荡，还不谢恩。（贾夫人摔杯）

妲　己　哼！

纣　王　爱妃不要生气，酒杯丢在地下不要紧，来来来，孤就
　　　　与你另斟一杯吧！哈哈哈！

贾夫人　（唱）　昏王一言出了口，
　　　　　　　　谅来难下摘星楼；
　　　　　　　　佯迈脸儿不接酒，
　　　　　　　　拼着一死不屈辱。

纣　王　（唱）　孤王上前来拉手，
　　　　　　　　（拉贾，贾夺杯掷纣）

贾夫人　（唱）　轻举妄动你没来由。
　　　　　　昏王，我夫黄飞虎为你争夺江山立下奇功，你才得稳
　　　　　　坐朝歌，你不思酬劳，反而调戏臣妻，你真是禽兽一
　　　　　　般！

妲　己　贱婢无礼！

纣　王　爱妃休恼，说是你来呀！
　　　　　　（上前拉贾，贾跺脚跳楼而死，纣王急到平台看）

纣　王　可惜！

妲　己　贱人这样，死不足惜。传旨将贾氏尸首抛入虿盆之

内，以喂蛇蝎。

〔碧桃下。

妲 己　万岁，何必为这贱人不快，今日元日佳节，待妾妃与你歌舞敬酒。

〔纣渐高兴，同舞。

纣 王　哈哈哈！

〔抱妲己喂酒状，黄贵妃上。

黄贵妃　（唱）　闻嫂嫂扑楼把命丧，
　　　　　　　　黄贵妃珠泪洒胸膛；
　　　　　　　　我黄家七辈忠良将，
　　　　　　　　到今日反落这下场。
　　　　　　　　怒气不息摘星楼上，
　　　　　　　　要与昏王论短长。
　　　　　　　　你家江山凭谁创？
　　　　　　　　似这样欺忠良恐难久长。

昏王，无道的昏王！你成汤江山，全仗我兄王黄飞虎东拒海寇，南征蛮夷，我父黄滚镇守界牌关，操兵练卒，昼夜劳苦，黄氏一门忠良，保得你江山铁桶一般。今日我嫂遵守大礼，进宫朝贺，昏王你爱她的姿色，不顾纲常，君戏臣妻，逼其一死，你这昏王全不怕遗臭万年！

（唱）　手指昏王高声骂，
　　　　君戏臣妻乱纲常；
　　　　全不念我兄把江山创，
　　　　全不念我父守边疆。
　　　　万乘之尊德全丧，
　　　　真好似人面兽心肠！

妲 己　大胆的黄贵妃，今日之事，乃是你嫂嫂献媚万岁，被我辱骂一场，她自己羞愧难当，跳楼一死，与万岁何干？

黄贵妃　好奸妃！你扰乱深宫，蛊惑圣上，害死皇后，杀了太子，今日又引诱昏王调戏臣妻，我先打死你这个奸妃，

325

才消我心头之恨也!

（唱） 骂得奸妃无言讲,

　　　　打死你与嫂嫂把命偿。

（打妲己,纣王护之）

纣　王 （唱） 大胆奸妃不安分,

　　　　（抓黄贵妃摔下楼）

纣　王 （唱） 活活地摔死这贱人。

妲　己 万岁,你摔死黄贵妃,黄飞虎兵权在手,若生叛心如
　　　　何是好?

纣　王 （唱） 明日传旨把罪问,

　　　　捉拿黄家一满门。

第二场　宫门得信

〔宫门外。黄明、周纪上。

黄　明 （念） 嫂嫂进宫去朝贺,

周　纪 （念） 此时未回所为何?

黄　明 贤弟,各位夫人入宫朝贺娘娘,俱都回府去了,怎么
　　　　不见我贾氏嫂嫂出宫呢?

周　纪 莫非是贵妃娘娘在东宫留宴,畅叙家常,亦未可知。

黄　明 他们饮酒畅谈,把你我丢在宫门竟然不管了!

周　纪 那旁有人来了!

〔郝文急上。

黄　明
周　纪 原来是郝公公。

郝　文 哎呀二位将军!贾夫人进宫朝贺,苏娘娘请她到摘
　　　　星楼饮酒,万岁酒后失礼,君戏臣妻,贾夫人坠楼一
　　　　死。我们黄娘娘上楼质问万岁,也被万岁摔死在楼下。

黄周	明纪	啊！
郝	文	二位回府，报与武成王知道，我要回避了。（急下）
黄	明	（唱） 郝公公与我讲一遍，
		不由使我心痛酸；
		〔明大声叫，被纪阻住。
周	纪	（唱） 昏王无道纲常乱，
		她姑嫂惨死实可怜。
黄周	明纪	（唱） 你我在此莫久站，
		速与王爷报一番。（同下）

第三场　黄府庆宴

〔元日掌灯时。武成王府，家宴。

〔龙环、吴谦坐台上，黄飞虎上。

黄飞虎 （念） 七代忠良数黄门，

扶保成汤六百春。

纣王暴虐性残忍，

枉费飞虎一片心。

咳！

龙　环 王爷，今日元旦佳节，为何面带不悦之色？

黄飞虎 朝政日非，国家多事，我屡谏奏，万岁不纳忠言，怎不叫人忧虑。

吴　谦 东海反了平灵王，西岐反了西伯侯，万岁还是贪恋酒色，宠爱妲己，信用费仲、尤浑，屈死多少忠臣良将。

龙　环 西伯侯英明有为，礼贤下士，民殷国富，诸侯归心，商纣江山，只恐迟早必亡。

黄飞虎 今日庆贺元日，我又动了一本，历数费仲、尤浑之罪，万岁不但不纳谏言,反而怪我多事,忠奸不分,真令人可恨也!

〔黄天爵、黄天禄上。

黄天爵　（唱）　母亲进宫整一天,

黄天禄　（唱）　红日西落不见还?

黄天爵　爹爹,我母亲进宫朝贺,整整一天,怎么还不回来?

黄飞虎　想是在你姑母宫中叙谈,就要回来了。

黄天禄　为什么不带我们进宫与姑母拜年?

黄飞虎　皇宫内院,岂是你们随便出入之地。

〔黄明、周纪急上。

黄　明　（念）　心急似火来报信,

周　纪　王爷!（众惊）

（念）　大祸从天来降临。

黄飞虎　二弟为何惊慌失色?你家嫂嫂怎么未曾一同回来?

黄　明　大　哥

周　纪　王　爷!（扑灯蛾）

黄　明　（念）　嫂嫂进宫廷,

我在宫门等。

内侍来报信,

才知大祸生。

周　纪　（念）　朝贺苏皇后,

上了摘星楼。

黄　明　（念）　昏王行无礼,

嫂嫂坠了楼。

周　纪
黄　明　（同念）贵妃把理辩,

也被摔下楼。

（黄飞虎惊呆）

黄天爵
标　母亲啊!（跺脚昏倒地）

〔黄挥手命众扶二子下。

黄飞虎　（唱）　心似刀扎,怒发冲冠,

世代忠良将,保住锦江山,

想当年，东征西战，
　　千军万马我当先。
夫人她，庆元日，
　　昏君无礼，丧黄泉。
哎呀哎呀！我的夫人哪！

（唱）　哭断了咽喉也枉然，
　　　　罢罢罢，今日里反了吧！

（唱）　杀上午朝门责问昏君，
　　　　我就传令反，把朝歌反。

（过门）

（唱）　贤妹与夫人死得真伤惨，
　　　　黄飞虎今日报仇冤。

（抬头见"七代忠良"匾）

"七代忠良"呀！

（唱）　一见匾额心难忍，
　　　　黄飞虎心中乱纷纷。
　　　　殷纣王无道乱朝政，
　　　　逼死了贤妻、妹妹在宫廷。
　　　　我本当面见昏王把理论，
　　　　带大兵杀上午朝门。
　　　　怎奈是老爹爹家教甚严紧，
　　　　他岂容我为着夫人妹妹做了叛逆臣。
　　　　七代忠良成画饼，
　　　　界牌关怎见我那年迈尊。

〔龙环、吴谦、周纪、黄明、黄天爵、黄天禄等手持兵器
上。

黄飞虎　啊！你们意欲何为？
黄天爵　爹爹呀！我们要杀上午门！
黄天禄　杀死昏王与妲己！
黄天爵　给我母亲，
黄天禄　与我姑母，

黄天<small>爵 禄</small>	报仇啊！
黄　明	兄长不必踌躇，昏王失政，大乱人伦，逼死嫂嫂，摔死娘娘。兄长，有道是君不正臣投外邦。
周　纪	想王爷南征北讨，东挡西杀，出生入死，血战疆场，反落得这样下场！
龙　环	昏王设下虿盆，酒池肉林，忠良惨死。
吴　谦	造鹿台，盖摘星，百姓遭殃。
黄　明	这样暴君，保他则甚，我们反了吧！
周　纪 龙　环 吴　谦	反了吧！（欲走）
黄飞虎	想我黄家七代忠良，忠孝传家， 岂能为了夫人妹妹，落下叛逆之名？众位将军！这是我黄家之事，与你们何干？（四将呆住） （唱）　硬叫昏王君不正， 　　　　我岂肯落个臣不忠。
周　纪	倒也有理，此乃黄家之事，与我们何干，来来来吃酒！
	〔二子哭，四将吃酒，兵器扔在地上。
黄飞虎	（唱）　姣儿啼哭好伤惨，
	〔二子伏桌上哭，飞虎摸之，四将边饮边大笑。
黄飞虎	（唱）　又只见众将笑声喧； 　　　　他们的义气实可威， 　　　　怎奈是老爹爹镇守在界牌关。
	〔四将又笑。
黄飞虎	我心中有事，你们反而发笑，这是何故？
周　纪	我们笑的是你。
黄飞虎	笑我何来？
周　纪	是你身居王位，不能保全家室，黄娘娘打坐东宫，竟被摔死，黄门七代忠良，王爷又是盖世英雄，竟落得如此下场，怎不好笑？
黄飞虎	气煞人也！
	（唱）　恨纣王暴虐逞凶残，

欺压我还不如草芥一般；

有一日天下诸侯齐造反，

朝歌城仇报仇来冤报冤。

我纵然大义灭亲不反叛，

那昏王岂容我安居朝班？

黄飞虎思前想后无主见，

在岐路叹忘羊真好作难。

（看四人饮酒）

见四位贤弟饮酒笑满面，

倒叫我途穷路尽怨苍天。

四　将　大哥，请来我等先敬一杯，若到明天，纣王派人拿你问罪，那时节我们就敬不上了。哈哈哈！

黄飞虎　（唱）　他四人笑我是懦弱汉，

难道说我不知"伴君如同伴虎眠"；

我把昏君罪恶掐指算，

真好似黄河波涛流不完。

老国丈尽忠心反把手断，

姜娘娘抱火斗又把眼剜；

二太子殷蛟殷洪齐问斩，

老商容碰死在金銮殿前。

好一个梅伯直谏有肝胆，

炮烙柱烧死他实在惨然。

剖孕剁胫要把胎髓验，

酒池肉林享乐多流连。

箕子为奴微子贬，

比干丞相把心剜；

黄飞虎今天再不反，

眼看看走进鬼门关。

自古道："识时务才是英雄汉。"

弃暗投明理当然；

西伯侯姬发能继父志颐，

331

在西岐礼贤下士天下传。

到今日三分天下守大半,

他就要吊民伐暴夺江山。

我岂能"助纣为虐"任民涂炭,

自掘墓埋自己又埋英贤。

叫众将再不要把我埋怨,

反朝歌投西岐同出五关。

黄　明　大哥之言,顺天应人,今晚就传令秣马厉兵,明早先
　　　　杀往午朝门,申讨昏王之罪,以见我等光明磊落,来
　　　　去分明,然后杀出朝歌,反出五关。

众　将　我等皆愿。

黄飞虎　众位将军,明日黎明,随我杀上午门,与昏王面理。

　　　　(唱)　怒气填胸要自诉,

　　　　　　　大丈夫扰乱自出头,

　　　　　　　反五关实因被逼走,

众　　　(合唱)黄飞虎哪怕骂名留。

〔众兴奋、悲愤地收拾刀枪,黄飞虎拉二子亮相同下。

第四场　临潼关

〔临潼关。张凤、肖银上。

张　凤　(唱)　适才探马飞来报,

　　　　　　　黄飞虎小儿反出朝。

　　　　肖将军,探马报到,黄飞虎反出朝歌,少时到此,你我
　　　　合力擒拿,押回朝歌,请功受赏。

肖　银　黄飞虎乃七代忠良,功在社稷,此番造反,定有原因。

张　凤　既然造反,就是叛逆之臣,不必多言,黄飞虎到此,一
　　　　同擒拿。

肖　银　是。

〔黄飞虎众人上。

黄飞虎　张叔父，侄儿等有礼了。

张　凤　哇！叛逆之臣，还不下马受缚！

黄飞虎　侄儿此番反出朝歌，乃被昏王所迫，请叔父让路过关，免动干戈！

张　凤　反贼还敢诽谤万岁，休走看枪！

〔肖杀张，兵卒撤下。

肖　银　武成王，你黄家七代忠良，遭此不幸，令人可叹，请王爷过关，你我后会有期。

黄飞虎　谢将军，（肖银下）众位将军穿关而过！

〔换场。

黄飞虎　呔呔，开关！

〔陈桐率众兵上。

陈　桐　开城！

黄飞虎　陈将军！

陈　桐　黄飞虎竟敢反出朝歌，休走看刀！

黄飞虎　将军既然不能见谅飞虎，休怪黄某无理了！

〔小打，黄飞虎刺陈死，兵卒散下。

黄飞虎　众位将军！前面乃是穿云关，守将陈梧，乃陈桐之兄，必要兄报弟仇，众位将军准备厮杀。

众　将　知道了！

黄飞虎　大队人马穿关而过。

〔众下。

第五场　火化馆驿

〔穿云关，外连馆驿。陈梧上。

陈　梧　（念）　把守穿云关，

保主锦江山。

〔贺申上。

贺　申　启禀将军,大事不好!

陈　梧　何事惊慌?

贺　申　今有武成王黄飞虎反出朝歌,过潼关斩了陈桐,直奔
　　　　关上而来!

陈　梧　不好了! 弟仇岂能不报,只是黄飞虎武艺高强,擒他
　　　　不住,如何是好?

贺　申　末将倒有一计,不如假意迎接他暂宿馆驿,但等三更
　　　　时分,放起火来,将他等烧死在内,岂不是一举成功。

陈　梧　此计甚好。

〔报兵上。

报　兵　报,黄飞虎叫关!

陈　梧　再探!(报下)待我出城迎接,将军速去准备。三军
　　　　的,出关去者!(同四兵下)

贺　申　众兵丁,你等各自准备干柴枯草去者!

〔众兵卒下。

〔陈梧等引黄飞虎及众人上。

黄飞虎　飞虎家遭惨祸,无奈出关,昨为令弟所阻,不得已而
　　　　杀之,还望将军恕罪。

陈　梧　岂敢,陈梧知王爷数代忠良,今日无奈出此,舍弟不
　　　　识好歹,自取其死。天色将晚,请王爷暂停馆驿,末
　　　　将备酒接风,明日再行。

黄飞虎　难得将军深明大义,黄某十分感激,只是我盼路在即,
　　　　不便打搅。

陈　梧　王爷鞍马劳累,馆驿歇息一晚何妨。贺申前边引路!

〔陈梧下。

贺　申　王爷随我来!

〔黄飞虎怀疑欲下。

黄飞虎　众位将军,陈梧如此殷勤,恐其有诈,众位将军多加
　　　　小心。

四　将	得令！（众下）

〔灭灯，幕起，穿云关馆驿，吴谦、龙环先上，搜查后下。

〔黄飞虎披斗蓬同黄天爵、黄天禄上。

〔起更。

黄飞虎　呀！

（唱）　忽听樵楼初更响，

　　　　愁人心中好惨伤；

　　　　这几日闯三关鞍马之上，

黄天禄　妈吓！（哭抚腿）

黄飞虎　天禄，你怎么样了？

黄天禄　爹爹，孩儿腿痛。

黄飞虎　儿呀！这几日鞍马劳顿，小小年纪，难为你了。安歇
　　　　去吧！

黄天爵　弟弟不必啼哭，我们去找爷爷奶奶，好给母亲报仇
　　　　呀！爹爹，我们几时能够见着爷爷？

黄飞虎　前面就是界牌关，到了那里，就可见着爷爷了。

黄天爵　弟弟听见了没有？前面就是界牌关，咱们乖乖地睡
　　　　吧！

黄天禄　我想娘，我要娘呀！

黄天爵　爹爹心里难过，你不要哭！

（抱头大哭）

黄飞虎　妻呀！（抱子哭）

（唱）　姣儿思母泪汪汪，

　　　　忍悲泪劝姣儿安睡了吧！

黄天爵　好弟弟，我们是有武艺的人，是好汉子，咱们不哭，睡
　　　　吧！

（扶天禄下，自己也睡，见父呆立）

黄天爵　爹爹你也累了，睡吧！

〔黄飞虎拭泪。

黄飞虎　好，（看灯欲坐，把斗蓬给二子盖上）唉！在家之时，
　　　　饥寒冷暖俱有你母照应，如今你母惨死，只有为父照

应你们了。

（唱）　到如今只落得家破人亡。

黄天爵　（梦中大呼）妈呀！

〔黄飞虎上前抚之。

黄飞虎　夫人，你在哪里？夫人，贤妹！你们在天之灵，暗保我父子早到西岐，借来人马，与你们报仇。呀！慢来，前面就是界牌关，爹爹忠心耿耿，决不肯反，若是要拿我等，解进京中，如之奈何？哎，我只有苦苦哀求，若是爹爹执意不肯，也只好依他。我黄飞虎既然不忠，岂能再作不孝之人？（跺足）咳！（二更声响，二子动，斗蓬落地，黄飞虎拾起又给盖上）

（唱）　仰面朝天长声叹，

　　　　我心中好似滚油煎。

　　　　恨君王信奸佞朝政大变，

　　　　许多的忠良将命丧黄泉。

　　　　为国家我也曾东讨西战，

　　　　我黄门七代忠良保江山。

　　　　哭夫人与贤妹死得最惨，

　　　　常言道："君不正臣投外边"。

　　　　到西岐借来了兵马回转，

　　　　诛奸佞杀奸妃大报仇冤。

　　　　一路上哪顾得千般磨难，

　　　　怕只怕界牌关家法森严。

　　　　倘若是老爹爹不肯同反，

　　　　我父子要出关难上加难。

（坐，入睡）

〔黄明披斗蓬上。

黄　明　（唱）　夜宿馆驿好悽惨，

　　　　　　　　只见王爷伏案眠。

　　　　　　　　盖世的忠良遭此难，（解斗蓬与飞虎盖）

　　　　　　　　到西岐借兵报仇冤。

〔周纪上。

周　纪　王爷！

黄飞虎　何事？

周　纪　适才四处巡查，见馆驿外边尽堆柴草，不知何故？

黄　明　这……

黄飞虎　这……莫非陈梧要火烧馆驿？兄报弟仇！周纪快命龙环、吴谦准备，以防万一。

周　纪　遵命！　（下）

〔三更，忽窗外火光起，黄明背起黄天禄。

〔龙环、吴谦、周纪在门外出现。

黄　明
龙　环　禀王爷，准备停当！
吴　谦

黄飞虎　众位将军一同随我冲出火场，杀出关去！

〔起更，众应，同下.

〔黄飞虎众人上。

黄飞虎　好险呀！若不是周将军发觉，险些儿葬身火场。且喜出得穿云关，前面已是界牌关了。

黄天
　爵
　标　我们好见着爷爷啦！

黄飞虎　只怕老元戎不容我等过去。

〔众互看。

黄　明　自古道："虎毒不食子"。

周　纪　到了那里，说明此事，请老元戎和我们同去西岐。

黄飞虎　爹爹性情耿直，还要苦苦哀求，不可莽撞。

吴　谦
龙　环　那是自然。

黄飞虎　你我界牌关去者！

〔众同下。

第六场　界牌关

〔界牌关。

黄　滚　（内唱）适才探马飞来报，

〔众兵引黄滚上。

黄　滚　（唱）　老黄滚闻听怒冲霄；

我黄家世代忠良谁不晓，

不孝的飞虎反皇朝。

带领人马关前到，

要拿奴才见当朝。

〔黄飞虎与众人上。

黄飞虎　（唱）　界牌关前列了阵，

爹爹定然怒气生；

恭身施礼把话禀，

但愿说动年迈翁。

爹爹，儿飞虎甲胄在身，不能全礼，爹爹莫怪。

四　将　老元戎！

黄天爵标　爷爷！

黄　滚　儿是黄飞虎！

黄飞虎　是儿。

黄　滚　小奴才，想我黄家受殷天子七代厚恩，保定成汤江山，黄门素无犯法之男。你今为一妇人，而背君亲，无端造反，闯关斩将，绝七代之簪缨，失人伦之大道，辱祖先，羞父亲，忠不忠，孝不孝，枉居王位，累父餐刀，你还有何脸面前来见我？

黄飞虎　爹爹，殷纣无道，败坏纲常，妻妹何辜，横遭惨死，常言道："君不正臣投外邦"。

黄　滚　呀呸！奴才还敢强辩。有道是："君叫臣死，臣不得不死；父叫子亡，子不得不亡"，儿若愿作忠臣孝子，快快下马受缚，待为父将儿打入囚车，解往朝歌，哀求万岁，念我黄门世代忠良，也许免儿一死。儿若作叛臣逆子，来来来将为父一枪刺死，那时任凭你个奴才所为！

黄飞虎　这……

黄　明　老元戎，你在外居官，哪里知道朝中之事。想那昏王宠爱妲己，信用奸党，杀害了多少忠良。如今又君戏臣妻，大乱人伦，我等不反，难道等死不成。老元戎就该同我等一起奔西岐，弃暗投明。怎么反而要捉拿我王爷回朝请罪？老元戎你大大的错了！

〔黄滚呆住。

周　纪　君不正臣投外邦，父不正子奔他乡。

黄　滚　黄明，周纪贼子！想我儿料无反意，定是你们这般无父无君不仁不义之辈，挑唆他做出这等事来，休走看刀！

周　纪　老元戎你天晴不肯走，只待雨淋头。我手中班斧无眼少目，万一有失，你一世英名付于流水。

黄　滚　气煞我也！

（唱）　奴才信谗要灭亲，
　　　　宁作不忠不孝人。

罢罢罢！

　　　　手持青铜项上刎，

黄飞虎　哎呀爹爹！（急翻扑下马）

（唱）　我只得下马跪埃尘。

〔黄天爵、黄天禄同跪。

黄　明　他们是你的儿孙，我们不跪！

周　纪　着哇！

黄飞虎　唔！（示意众人下跪哀求）

黄　滚　儿愿领罪？

339

黄飞虎	尽在爹爹,儿只求见我母亲一面。
黄天^爵_标	奶奶,奶奶!(同哭,黄滚一震)
黄　滚	岂能由你,众将军,将他等押进关去,打入囚车,待我解往朝歌。

〔众应,黄飞虎、众人低头入关,下,黄天爵、黄天禄见黄滚。

黄天^爵_禄	爷爷!(黄滚急下马拉住)
黄　滚	孙儿吓!(同下)

〔四校尉引捧旨官上。

捧旨官	奉旨界牌关捉拿黄滚父子进京定罪,孩子们!(众应)趱行着!(同下)

〔众兵丁引魔礼青、魔礼红、魔礼海、魔礼寿、张桂芳上。

张桂芳	魔家四将请了,圣上有旨,命我等追杀黄飞虎父子。请来传令!
魔四将	张将军请来传令!
张桂芳	大家一同传令!
众	众将军,兵发界牌关!

(同亮相下)

第七场　二堂见娘

〔界牌关二堂。

〔幕启,二丫环引太夫人上。

太夫人	（唱）　我黄家俱都是忠臣良将,
	飞虎儿却为何反出朝堂?
	听说是他来到界牌关上,
	到二堂等老爷细问端详。

〔黄天化上。

黄天化　（唱）　祖父作事欠公道，
　　　　　　　　要拿我爹爹解回朝；
　　　　　　　　怒气不息二堂到，
　　　　　祖母！

太夫人　你家爹爹可曾前来？

黄天化　我爹爹已经来了。

太夫人　他今在何处，为何不来见我？

黄天化　祖母！
　　　　（唱）　我祖父要将他押进天朝。

太夫人　（唱）　听罢言来心肉跳，
　　　　　　　　为何要将他押进朝？

黄天化　（唱）　此事孙儿也不晓。

太夫人　你祖父也不容我母子一见，就将他押在监中，真是老
　　　　糊涂了。你快去将你爹爹请到二堂见我。

黄天化　只怕爷爷不准！

太夫人　难道还不容我母子一见？快去！

黄天化　是！（急下）

太夫人　老爷、老爷，你太急躁了！
　　　　（唱）　难道说父子情一旦全抛。

〔黄滚带黄天爵、黄天禄上。

黄　滚　（唱）　两孙儿啼哭泪难忍，
　　　　　　　　他口口声声哭娘亲；
　　　　　　　　我低头不语二堂进，

〔黄天爵、黄天禄见祖母急奔过。

黄天爵
黄天禄　奶奶！

太夫人　孙儿！（抱住）
　　　　（唱）　抬头只见二孙孙。
　　　　　　　　含悲忍泪把话问，
　　　　　　　　你父为何反当今？
　　　　　　　　从头至尾对我论，

　　　　　　你母可曾同来临？

黄天爵　奶奶你还不知道吗？我妈她……死了……

太夫人　啊！

黄天禄　就连我姑母她……她也死了……

　　　　〔太夫人闻言昏倒，黄滚急叫。

　　　　〔黄天化带黄飞虎上。

黄天爵
　　化
　　禄　奶奶！

黄飞虎　母亲！

黄　滚　咳！

太夫人　（唱）　一霎时只觉得魂飞天外，

　　　　　　　　女儿，媳妇！我儿！

黄飞虎　母亲！

太夫人　孙儿啊！
　　爵
黄天禄　奶奶啊！　（哭）
　　化

太夫人　（唱）　女儿死媳妇丧却为何来？

　　　　　　　　莫不是在朝中被人祸害，

　　　　　　　　一桩桩一件件细说开怀。

黄飞虎　母亲！

　　　　（唱）　昏王做事太无状，

　　　　　　　　宠爱妲己乱朝堂；

　　　　　　　　许多良将把命丧，

　　　　　　　　哪一个忠臣有下场。

　　　　　　　　我黄家世代忠良将，

　　　　　　贾氏妻吓！贤妹吓！

　　　　　　爹娘！

　　　　（唱）　儿谨守父训伴君王。

　　　　　　　　我妻元日进宫往，

　　　　　　　　摘星楼朝贺苏娘娘。

　　　　　　　　苏妲己有意引她见皇上，

那昏王见儿妻心起不良。

君戏臣妻纲常丧，

儿的妻坠楼尽节亡。

贤妹她上楼把理讲，

怒打妲己责问昏王。

问得昏君无话讲，

他摔死贤妹楼下亡！

儿无奈领兵把关上，

我那年迈的爹爹，老娘亲哪！

〔众同哭。

黄　滚　（唱）黄滚闻言也惨伤。

太夫人　好昏王！

　　　　（唱）听罢言不由我恶火往上，

黄天化　（唱）气得我黄天化怒气满腔。

太夫人　（唱）你就该去上殿与他把理讲，

黄天化　（唱）你就该与我母亲报冤枉。

黄天爵　（唱）我爹爹在府中点动兵将，

黄天禄　（唱）领人马在午门大骂一场。

黄天爵　（唱）带我等冒死把五关闯，

黄天禄　（唱）我祖父一见面皮黄。

黄天爵　（唱）他说是爹爹下反上，

黄天禄　（唱）说甚么君叫臣死臣必亡。

黄天禄　（唱）我爹爹下马受缚绑，

黄天禄　（唱）我祖父要去献昏王。

黄天爵　（唱）奶奶你要细思想，

黄天禄　（唱）祖父他作事欠思量。

黄　滚　（唱）小奴才胡言又乱讲，

　　　　　　　气得老夫哑了腔。

太夫人　（唱）你还想忠孝作模样，

　　　　　　　真道是黄门遭祸殃。

黄　滚　（唱）我黄家七代忠良将，

太夫人	（唱）	难道你杀子灭孙当忠良？
黄　滚	这……	
黄天爵	祖父，难道说把我黄家杀得断了根，才算是忠臣？	
黄　滚	这个……（指众）大胆！（按剑）	
太夫人	你且住了！分明是该死的昏王，媳妇被他逼死，女儿被他摔死，沉冤难伸。你不思为一家骨肉报仇，反而要将儿子解往朝歌，让那昏王去杀，常言道："虎毒不吃子"，难道你比虎狼还狠不成？	
黄　滚	黄门不幸，出了你这一般叛逆之辈，七代忠良断送你们之手，再若多言，将你等一齐押进朝歌问罪，要表我黄滚一片忠心也。	

〔甲、乙、丙、丁四偏将、黄明、龙环、周纪、吴谦等上。

甲乙偏将		老元戎！
黄　滚		你们怎么把这些叛徒放出监来？
偏将甲	（唱）	听龙环和周纪讲说一遍，
偏将乙	（唱）	武成王遭横祸实实惨然。
偏将丙	（唱）	反朝歌出五关我等情愿，
偏将丁	（唱）	投西岐搬义兵大报仇冤！
四偏将	（同唱）	众三军一个个执戈待战，
	（众鼓噪）	
	（接唱）	还请你从众愿千金一言。
	（跪下）	
黄　明	（唱）	常言道覆巢之下无完卵，
周　纪	（唱）	你不看普天下黎民倒悬。
龙　环	（唱）	你不为黄家也该把苍生念，
吴　谦	（唱）	如不然众将，
众	（唱）	也要丧刀尖。（亦跪下）

〔众齐喊"反了吧"。

〔黄滚低头不语。

〔偏将戊上。

偏将戊	老元戎，圣旨下！

黄　滚　吩咐香案接旨！

偏将戌　圣旨已到堂前！

黄　滚　接旨！

〔四校卫引捧旨官上。

捧旨官　圣旨下，跪！（众同跪）皇帝诏曰：黄飞虎反叛朝廷，
　　　　罪灭九族，即将黄滚全家押进朝歌，满门处斩，以正
　　　　国法，旨意读罢，望诏谢恩！（众看黄滚）

黄　滚　哎呀！

　　（唱）　七代忠良把国保，

　　　　　满门抄斩为哪条？

　　　　　看起来昏王真无道，

　　　　　看起来忠良无下稍。

　　　　罢！世代忠良今反了！

捧旨官　来吓，拿下了！

黄飞虎　谁敢动手？来呀！将他们拿下了。

　　　　〔众拿校卫，黄飞虎保护母亲，抓捧旨官。

黄飞虎　爹爹随儿等杀出氾水关，同往西岐，借兵报仇！
　爵

黄天禄　爷爷！
　化

众　将　老元戎！

黄　滚　事到如今，也只好如此。

黄飞虎　众将官，氾水关去着！（众下）

　　　　〔张桂芳、魔礼青、魔礼红、魔礼寿、魔礼海等上。一
　　　　探马急上。

探　子　报！界牌关黄滚杀了捧旨官，闯关西去！

张桂芳　再探！（报下）黄滚果然与黄飞虎同反！

四魔将　张将军，你我加鞭追赶，谅他父子难逃。

张桂芳　全仗四位将军。众将官，紧紧追赶！（同下）

第八场 汜水关

〔汜水关城下。

〔黄飞虎等上。鼓声一阵。

黄飞虎　后面昏王人马紧紧追赶，前面汜水关紧闭关门，速快催马，待我上前叫关。呔！城上儿郎听者，报与你主帅知道，就说武成王黄飞虎要见。

〔韩荣、余化上。

韩　荣　城下可是黄飞虎？

黄飞虎　正是。城上莫非是韩将军？

韩　荣
余　化　你黄家父子大逆不道，反出四关，来在汜水关，休想过去！

黄　滚　韩余二位将军，请你们念在同僚之情，就该开城放我父子过关。

韩　荣　你回头观看，朝歌追兵前来，你父子难逃性命！

黄飞虎　这！（鼓声）追兵已到，只得迎敌。龙环、吴谦、天禄保护太夫人，（龙环等应）四将、天爵保定爷爷，（四将应）黄明、周纪，生死存亡在此一战，抖擞精神迎敌去者！

〔张桂芳等上。八兵丁、魔家四将，由外围住黄飞虎，黄明、周纪架张桂芳抽出双冲，太夫人、吴谦、龙环、黄天禄下场门下，四兵、一魔将追赶。

〔魔架天化下，二魔见滚，爵架四将见四兵将败，上天爵破四兵，上一魔将战败天爵，上四将被打死，上黄滚见魔，又见一魔，黄滚丢盔，上天化战二魔，力战三人，四兵架下。

韩　荣　余将军！

346

余　化　韩将军!

韩　荣　看黄家大败,你我出得城去,杀他一个两下夹攻。

余　化　就依将军!

韩　荣　众将军,出城杀!

〔太夫人、龙环、吴谦、黄天禄,四兵追上,禄打四兵败,上二魔,天禄受伤,龙环背天禄,吴谦保太夫人圆场,上黄飞虎战一魔,魔兵同败下。

〔又上黄滚,黄滚败下,魔追赶,黄飞虎战魔败,黄滚坐地。

〔三鼓,韩、余出城战飞虎,被打死,天化、黄明、周纪又败上,四魔将、张桂芳等追上,天爵、天化与飞虎同力败之,伤张。

黄飞虎　(下马)爹爹醒来!

〔天化等同叫。

黄　滚　哎呀! 儿呀! 追兵哪里去了?

黄飞虎　被儿等杀死了,汜水关已破,只是天禄身受重伤。

黄　滚　好昏王,到了西岐,借兵回来,定报此仇。

黄飞虎　爹爹保重,天化与祖父带马! 众位将军! 出关往西进发!

黄　滚　(念)　纣王无道天下乱,

黄飞虎　(念)　祖孙父子反五关。

众　人　(合唱)豪杰们,齐造反,
　　　　　　　同到西岐把兵搬;
　　　　　　　伐暴救民除祸乱,
　　　　　　　黄家父子反五关。

——剧　终

秦腔
黄飞虎反五关
HUANGFEIHUFANWUGUAN

347

演出单位

西安市五一剧团

孙悟空杀六贼

西安市五一剧团保存本

剧情简介

　　唐僧取经途中,遇虎,虎夺其随从小和尚之命,幸遇刘伯钦搭救脱险。至五行山时又解救孙悟空并收其为徒。后遇六贼偷银,孙悟空巧施妙计偷换银包,并最终惩除六贼。

QINQIANGJUBENJINGBIAN 西安秦腔剧本精编

场　目

秦腔

孙悟空杀六贼

SUNWUKONGSHALIUZEI

人物表

唐　僧
刘伯钦
孙悟空
六　贼

第一场

〔小和尚背包袱领唐僧骑马上。

唐三藏　（唱）　奉圣命到西天去求佛经，

上路来五六日夜宿晓行。

贫僧唐玄藏是也，奉了大唐国之命，去往西天求经，行了数日，眼看即将迈出大唐国，面前又是一座大山，重岩叠嶂，道路崎岖，徒儿，小心趱行者。

（唱）　在京城我领了唐王圣命，

求佛经为的是超度众生，

一路上受尽了跋涉苦痛，

冒惊险我定把大志完成。

今日里经过高山峻岭，

地势险荆棘路坎坷难行。

晚秋风荡荡欢忘却清冷，

经寒霜枫叶一片红。

声细之如幽咽泉水流动，

悲悽悽深谷内离猿哀鸣，

越前行越觉得心神惊恐，

怕的是遇见了猛兽大虫。

哎呀！忽然间大风起山摇地动，

闻虎啸吓得我走却魂灵。

〔唐从马上摔下，小和尚上前挽起，虎上，吃小和尚，刘伯钦站高处，见虎欲伤唐，执意跳下与虎相斗，终于将虎打死，急趋向前将唐扶起。

刘伯钦　大师父受惊了！

唐三藏　多蒙壮士救命，贫僧感激不尽。

刘伯钦　岂敢,请问丈老你从哪里来,要往哪里去?

唐三藏　贫僧唐玄藏是从大唐国都而来,前往西天拜佛,不期
　　　　在此遇险,幸蒙壮士搭救,深感大德,只是从人已死,
　　　　道路迷失如何前行,还望壮士指引一二,请问壮士尊
　　　　姓大名,此处是什么所在?

刘伯钦　在下姓刘名伯钦,住此山,以打猎为生,这里还是大
　　　　唐地界,你我乃是一国之人,且请到舍下歇息一宿,
　　　　明朝送你上路,不知尊意如何?

唐三藏　倘得如此,实为万幸。

刘伯钦　待我背了大虫头前引路。

唐三藏　有劳了。

　　　　〔拎包袱拉马。

刘伯钦　丈老随我来。

唐三藏　(回顾从人死处哭介)徒儿啊!(下)

第二场

　　　　〔六贼背锅上作瞭望动作,然后念扑灯蛾。

六贼同　(念)　拦路抢掠胆气壮,胆气壮!
　　　　　　　　绿林之中称豪强,称豪强!
　　　　　　　　杀人夺财家常饭,
　　　　　　　　哪管王法与天良。

六贼甲　众位贤弟,我们弟兄六位,长依劫动过活,到也自在
　　　　如意,只是近几天来,未遇见一个肥羊,好不急煞
　　　　人哪!

六贼乙　闻听人言,有一个往西天取经的唐和尚,将要打此经
　　　　过,他带的金银财宝一定不少,这岂不是一个大大的
　　　　肥羊吗?

六贼丙　我听人说,吃了唐僧肉可以长生不老,咱们何不把他

开刀。

六贼丁　　吃他的肉。

六贼戊　　喝他的血。

六贼丁　　挖他的心肝把馋解。

六贼同　　咱们一同登仙界,登仙界,哈……

六贼甲　　众位贤弟呀!

（唱）　　高高兴兴把话讲,

　　　　　咱弟兄分头准备要快忙,

　　　　　一面要在此紧把守,

　　　　　一面要四处探望看他引藏。

　　　　　捉住唐僧好吃肉

　　　　　咱们一同尝尝香。

大贼众　　大哥说得对,咱们都用心。正是准备煮肉锅要把唐
　　　　　僧剥。

第三场

〔刘伯钦在前,唐三藏在后作上山动作。

刘伯钦　　（唱）　　叫丈老你且把马缰拉紧,

　　　　　　　　　　羊肠道自需要缓之而行。

唐三藏　　（唱）　　承壮士你对我多多照应,

　　　　　　　　　　真教我唐三藏感激涕零。

刘伯钦　　（站定山处眺望）已到山上,丈老请自前行,在下不
　　　　　能远送了。

唐三藏　　（闻言稍惊,向刘恳求）

（唱）　　多蒙义士救我命,

　　　　　又劳今日来送引。

　　　　　心中感激说不尽,

　　　　　一生难忘大恩情。

　　　　　　你劳义士多辛苦，

　　　　　　送过此山你再回程。

刘伯钦　（稍觉为难，向前解释）丈老有所不知，此山名曰两界山，东半边乃我大唐所管，西半边却是达旦地界，彼处狼虎皆不由我降伏，故而只好至此留步，还望丈老见谅。

唐三藏　呀！

　　　　（唱）　听得壮士讲一遍，

　　　　　　倒叫三藏作了难。

　　　　　　独自前行实危险，

　　　　　　若遇虎狼逃命难。

　　　　　　恳求壮士多怜念，

　　　　　　送我翻过这座山。

刘伯钦　这个……

孙悟空　（高喊）师父！（刘、唐闻声抬头）不必为难，弟子保你往西天便了。

唐三藏　这声音远远传来，浩声震耳。

刘伯钦　想必是那个老孙的话声。

唐三藏　（莫解的）哪个老孙？

刘伯钦　丈老不知，此山下面压着一个得道的神猴，听老年人传说，这个神猴在五百年前大闹天宫，犯了罔上之罪，才被西天佛祖施法压在这座山下，方才他好像是在唤你，咱们不妨到下边看个仔细。

唐三藏　说好便好。

　　　　〔倒圆场，二幕开，布景，孙在中间。

孙悟空　（见唐露喜色，速喊）师父来了，想得我好苦，快快救弟子出去，我保师傅取经去呀！

唐三藏　我到西天取经你怎么知晓？

孙悟空　师父容禀，前时南海菩萨由此经过，对我言讲，有一天子钦差的高僧去西天取经，不是你老人家么？

唐三藏　正是贫僧。

孙悟空　菩萨吩咐于我叫我保定师父同往西天,师傅速速救
　　　　弟子出去才是。

唐三藏　我又无斧凿,可怎样救你呢?

孙悟空　何用斧凿,只需师父将山上的压贴儿揭去,我就可以
　　　　出去了。

唐三藏　既然如此,待我拜祖揭贴便了。(跪介)

　　　　(唱)　弟子玄藏望空拜,
　　　　　　　拜上西天吾佛尊。
　　　　　　　我若与神猴有师徒,
　　　　　　　同往西天受佛音。
　　　　　　　与他若无师徒分,
　　　　　　　莫要调回监押神。
　　　　　　　祝告已毕把山上,
　　　　　　　但愿能救出神猴身。

　　　　〔揭贴,孙悟空在下面高喊。

孙悟空　多谢师父,请师父快站远些弟子要出去了!

唐三藏　好壮士,你我到那边等侯便了。

　　　　〔二人下,灯光转暗,三擂鼓,一声飞响,关灯,山崩,
　　　　孙从高山上翻下,挠痒,揩脸上秽物,继而活动脚手,
　　　　舞蹈跌扑。

孙悟空　(念)　雷声轰轰天昏暗,老孙终于出山。
　　　　　　　想一想,算一算,俺足足压了五百年。
　　　　　　　钦钢汁,食铁丸,能喘气,可以言,
　　　　　　　身想动难上难,今天我能保唐僧去西天,
　　　　　　　先试试那金箍棒儿可还如从前。

　　　　(从耳朵中掏出念"阿麻迷哞"接棒舞,舞毕仍收回,
　　　　入耳内)

　　　　棒儿还照旧,我的力量更增添,老孙心中好喜欢,(乱
　　　　跳望见唐)

　　　　见师傅那边站急忙近前去拜参。(跟斗下)

第四场

〔唐三藏,刘伯饮下场门上,孙悟空上场门上,双进门。

孙悟空 师父请上,受弟子一拜,(转向刘)有劳大哥送我师傅,多谢,多谢!(向刘施礼)

刘伯钦 (颇为惊奇地看孙,连说)不敢不敢。长老得此神徒相伴,一路上可保无虑,在下就告辞了。(向孙)请了吧。

唐三藏 (拉住刘激动地说)义士大恩贫僧永不忘怀,西天回来定然登门叩谢,义士你要多多保重啊!

刘伯钦 长老多多保重,后会有期,告辞了。(下)

孙悟空 师傅,咱们上路吧。

唐三藏 徒儿,你可有名字吗?

孙悟空 弟子名叫孙悟空。

唐三藏 此名倒也不错,如此悟空,

孙悟空 师父。

唐三藏 与为师带路趱行者。

孙悟空 遵命!(背起包袱走穿花)

唐三藏 (唱)　　在马上叫悟空,

　　　　　　　为师教训你听真。

　　　　　　　既入空门应多为善,

　　　　　　　苦修行改变你的野猿心。

　　　(闻虎声)哎呀!徒儿,猛虎来了,如何是好。

孙悟空 师傅不必惊慌,它是来给我送衣服来的。(边说边去迎虎,虎扑孙,被孙一拳打死)

唐三藏 (又惊又喜)哎呀!我的好徒儿,我的好徒儿,偌大一只猛虎竟被你一拳打死,真是好本领呀,好本领!

孙悟空　师傅夸奖，打死一只大虫，算得了什么，往后你老人家再看徒儿的本领吧，请师父在此少等，待徒儿剥了它的皮，去做件遮体的东西，（拔毛变，下穿一件像虎皮的衣）

唐三藏　好啊！

（唱）　我徒儿的本领真出奇，

赤手打虎死不费力。

西天路上无忧虑，

定能取得真经回。

孙悟空　（腰围虎皮上）师父，咱们走吧。（唐上马，水底鱼转圆场）

唐三藏　徒儿，看天色将晚，你快去寻一宿处，为师在此等你。

孙悟空　弟子遵命！（接马拴在一旁）师父坐在这里我去去就来。（下）

　　　　〔六贼甲暗上，行至唐前，面带笑。

六贼甲　请问，你是去西天取经的吗？

唐三藏　正是，施主有何见教？

六贼甲　（欢喜若狂地喊）哈哈，肥羊在此，弟兄们快来呀！

　　　　〔众贼上，如狼似虎地欲拉唐走。

六贼从　一见唐僧我流哈水，今日活该你倒霉。

唐三藏　（惊慌万状）你要我等做什么？

六贼甲　做什么，要吃你，弟兄们拉着走。

唐三藏　（高喊）救命啊！

孙悟空　（在内高喊）咄！住手（翻上）（逼着众贼后退数步，贼窃窃议论，都不敢向前）我把你们这群毛贼，尔吃了熊心豹胆，竟敢白昼打劫，我把你们这些……（呲牙）

六贼众　这猴子还会说话呀，怪事，怪……

六贼甲　管那些干什么，先揍他一顿再说。（小开打，贼败下，孙欲追）

唐三藏　徒儿，出家人慈悲为本，教他们去了吧。

孙悟空　（自信自语）狗娘养的。

唐三藏　可曾寻到宿处了吗？

孙悟空　那边有一古庙。

唐三藏　头前带路。（孙拉马拾银子下）

第五场

六贼众　唉！倒霉，一万个倒霉！

六贼甲　眼看这银子要到手啦，唐僧肉也到嘴啦，偏偏来了这个猴孙子，美美把咱揍了一顿，真是偷鸡不成反蚀一把米，唉。（顿足垂头）

六贼乙　大哥别急，我有个办法出气。

六贼乙　（急问）啥办法呀？

六贼乙　今晚他们俩大概要住在东边那个破庙里，等他们睡着之后，我到里边把他们的银子偷去，让他们饿死在路上。

六贼众　好！好！快去，快去，我们在家里等你！（众下）

六贼丙　我去给你做个伴。（二人下）

第六场

〔起一更，二贼上，摸门欲进，孙上。

孙悟空　师傅已安歇了，马儿也喂饱了，俺老孙么也该睡觉了，（二贼听言甚喜，进门，孙已发觉，知是来偷东西，故意把银子放桌上）哎呀，这许多的银子可不能让贼人偷去了。（故意把银子藏在桌子下边）这一块是大的,这一块是小的,这两块一样大,这一大包白白亮光的银子哟,好不惹人眼馋啊!我就把这它放在这里,料也无人敢拿,放心地睡觉吧!(斜眼看贼,佯睡,贼偷银后急出门拍丙)

六贼乙 伙计,银子到手啦,快走,(跑圆场,孙紧跟后)到家啦(进门将银子放在桌上,孙藏桌下)弟兄们快来呀!

六贼众 偷来了没有?

六贼乙 (自夸地)这还用问么,不是我吹牛,除了我能把这包银子偷回来,你们不知道,那个胆小鬼防得严着哩。(孙这时在桌后以砖换银)

六贼从 银子在哪里。

六贼乙 (很神气地)在桌上边放着呢。(众贼将包打后,打乙)

六贼乙 干啥?干啥?(急喊)

六贼众 你偷来的是什么?

六贼乙 (神气地)又光,又白,又滑的银子么。

六贼众 去你的吧,什么又光又白又滑的银子,是又灰又涩的砖头。

六贼乙 (惊)胡说八道,我看得清清楚楚是银子(气势汹汹地向众)唉,唉我说你们是不是眼花了,你再去仔细看看,到底是银子是砖头!(孙这时又换)

六贼众 (再看仍是砖头,大贼生气地拧住乙的耳朵)你在什么地方见过这样的银子?

六贼乙 (看砖头)咦!奇怪!

孙悟空 (学乙)咦,奇怪!

六贼众 (大惊)有人!(众听见声音在桌下寻找,孙跳到桌上,众到桌上捉,孙窜毛下,众向前扑孙抖毛退入桌后,跳到桌面,众捉不住互撞一起,孙趁势开门,又将门反关,众猛追出,头撞门)

六贼甲 弟兄们,抄家伙追呀!

第七场

（开打，六贼统死，孙指六贼尸）

孙悟空　且住，是俺拿这些开心，忘掉了师傅还在庙中，看天色大亮，待我唤出师傅上路者。（翻，亮相下）

——剧　终

演出单位

西安市五一剧团

西安三意社

西安易俗社

西安尚友社

拆　书

西安市五一剧团保存本

剧情简介

　　楚平王无道,伍奢被下狱。平王命奢修书召二子伍尚、伍员还朝,以便同戮。时二子奉旨镇守棠邑,拆书疑之。为尽忠孝,伍尚进京,伍员砍倒帅旗,散军回府,杀妻,寄子,逃国。

人　物　表

伍　　尚
鄢大人　义奇卒员
肖　吴　勤立军
四　伍　衣
蒋　吴　龙
　中
四龙衣

〔幕启:起单豹子头四将上。

四　将　（同念）号炮雷霆讯，蒋勤。

　　　　　　　　干戈日月宁。肖义。

　　　　　　　　阵头分八卦，吴立。

　　　　　　　　北斗按七星。吴奇。

蒋　勤　诸位将军请了。

众　将　请了。

蒋　勤　大帅有令，教场点兵，言还未尽，二帅来也。

　　　　〔伍员引四卒上。

伍　员　（念）　家住楚国在当阳，

　　　　　　　　保主临潼赴会场。

　　　　　　　　殿前力举千斤鼎，

　　　　　　　　吓退一十七国王。

　　　　本帅，姓伍名员字子胥，父子与楚为臣，我父在朝，官
　　　　居太宰，弟兄二人奉王旨意镇守棠邑。今逢霜降，又
　　　　逢大操，吾兄以下教场与众将比较弓马，因此披挂整
　　　　齐，接马。

四　将　参见二帅。

伍　员　站下，众将你们早到。

众　将　大帅有令，我们焉敢迟来。

伍　员　哎呀好，好一个吾兄有令，你们焉敢迟来，吾兄以在
　　　　教场，命你们比较弓马，一要盔甲明亮。

四　将　盔甲明亮。

伍　员　二要队伍整齐。

四　将　队伍整齐。

伍　员　三来么，你们小心着，小心着！

伍　尚　（上念）昨晚做梦三更天，

梦见东洋大海干。

众将都在泥内站，

白头老翁雪内眠。

本帅姓伍名尚字子义，今逢霜降，又逢大操，本帅已下大教场中与众将比较弓马，因此早升辕堂，观是帅旗无风自动，必有什么军情来报，

正是：帅旗无风摆，

　　　必有军情来。

中　军　（上）　家书到棠邑，

　　　　　　　　早禀大帅知。

禀大帅。

伍　尚　讲。

中　军　太老爷家书来到棠邑。

伍　尚　有请你二帅进帐议事。

中　军　请二帅进帐议事。

〔伍员上。

伍　员　告进，兄长在上为弟打躬。

伍　尚　二弟少礼请坐。

伍　员　谢坐，兄长身旁却好？

伍　尚　就知承问，二弟你好？

伍　员　挂念为弟。今逢霜降，又逢大操，就该兵下教场与众将比较弓马。

伍　尚　为兄正要兵转教场与众将比较弓马，忽然中军禀报，言说老爹爹家书来到棠邑，你我弟兄还是先迎家书。

伍　员　哎呀是，我弟兄还是先迎家书。

伍　尚　中军听令，吩咐众将站队，辕门大开，稳定香案，有迎你太老爷家书。

中　军　得令，大帅有令，下边听着：众将站队，辕门大开，稳定香案，迎接太老爷家书。

〔牌子，迎鄢大人上，同坐。

伍　尚　不知大人捧书前来，我弟兄有失远迎，多有得罪。

366

鄢大人	好说,二位大人在此操练兵马,多受风霜之苦。
伍　尚	为国尽忠,何出此言,这是大人,我弟兄有心拆看家书,只是无人奉陪大人。
鄢大人	大人拆看家书,老夫在此孤坐孤坐。
伍　员 伍　尚	如此欠陪!
鄢大人	好说。
伍　员 伍　尚	中军,打座来。(中军取信递尚,下)
伍　尚	上写寄子伍尚、伍员弟兄二人,见书亲自开拆。呋!哈哈哈!只因为父清早上得殿去,冒犯君颜,被下缧绁,调你弟兄二人进京,兄封鸿都侯,弟封宁远侯,见信莫误,见信莫误!
伍　员	(唱)　大堂口把豪杰气炸肝胆, 　　　　观罢了书内情沉吟几番。 　　　　父调子你就该心情意愿, 　　　　却怎么书内情尽是漏言。 　　　　见来人坐一旁低头合眼, (喝唱)鄢大人,鄢同僚: (唱)　观见他手搥胸足踏地口不露真言。 　　　　思一思想一想自有权变, 　　　　回头来把哥哥细问一番。 兄长,哥哥呀!我弟兄观罢书内情由,京中必有什么大祸,你就该问过来人,说是你闷坐着是怎的?哎,你闷坐着是怎的?
伍　尚	二弟啊,我弟兄观罢书内情由,京中必有什么大事,为兄正要问过来人,二弟你为何加疑?
伍　员	这!兄长,哥哥呀,我弟兄观罢书内情由,京中必有什么大事,你叫弟不得不疑。
伍　尚	如此,你我弟兄一同问过,请。这是大人,我弟兄观罢书内情由,京中必有什么大祸,你就该明言顺说,教我弟兄早作一安排。

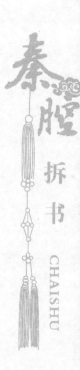

秦腔拆书
CHAISHU

鄢大人 圣上有旨，老大人有书，调你弟兄进京，入簾保国，再无别事。

伍　员 大人，我弟兄观罢书内情由，京中必有什么大祸，就该明言顺说，叫我弟兄早作安排，谁知你坐在一旁，半吞半吐，口不露真言，欺压伍老爷匣中宝剑不利乎！

鄢大人 二位大人，只因平王失政，大败纲常，父纳子妻，一十三载，大事败露，立逼你父修下调子书信，调你弟兄进京，同受一刀之苦！

伍　员 呔，好一平王失政，大败纲常，父纳子妻，一十三载，大事败露，立逼我父修下调子书信，调我弟兄进京同受一刀之苦。伍老爷为你家江山，东挡西杀，南征北战，渴饮刀头血，倦了马上眠，今要伍老爷一死，伍老爷未必与尔昏君一死乎！

伍　尚 （唱）　观罢了书内情迫迫切切，

　　　　　　不由人双目中掉下鲜血。

　　　　　　吴香女进宫去背了寸舌，

　　　　　　实可恨楚平王太得造孽！

伍　员 （唱）　楚平王失了政朝纲大乱。

（喝场）我把你个昏君，无道的昏君呀！

（唱）　父纳了子的妻一十三年，

　　　　　　我的父两鬓白须似银线，

（喝场）老爹爹呀！

（唱）　怎忍得推下斩项吃刀弦，

　　　　　　思一思想一想恶气难咽，

　　　　　　兵发在郢都地与父报冤！

啊，哥哥呀，我弟兄问罢来人，尽知其情，你还是进京不进京？你闷坐着是怎的？哎，你闷坐着是怎的？

伍　尚 二弟，我弟兄问过来人，为兄不能违却父命，一要单身进京，此一进得京去，一在昏君上边尽忠，二在二老爹娘上边行孝，丢下二弟你逃国去罢。

伍　员　大兄长不能违却父命，单身进京，一在昏君上边尽忠，二在二老爹娘上边行孝，你命为弟逃国，弟将这骂名岂不留于后世！

伍　尚　难道我伍门断了香烟不成？

伍　员　这个，既然如此，兄长转上，待弟一拜。

伍　尚　为兄也有一拜。

伍　尚
伍　员　（同白）罢了二弟！二弟呀！
　　　　　　　　兄长！兄长

伍　员　（滚白）我叫叫一声大兄长，忠孝的哥哥呀！大兄长不能违却父命，一要单身进京，此一进得京去，一在昏君上边尽忠，二在二老爹娘上边行孝，你命为弟逃国！我叫叫一声兄长我的哥哥呀，弟将这骂名岂不留于后世，大兄长此番进得京去，见了二老爹娘之面，就说不孝之子伍员再不能在二老爹娘上边问安了！

鄢大人　二位大人，进京的进京，逃国的逃国，后有追兵到来，连累老夫不当稳便！

伍　尚　（唱）　大堂口我弟兄就要分散，
　　　　（喝场）我的二弟呀，兄弟呀！
　　　　（唱）　把弟兄手足情分在两边，
　　　　　　　　远望见鬼门关却也不远，
　　　　　　　　进京去我要落忠孝双全。

鄢大人　二大人，进京的进京，逃国的逃国，后有追兵到来，连累老夫不大稳便，老夫拉马前行。

伍　尚　说是罢罢罢，二弟呀！（下）

四　将　禀二帅，大帅走的远了，大帅走的远了！

伍　员　（唱）　大兄长上了马望他不见，
　　　　（喝场）大兄长，忠孝的哥哥呀！
　　　　（唱）　把弟兄手足情分在两边，
　　　　　　　　想当年进棠邑威风八面，
　　　　　　　　到今日遭祸事难也不难！

四 将		二帅何不插旗造反,杀进京地与我太老爷报仇。
伍 员	(唱)	我有心在棠邑插旗造反,
		怎奈我的兵又少,
四 将		不少。
伍 员	(唱)	将又微,
四 将		不微。
伍 员	(唱)	马,马不过千。
四 将		二帅既不能造反,将众将置若何地?
伍 员		哥哥们:
	(唱)	砍倒了帅字旗大家满散,
		你们回家去。
四 将		怎么样?
伍 员	(唱)	侍奉你二老椿萱。
四 将		既然如此,二帅请上待我们一拜。
伍 员		唉!(员、四将同拜,四将同下)
		哥哥们转来,我们再作商议,我们再作商议。
	(唱)	一句话出了口众将满散。
	(喝场)我的哥哥们,哥哥们!
	(唱)	棠邑地只丢下本帅一人。
		把一个大将军无处立站,
		二堂内杀夫人割心割肝!
		啊,兄长,哥哥呀!(齐下)

——完

演出单位

西安市五一剧团

西安三意社

西安易俗社

西安尚友社

反西凉

西安市五一剧团保存本

剧情简介

　　马超得知父帅马腾被害，与父亲至交同领西凉兵马伐曹报仇。马超英勇，连连得胜，直破潼关，逼得曹操割须弃袍而逃。此戏马超一角唱、做、打并重，是传统秦腔优秀武戏之一。

人 物 表

马　　腾	四达子
马　　超	曹　　洪
马　　岱	徐　　晃
庞　　德	曹　　操
韩　　遂	夏侯渊
大内侍	许　　褚
四龙套	船　　户
四青衣	报　　子

〔四龙套、四青衣、马腾、马超、马岱上。

马　腾　父子镇西凉,威名震四方。

　　　　世代忠良将,为主保家邦。

　　　　本帅西凉侯马腾。

　　　　〔内白:圣旨下。

四青衣　圣旨下。

马　腾　有迎。

大内侍　圣旨下,马腾接旨。

马　腾　万岁。

大内侍　我卿镇守西凉有功,调我卿进京加官进爵,圣旨读
　　　　罢,旨毕三呼。

马　腾　万岁! 万岁! 万万岁! 来,为大人排宴!

大内侍　慢着,王命在身,不便打扰。告辞。(下)

马　腾　这是儿呀,圣上调为父进京面谕,西凉大事就命我儿
　　　　执掌。

马　超　孩儿年幼,执掌不了西凉大事。

马　腾　不必多言,拜印来!

马　超　是。(拜介)

马　腾　听父嘱咐:行兵要公正。

马　超　怎敢越令行。

马　腾　马来!

　　　　〔四龙套、马岱、马腾下。

马　超　众将,掩闭帐门。(下)

　　　　〔夏侯渊、四达子上。

夏侯渊　夏侯渊,领了丞相将令,埋伏中途刺杀马腾。来,催
　　　　马!(圆场。下马介)

〔四龙套、青衣、马腾、马岱上。

马　腾　（唱）　人马离了西凉道，

各个儿郎逞英豪。

正是催马前开道，

人马不行为哪遭？

人马为何不行？

青　衣　前面有一哨人马，上打"曹"字旗号。

马　腾　人马列开。何人挡住路径？

夏侯渊　金牌下。

（下马介。接旨）

马　腾　万岁！

夏侯渊　我卿镇守西凉有功，调我卿进京，加官进爵，叩头

谢恩！

马　腾　万岁！

夏侯渊　看刀！（杀马腾，马岱抱父头下）

带马，交令！（下）

马　岱　曹贼不仁，刺杀父帅，早报兄长得知，来，催马。（与

龙套青衣同下）

〔四龙套青衣引马超上。

马　超　父子镇西凉，威名天下扬。

父子世代忠良将，忠心耿耿在朝中。

本帅西凉马超。

〔马岱上。

马　岱　（上）　兄长不好了！

马　超　兄弟为何惊慌？

马　岱　曹贼不仁，刺杀父帅。

马　超　你但怎讲？

马　岱　曹贼不仁，刺杀父帅。

马　超　罢了爹爹!

　　　　（唱）　听一言把人的魂吓散,

　　　　　　　　三魂缈缈空中悬。

　　　　　　　　我猛然睁睛用目看,

　　　　（喝场）老爹爹,尊堂父,爹爹!

　　　　　　　　珠泪滚滚擦不干。

　　　　　　　　哭了声爹爹儿难见,

　　　　　　　　要相逢除非是南柯梦间。

　　　　　　　　转面我把兄弟唤,

　　　　　　　　为兄把话说心间。

　　　　啊,兄弟!

一龙套　谁在这里?

马　岱　做什么的?

龙　套　参谋请公子过衙议事。

马　岱　稍刻便到。（龙套下）

　　　　禀兄长,参谋请兄长过衙议事。

马　超　好,过衙去者。（下）

　　　　〔韩遂上。

韩　遂　世代忠良将,一旦丧无常。

　　　　〔内白:公子到。

韩　遂　有请。贤侄到了,下马来。

马　超　下马来了。叔父,唤小侄过得营来有何大事商议?

韩　遂　这是一书,你且拿去观看。

　　　　〔马超看书介。

马　超　好恼也!

　　　　（唱）　一见书信气上涌,

　　　　　　　　曹贼做事理不通。

　　　　　　　　转面我把叔父请。

秦腔 反西凉 FANXILIANG

375

孩儿有言听心中。

叔父，趁此机会，将小侄首级砍下，见了曹贼请功受赏。

韩　遂　哎，叔父有害你之心，也不对你讲说。

马　超　以叔父之见？

韩　遂　二兵合一，为你父帅报仇。

马　超　叔父，这可是一句实言。

韩　遂　叔父我岂能道谎。

马　超　转上受我弟兄一拜。

韩　遂　可该发兵。

马　超　自然发兵。来，庞德进帐。

〔庞德上。

庞　德　公子一声唤，转步到帐前。

大将庞德，公子有唤，进帐去参。报。

庞德告进，参见公子。

马　超　庞德听令，教场点兵，不得有误。

庞　德　得令！（下）

马　超　众将官、人马一拥教场去者！

〔庞德上。

庞　德　大将生来禀性刚，扶保社稷把名扬，

今日领动兵和将，好似猛虎赶群羊。

大将庞德。公子有令，教场点兵，大兵点齐，回头一观，公子来也！

〔四青衣上。

马　超　（唱）　教场以内放号炮，

对对旌旗空中飘。

庞德前边把战讨，

马岱押粮马后稍。

忙吩咐众将带虎豹，

拿住曹操把冤消。（众下）

〔徐晃上。

徐　晃　手执皇家印，提令调三军。

马踏花世界，为主保乾坤。

本帅徐晃。

〔报子上。

报　子　马超启兵前来。

徐　晃　再探。（报子下）马超启兵前来，众将官，免战牌

高悬。

曹　洪　（内白）慢慢着！

〔曹洪上。

曹　洪　豪杰表名姓，三国也有名。大将曹洪。正在后帐休

息，忽听元帅免战牌高悬，不知为了何事，不免进帐

问个明白。报，曹洪告进。元帅在上，末将打躬。

徐　晃　将军少礼，请坐。

曹　洪　谢坐。元帅身旁可好？

徐　晃　就知罢了，将军你好？

曹　洪　挂念末将。

徐　晃　将军，无令进帐有得何事？

曹　洪　末将已在后帐歇息，忽听元帅免战牌高悬，不知为了

何事，因而进帐问个明白。

徐　晃　马超启兵前来，因而免战牌高悬。

曹　洪　元帅，使末将一道将令，出得城去，生擒马超进城！

徐　晃　且慢，丞相有得书信到来，只可守之，不可攻之，你我

带马城楼观看马超兵势如何？

曹　洪　尽在元帅。

徐　晃　人来，带马伺候。

（唱）　人来带马莫怠慢，

　　　　城楼观兵走一番。

　　　　行来城下且立站，

　　　　等候马超到此间。

马　超　（内唱）人马离了西凉道，

　　　　心中恼恨贼奸曹。

　　　　忙吩咐众将前开道，

〔马超上。

曹　洪　元帅你看那马超他……来了！

马　超　（唱）　城上将官听根苗。

　　　　是名夫出城来交战，

　　　　你贪生怕死休要出关。

曹　洪　（唱）　人来为爷带交战，

　　　　迎战马超走一番。

徐　晃　看那曹洪恐怕不是马超敌手，本帅不免随后观战。

　　　　众将官，款袍带马伺候。（下）

〔马超、曹洪开打，洪败下。

马　超　（唱）　提银枪勒丝缰泪如雨掉，

　　　　心中恼恨贼奸曹。

　　　　他不该生计巧，

　　　　暗害忠良为哪条。

　　　　他那里假修诏，

　　　　害死我父归阴曹。

　　　　今日统领大兵到，

　　　　杀贼为父把冤消。

　　　　假若还拿住贼奸曹，

　　　　千刀万剐大仇消。

　　　　本帅不把父仇报，

枉在尘世走这遭。

勒回马头望战道，

〔内白：哪里走！

马　超（唱）　此员将通上名好把兵交。

〔曹洪上。

曹　洪（唱）　你老爷名曹洪何人不晓，

马　超（唱）　原是无名汉一条。

曹　洪（唱）　开言再叫小马超，

某家言来听根苗。

曹丞相待你恩义好，

倒反西凉所为哪条？

马　超（唱）　曹贼做事逆天道，

害死我父归阴曹。

今日统领大兵到，

管叫儿有命也难逃。

（开打，曹败下）

战败了曹洪下战道。

徐　晃（内白）哪里走！

马　超（唱）　此员将报上名再把兵交，

〔徐晃上。

徐　晃（唱）　有本帅名徐晃何人不晓。

再叫马超听根苗，

你今统领大兵到。

倒反西凉为哪条？

马　超（唱）　心中恼恨奸曹操，

骂声徐晃小儿曹。

曹洪本是小卒到，

天兵下界爷是英豪。

秦腔 反西凉 FANXILIANG

379

夏侯渊徐晃领兵到，

杀得他撇盔丢甲转还朝。

假若还拿住奸曹操，

破腹剜心大仇消。

马老爷不把父仇报，

枉为汉朝一英豪。

徐　晃　（唱）我今劝你收兵好，

免得两家动枪刀。

马　超　（唱）你今劝我原为好，

管叫儿临阵命难逃。

（开打，徐晃败下）

战败了徐晃下战道。

曹　洪　（内白）哪里走！

（唱）头一阵战败了，

徐　晃　（唱）二一阵放你逃。

曹　洪　（唱）俺一刀，

徐　晃　（唱）俺一枪。

马　超　（唱）马老爷将尔等何挂在心上，追！（下）

〔徐晃、曹洪上。

徐　晃　马超杀法骁勇，失却潼关，这却怎处？

曹　洪　见了丞相，再作道理。

徐　晃　来，收兵！（下）

〔曹操上。

曹　操　（唱）孤家行兵如欺天，

个个儿郎心胆寒。

大队人马往前赶，

前队不行为哪般？

〔曹洪上。

曹 洪 参见丞相。

曹 操 命你镇守潼关,回营则甚?

曹 洪 潼关失守。

曹 操 回营请罪。

曹 洪 是。

〔徐晃上。

徐 晃 参见丞相。

曹 操 命你镇守潼关,回营则甚?

徐 晃 潼关失守。

曹 操 哇!若不念行兵甚急,定要砍下头来,随在马后!

〔报子上。

报 子 马超启兵前来。

曹 操 再探!众将官,勇命相杀!

众 啊!(下)

〔马超、曹洪、徐晃开打,曹、徐败下,马追下。

〔曹操、二丑两边上,内三喊:大红袍是曹操!

曹 操 谁穿的大红袍?

丑 丞相你穿的大红袍。

曹 操 把这个……

丑 脱了。(下)

〔许褚上。

许 褚 大将许褚,丞相大战马超,放心不下,随后落营。来,催马!

(圆场,下马,上船)开舟!

〔曹操、二丑上。内喊:长胡子是曹操。

曹 操 谁是长须?

二 丑 丞相你是长须。

曹 操 把这个呢……

二　丑　割了。

　　　　　〔圆场,刺树,再绕圆场,上船,留曹操。

　　　　　〔马超上。

马　超　你是曹操?

曹　操　穿大红袍的是曹操。

曹　洪　看刀!（护曹操上船）开舟!

　　　　　〔曹等下。

马　超　啊,看看赶上曹操,忽然闪上一将,渡曹操过河,这真
　　　　　是天不灭曹。庞德、马岱,收兵!

——完

演出单位

西安市五一剧团

西安三意社

西安易俗社

西安尚友社

独木关

西安市五一剧团保存本

剧情简介

　　唐时,番兵犯境,屯兵独木关。番将安天壁叫阵。薛仁贵患病,元帅张士贵二子应阵,被番兵擒获。薛仁贵不顾病体,带病出征,枪挑贼首,大获全胜,唐兵进关。

人 物 表

薛仁贵	武生
张士贵	净
周　青	武生
中　军	杂
安殿宝	二花脸
火头军若干人	二卒　　　丑角

〔张士贵带四龙套、中军上。

张士贵　本帅张士贵，今日过营探望薛礼疾病。人来，与爷催马。来在营门，与爷接马。中军过来去传，就说本镇过营探病来了。

中　军　是。谁在这里？

周　青　做什么的？

中　军　总爷过营探病。

周　青　往下站，再往下站。（进门）有请大哥。

薛仁贵　（上唱）在月下惊怕了英雄虎胆，

　　　　　　　回家乡怕只怕千难万难。

　　　　　　　我与那尉迟帅无仇无怨，

　　　　　　　无故的提拿我所为那般？

　　　　周青何事？

周　青　总爷过营探病。

薛仁贵　噢，快快有请。

周　青　张士贵，命你进去。

张士贵　薛礼在哪里？薛礼在哪里？薛礼在——薛礼醒得，本镇探望你病症来了。

薛仁贵　小人有何德能，敢劳总爷过营探病？

张士贵　连得其功，理当来探。

薛仁贵　罪煞小人了。

张士贵　薛礼，我且问你：这病从何而得起？

薛仁贵　啊，总爷啊！自那日小人以在三关庙外赏月，我遇尉迟元戎，将小人搂抱在怀，是我努力将他推出尘埃，奔命而逃。我这病嘛，从惊吓而得。

张士贵　那尉迟恭着我累累拿你，若不是我隐藏得紧，你的性命难保。

薛仁贵　小人记下了。总爷，这几日可曾与那番贼交锋打仗？

张士贵　唉，再休提起，只是大兵来在独木关，安营下寨，番营

之中闪出两员大将，一名安天壁，一名安天祥，前来讨阵，我本当命你出马，念你染病在床，无奈之间命两个孩儿出马，不料被那贼擒去。我命中军去提火头军，中军不会讲话，得罪火头军。中军过来，与你火头军爷爷陪罪。

周　青	打死这个王八蛋！（打中军下）
周　青	张士贵跪了！（张跪介）张士贵，叫！
张士贵	叫什么？
周　青	叫火头军爷爷！
张士贵	火头军爷爷！
周　青	哎。
薛仁贵	（唱）　见中军甩令箭如同造反， 　　　　似这等犯法律罪归欺天。 总爷，这算何意？
张士贵	你一口气闷将下去，他却将我绑起来了。
薛仁贵	众位贤弟，快快将总爷松绑。将总爷扶起。快快来坐。总爷，你看我这伙兄弟，一个个尽是无法之徒，趁小人在世将他等斩首，以正军规。
张士贵	看在你的面上，不怪他们。
薛仁贵	众位贤弟，快快谢过总爷。
周　青	张士贵见礼了。
张士贵	好了好了。从今以后，将我少打几下也就是了。还是搭救两个孩儿才是。
薛仁贵	那个自然。周青过来，搭救两位少爷将功折罪。
周　青	得令。（下）
张士贵	薛礼好好将养病疾，本帅过营去了。（下）
薛仁贵	小人不远送了！ （唱）　张总爷过营来将我来探， 　　　　等来世变犬马结草衔还。（下）

〔安殿宝带的青衣，八将上。

安殿宝	战鼓叮咚响，杀气似云头，两国相争斗，将士用计谋。

	俺安殿宝。
报	报——（上）火头军兵前来！
安殿宝	再探再报，火头军起兵前来，离不了本帅亲临一阵。来呀，与爷宽袍带马伺候！
	〔安与众下。
薛仁贵	（上唱）　一路上枪挑了无数上将， 每日里在疆场血染战袍。 啊，耳听战鼓齐鸣，莫非有人交锋打仗！
二丑	也没有打仗，也没有人交锋，你老人家还是好好将养疾病。
薛仁贵	噢。啊！耳听战鼓齐鸣，发现有人交锋，你、你何不与我讲？
丑　甲	我的妈呀，伙呀，薛爷问呢，到底说者好还是不说者好？
丑　乙	你说不说我不管。
丑　甲	你要管呢。
丑　乙	你还是说了说了。
丑　甲	说下烂儿怎么办？
丑　乙	你说！说下烂儿，有我。
丑　甲	有你，我就说。薛爷，是这么一回事，只因大兵来在独木关、安营下寨。番营之中闪上两员大将，一名安天壁，一名安天祥，前来讨阵，总爷本当命你出马，念你染病在床，无奈之间，命二位少爷出马。二位少爷出得营去，被那贼擒去，总爷命中军来提火头军，火头军不尊将令，将中军饱饱打了一顿。你命周青出得营去，旗开得胜，马到成功，怎料番营之中闪出一员大将，名叫什么安殿宝，手执门扇大的片刀，杀得我俩火头军上天无路，入地无门，杀一阵败一阵，杀一阵败一阵，眼看败回营来了。薛爷，就是这么一点事。
薛仁贵	周青贤弟，我看你此事出得营去，把愚兄火头军的威

名付于流水了！啊！我把那安殿宝，必然是武艺超群，待俺薛礼出得营去，会一会他的武艺如何。

二　丑　薛爷，莫说你有病，就是你无病也不是那安殿宝的敌手。

薛仁贵　哎呀！

（唱）　听他言不由我怒发冲冠，

　　　　你与爷带战马去奔战场。（下）

二　丑　哎，薛爷去不得，薛爷去不得！

丑　乙　你拉薛爷可拉我干什么？没长眼睛。

丑　甲　我拉错了，快快追赶薛爷。（下）

薛仁贵　（内唱）　大英雄得下了冤孽疾症，

　　　　　　　　一霎时累得我二目难睁。

啊薛礼呀，我看此番出得营去把火头军的威名付于流水了啊。（上）

（唱）　似猛虎虽丧命威风还在，

　　　　大英雄得病症何足道哉。

　　　　急忙忙抖精神将马来带，

　　　　战不过安殿宝死不回来。（下）

二　丑　（上）　薛爷，薛爷！

丑　甲　你拉薛爷，拉我干什么？

丑　乙　好，快追，快追。（下）

周　青　（众上）　大哥大战安殿宝，你我弟兄登高一观。

（登高上介）

薛仁贵　（上）　（与安殿宝开打，刺死安）

（唱）　适才间与那贼曾逢交斗，

　　　　霎时累得我浑身汗流。

众位贤弟，怎么不见那贼？

众　　被大哥枪挑落马！

薛仁贵　那贼已死，迎接总爷进关。

——完

编 后 语

　　《西安秦腔剧本精编》是一项大型剧本编辑工程。它收录了新中国建立后西安市辖的易俗社、三意社、尚友社、五一剧团四大著名秦腔社团上自清末、下至二十一世纪初近百年来曾经上演于舞台的保存剧本，承载与呈现着古都西安百年的秦腔史。这样一个浩大的戏剧工程，在西安市近百年文化史上是前所未有的，受到各方面广泛关注。

　　编辑组建立之初，面对的是四个社团档案室中百年以来的千余本(包括本戏、小戏、折子戏)约三千万字的剧本手抄稿、油印稿、铅印稿。由于时间久远，其中不少已经含混不清，或章节凌乱、缺张少页、错误多出，有的甚至连作者、改编者姓名、演出单位、演出时间等都已寻找不见，工作量之大、难点之多可以想象。更由于此次编辑的范围，是以必须经过舞台演出的剧本为前提，因而正式进入工作后，许多需要认真解决的具体问题都凸现出来了：

　　一是不少剧目，虽然演出过，但真正的排练演出本却找不到了。在查访中，有些尚可落实，有些则因当事人已故，无觅踪迹，只好录用现存的文学本，以解决该剧目缺失的遗憾。

　　二是有些排练演出本虽然收集到了，却不完整。有的有头无尾，有的有尾无头；有的场次短缺，有的唱段缺失；有的页码残缺，前后无法衔接。这样，只能依靠编辑组人员及有关演职人员反复回忆，或造访老艺人和当事人回忆，不厌其烦，完成残本的拾遗补缺、充实完善工作。

三是一些秦腔名戏和看家戏，艺术魅力强，观众很喜爱，但在长期的演出中，为了适应当时的形势，往往同一个戏，在新中国建立前后、改革开放前后都有不同版本。这些剧目，由于受客观时势和执笔者思想认识的影响，不少改编本把原作中一些脍炙人口的名场段、名唱段给遗漏了，拿掉了。今天看来，这是历史、文化的失误。因为这些场段、唱段的不少地方既含有简明而丰富的历史知识，又有淳朴淳厚的人文教化，附丽以历代秦腔名家的倾情演唱，熏陶和感染过无数戏迷观众，不失为秦腔传统艺术的闪光点所在。因此，在对这类剧本的认定和选用中，编辑组抱着尊重、抢救、保护国家非物质文化遗产的态度和立场，通过鉴别，更多地向传统倾斜，把该恢复、该补救的名场、名段都做了尽可能完善的恢复与补救。

四是曾经有一些在西安舞台上演过的老秦腔传统本，被兄弟剧种看好，拿去改编、移植成他们的优秀剧目。之后，这些剧本又被秦腔的剧作家再度移植、改编过来，在西安舞台上演。对这类本子，在找不到秦腔演出本的情况下，经过审定，也都作了收录，成为"出口转内销"的好本子。

五是有些保存本，当年演出、出版风靡一时，并有作者、改编者的署名。由于岁月的磨洗，演出本还在，而作者的名字则记忆模糊甚至不见了。为了尊重他们的劳动,还其以神圣的著作权,编辑组翻查了大量档案资料,终于使一些剧本的作者署名得以落实。

六是由于秦腔是大西北最有代表性的地方剧种,剧本中普遍存在大量的方言俚语、民俗风情,鲜明地体现着秦腔的地方戏色彩。但同时也因为作者和所写的题材来自不同方域,用字、用词、用语存在很多错、别和不规范、不统一的现象。此次编校,通过讨论、争议、比对、考证,尽可能地做到了规范和统一。

除此之外,还涉及到很多剧本在主题思想、故事情节以及版本、人物、时间、场景、舞台指示、板腔设置、动作、细节、念白、唱段、字词句、标点等许多大大小小的问题,需要进行有效地疏、改、勘、正工作。编辑组通过连续数月的辛勤工作,终于以艰苦的劳动征服了这座巨山。

参加本次编辑的专家平均年龄已68岁,每天要审校、修订三四万文字。为了提高工作效率,针对剧本的体裁特点,编辑组分为几个小组,采用读听结合、交叉审校的方法,尽可能精准地还原出作品的原貌,包括每场戏、每段唱词、每句念白、原作者、改编者、移植整理者、剧情简介、上演剧团、上演时间等等。为了争取进度,经常夜间加班,并放弃每周末和节假日的休息。为了保证质量,不时地对一些重要问题进行学术研究、学术的争执和判定,往往到深夜。其中有关秦腔的历史问题,有关一些现代戏的剧本入围标准问题,有关早期的秦昆相杂剧本的入选问题,甚至有的传统剧目中某个主要人物姓名中的用字问题等，时常反复探讨。对较重大的，必须查明出处；对较具体的，则进行细心考证，直到水落石出。由于整个编校工作沉浸在不间断的学术气氛中，使编辑的过程，争议的过程，同时也是很好的互相学习的过程。特别是在阅编早中期一批秦腔剧作家的作品时，大家不禁为老先生们深厚的学识、精美的辞章和高超的艺术而叹服，更加体会到手中工作的重要性，更加珍惜此次机遇，从而加深了编辑组同志之间的学术友谊，提升了整体工作的水准。他们高昂执着的工作热情、认真负责的工作态度、严谨科学的工作作风、主动忘我的工作干劲，令人十分感动。

为了支持这项工程，不少老艺术家捐赠、捐用了自己多年的秦腔珍藏本、稀缺本、手抄本。有的老艺术家、老剧作家的家属、后代闻讯后主动从家里搜寻出原创作、演出剧本，送到编辑组工作驻地。全体编务人员，为了及时、保质、保量地做好业务供应工作和全组人员的生活安排，积极配合跑资料、查档案、复印剧本，忙前忙后，不遗余力。当他们听到几年前三意社在改革并团时尚遗存有部分资料档案后，便及时赶到原五一剧团档案室，从蛛网尘埃中翻寻到了七八十部老三意社的手抄本和油印本。上世纪五六十年代西安四大社团演出过很多好戏，有些戏直到现在还在乡间和外地热演，但由于政治气候、人事变更、内外搬迁等原因，造成原剧本遗失。后经有关方面帮助支持，从西安市艺术研究所找到了一批久已告别西安城内秦腔舞台、面目似已陌生的优秀剧目铅印、油印本，使剧本的编辑工作更加充实和完善。

这里，有几个问题需要予以说明。一是这套大型剧本集以西安易俗社、三意社、尚友社、五一剧团四个社团演出剧目为基础收集本子；四个社团均演出的同一剧本，只收集演出较早的本子，其他演出单位仅在书中予以署名；有原创作本、传统本的，一般不收录改编本，但个别两者都有历史、文化与研究价值的，可同时收录；除个别名折戏和进京、出国演出剧目外，凡有本戏的，原则上不再收折戏。二是为了突出"西安秦腔"的主题特色，经反复研究，决定按易俗社、三意社、尚友社、五一剧团四大块进行编排；在四大块中，又按传统戏、新编历史戏、现代戏三大类的历史顺序编目。三是从历史上看，秦腔不少优秀剧目被兄弟剧种搬演，很受欢迎，并成为兄弟剧种的保留剧目；同时，西安的秦腔也改编移植了兄弟剧种的不少成功剧本，丰富了西安秦腔舞台的演出剧目，满足了观众的欣赏需求，有些也成为各社团的保留剧目，因此，经过选择也都收录进来了。四是诞生于"文革"中的剧本，是一个历史现实，根据相关规定，经专家仔细甄别，有选择地收录；对有严重政治问题的不予收录；对确有一定保留价值而有涉版权纠纷的作为内部资料收录。五是有些优秀剧目由于年代久远、社团分合等历史原因，已无法搜集到剧本，只能成为遗憾了，待以后有下落时再版增补。

对眼前这套凝聚着众多领导、专家、艺术家、工作人员、技术人员、服务人员心血和辛勤汗水的《西安秦腔剧本精编》，编委会满怀感激之情向大家表示深切致谢！向关心、支持此项工程的西北五省(区)、市文艺界相关单位、专家学者及戏迷朋友表示诚挚的谢意！这套秦腔剧本集的出版是值得引以自豪的，它可以无愧地面对三秦大地，面对古都西安的故人、今人和后人！让我们不断总结经验，继续探索，与时俱进，努力为西安秦腔的发展繁荣做出新的贡献！

《西安秦腔剧本精编》编辑委员会
2011 年 9 月 14 日